In Treviso herrscht vorweihnachtlicher Aufruhr, und Inspektor Stucky soll mittendrin ermitteln: Einige Verkäuferinnen aus der Innenstadt berichten von mysteriösen Anrufen, bei denen sie beschimpft wurden, sowie von Angriffen eines Unbekannten nach Ladenschluss. Mehrere Frauen wurden niedergestoßen und fanden danach Schokolade in ihren Manteltaschen. Zunächst wirkt das alles harmlos auf den Inspektor, doch es dauert nicht lang, bis es die erste Leiche gibt: Die junge Jolanda Schepis wurde erwürgt und nackt ins Schaufenster des Bekleidungsgeschäfts gelegt, in dem sie arbeitete. Mithilfe eines kuriosen Psychiaters stößt Stucky auf eine heiße Spur: Jolanda scheint ein brisantes Geheimnis gehabt zu haben. Aber musste sie deshalb sterben?

Fulvio Ervas, geboren 1955, studierte Agrarwissenschaften und forschte über Tierhaltung, insbesondere bei Kühen. Heute schreibt er hauptsächlich Krimis und Sachbücher und lebt in der Nähe von Treviso mit seiner Familie und vielen Haustieren.

Fulvio Ervas im Berlin Verlag:
Solange es Prosecco gibt, gibt es Hoffnung (978-3-8333-0907-6)

FULVIO ERVAS

Dolce Vita, süßer Tod

Aus dem Italienischen von
Sylvia Höfer

Berlin Verlag Taschenbuch

MIX
Papier aus verantwortungsvollen Quellen
FSC® C019821
www.fsc.org

Mai 2013
Die Originalausgabe erschien 2011 unter dem Titel
Commesse di Treviso
bei Marcos y Marcos, Mailand

Umschlaggestaltung: ZERO Werbeagentur, München,
unter Verwendung zweier Bilder von © FinePic®, München
und © Getty Images/Debra Bardowicks
Satz: hanseatenSatz-bremen, Bremen
Druck und Bindung: Druckerei C.H.Beck, Nördlingen
Printed in Germany
ISBN 978-3-8333-0933-5

www.berlinverlag.de

Es ist wohl jedem bewusst, dass es ein großes Privileg ist, in einer schönen Stadt zu leben, und wir alle wissen, dass sich eine harmonisch gestaltete Piazza und ein Glockenklang, der sich zwischen den alten Ziegeldächern verliert, günstig auf die Atmosphäre einer Stadt und die Stimmung ihrer Bewohner auswirken. Der Rücksicht halber unterlassen wir es hier, an die vielen Wohngebiete zu erinnern, die wegen der Hässlichkeit bestimmter Randbezirke oder ganzer Straßenzeilen trister Betonklötze abschreckend wirken.

Heute wollen wir vielmehr ein geglücktes Beispiel dafür vorstellen, wie sich das Erbe einer schönen Lebensart bewahren lässt.

Wir wollen die städtischen Behörden dafür loben, dass sie kraft entsprechender Gesetzgebung nicht nur die Schönheit der Stadt, sondern auch deren bürgerlichen Wesenskern gerettet haben. Und wir wollen die Maßnahmen loben, die dazu dienten, für mehr Gelassenheit, mehr Höflichkeit und mehr Respekt unter den Menschen zu sorgen.

Heute können wir feststellen, dass die Stadt ihre Arme weit geöffnet hat und in Treviso niemand mehr ein *foresto,* ein Fremder, ist.

Es entstehen immer neue Initiativen, die die Willkommenskultur fördern. Die Ausländer, die auf unserem Grund und Boden leben, haben einen »Pass« erhalten, den sie an ihren Kleidern befestigen können und auf dem ein farbiges BENVENUTO prangt. Diejenigen, die früher praktisch jeden Nicht-Trevisaner für einen *teron,* einen Südländer, gehalten haben, sind eines Besseren belehrt worden und beurteilen die Menschen nicht mehr danach, wie weit ihr Geburtsort vom Äquator entfernt ist.

Spuren solcher Vorurteile finden sich höchstens noch in Witzen, die in der Osteria die Runde machen.

Sollte es dennoch einmal zu Missstimmungen kommen, werden sie sicher ohne nennenswerte Folgen bleiben.

(Aus dem Archiv der Trevisaner Tageszeitung *Il Gazzettino,* Artikel vom 24. Dezember 1999)

1. Dezember

»Antimama …«, seufzte Inspektor Stucky und zwang sich, den Worten der jungen Verkäuferin mehr Aufmerksamkeit zu schenken. Erst am Morgen zuvor hatten sie Martini zu Grabe getragen, und jetzt gab es schon wieder Ärger.

Er ließ die Frau ihren leidvollen Weg zum Arbeitsplatz schildern, sie, die das Autofahren hasste, und von dem Rollgitter berichten, das sie jeden Tag hochschieben und herunterlassen musste; er ließ sie über den Vorfall klagen und darüber, dass sie sich mit ganzer Kraft den Aufgaben widmete, die sie zu erfüllen hatte. Er ließ sie von dem Geschäft für Geschenkartikel erzählen, von den blauen Plastikkrügen, den Kämmen für Labradorfelle, den Untersetzern aus Glas und den mit küssenden Fischchen bedruckten Post-its, denn die Ideen zu einem großen Teil dieses Krimskrams stammten von ihrem Verlobten, einem *Art*-Irgendwas, einem aufstrebenden Kreativen, der sie samstags zur Arbeit begleitete und sein Auto auf der Piazza della Vittoria – »wirklich auf der Piazza della Vittoria?«, versuchte Stucky, ihren Redefluss zu unterbrechen – abstellte, um dann einen Bummel durchs Zentrum zu machen, vielleicht auch, um ihr durch das Schaufenster bei der Arbeit zuzusehen. Und schließlich ließ er sich von ihr über den Wert der Objekte, dieser tausend kleinen Dinge von fragwürdigem Nutzen, die sie verkaufte, aufklären, denn das Überflüssige wirkt beruhigend und kann dem Käufer vor Augen führen, wie weit er auf dem Weg zwischen dem Wissen, nichts zu haben, und dem Glauben, viel zu besitzen, bereits vorangekommen ist.

Inspektor Stucky betrachtete die gelbe Aktenmappe

auf seinem Schreibtisch. »Verkäuferinnen« hätte er auf das blau umrandete Etikett schreiben sollen, aber irgendwie kam ihm das albern vor.

»Haben Sie jetzt ein ruhigeres Gefühl, Signorina Leonardi?«

Sie strich die Haarsträhne zurück, die ihr über die Augen gefallen war, und fixierte ihn einen Moment. Dann antwortete sie: »Nicht unbedingt.«

Stucky versuchte herauszufinden, ob ihn die Gesichtszüge des Mädchens irgendwie an die von Kommissar Leonardi erinnerten. Nein, sie hatte keinerlei Ähnlichkeit mit ihrem Onkel. Nebenbei bemerkt, hatte es dem Kommissar überhaupt nicht gefallen, dass seine einzige Nichte so behandelt wurde, als wäre sie irgendwer.

»Es ist gestern Abend auf dem Parkplatz vor Ihrem Haus passiert, nicht wahr?«

»Ja, im Bezirk Sant'Artemio. Ich kam gerade von der Arbeit.«

»Hat er etwas gesagt, der Angreifer?«

»›Dumme Gans‹, hat er gesagt.«

»Noch immer hinter Ihrem Rücken.«

»Ja, das kam von hinten. Gesehen habe ich nichts, Signor Inspektor.«

»Und wann haben Sie die Praline entdeckt?«

»Ich habe nur gespürt, dass er mir blitzschnell die Hand in eine Tasche gesteckt hat. Als er weg war, habe ich dann die Praline herausgenommen …«

Diese Schokopraline lag jetzt auf dem Schreibtisch, und Stucky konnte sich kaum vom Anblick dieses kleinen, in sternchenverziertes Stanniolpapier gewickelten Schokoladenhäufchens losreißen. Was konnte das bloß für ein Angreifer sein, der seinem Opfer eine Süßigkeit in die Manteltasche schob? Diese Sache hatte zweifellos ihre kuriosen Seiten. Vielleicht hatte Kommissar Leonardi eine Vorahnung und seine Verwandte zu ihm geschickt, bevor noch ein Unglück geschah.

»Sind Sie schon einmal von jemandem belästigt worden?«

»Was verstehen Sie unter ›belästigen‹?«

Das Mädchen hatte dichte schwarze Wimpern und ausdrucksvolle blaue Augen, die den Betrachter anstrahlten. Stucky dachte an die Energie, die diesem Alter eigen war. Was für Feinde kann man haben, wenn man zwanzig ist? Und er überlegte, wie seltsam es war, die Nichte eines Kollegen in der Rolle des Opfers vor sich zu sehen, dasselbe Mädchen, das hin und wieder im Polizeipräsidium auftauchte und dem Martini – natürlich nur so, dass niemand es hörte – mehr als nur galante Komplimente zugeworfen hatte. Es war tatsächlich so, dass man manchmal auf der Seite des Mikroskops und ein andermal auf der der Mikroben war.

»Schon gut«, sagte er, »denken Sie nicht mehr daran. Lassen Sie das unsere Sorge sein.«

Es konnte sich um eine Dummheit handeln. Von der Sorte hatte er schon einiges erlebt. Schließlich und endlich wurde der größte Teil der Missetaten, unter denen die Leute zu leiden hatten, unter der Rubrik »Dummheit« eingeordnet und fand keinen Eingang in die Handbücher der Kriminologie.

Stucky beruhigte den Kommissar: »Nichts passiert. Nur ein Spinner. Vielleicht ein Betrunkener. Machen Sie sich keine Sorgen.«

»Ich bin die Ruhe selbst.«

»Ich lasse Ihre Nichte ein paar Tage lang nach Hause begleiten.«

Der Inspektor verschwand hinter der Piazza dei Signori. Aus den Augenwinkeln nahm er die Ansammlung von

Messingschildern wahr, die neben den Portalen vornehmer Palazzi auf Anwalts- und Notarskanzleien oder Arztpraxen hinwiesen. Einige offen stehende Tore gaben den Blick auf elegante Interieurs frei, auf Treppen aus Marmor und Stein, auf Gärten und Ziegelmauern. Unversehens fand sich Stucky auf dem Ponte di San Francesco wieder. Er blieb stehen, lehnte sich gegen die Brüstung und dachte an die Handvoll Erde, die er auf Martinis Sarg hatte fallen lassen. Ich hätte merken müssen, dass etwas nicht in Ordnung war, sagte er sich. Im Oktober hatte Martini, im Gegensatz zu den vorangegangenen Jahren, die *Ombralonga,* den traditionellen nächtlichen Zug durch die Trevisaner Weinlokale, nicht mitmachen wollen. »Ich habe keine Lust, mich volllaufen zu lassen«, hatte er gesagt, in einem Ton, der überhaupt nicht zu ihm passte.

Im Jahr davor hatten sie die Uniformen im Schrank gelassen und sich gegenseitig geschworen, sich nach allen Regeln der Chamäleonkunst so zu verhalten wie tausend andere, die sich einen Rausch antranken, also ein bisschen beschwingt, ein bisschen beduselt und *sehr* gesellig. Wie die anderen, die sich betranken, hatten sie bei allen Weinlokalen angeklopft, und überall hatte man sie erbarmungslos hereingewinkt. Das Ganze hatte spät in der Nacht auf einer Bank geendet, und als sie schließlich am Ufer eines Baches saßen, die Füße so gut wie im Wasser, hatte Martini ihn gefragt, ob er, Stucky, jemals einen flotten Dreier hingelegt habe. Hingelegt? Ich? Mit wem? Na, das frage ich Sie, Signor Inspektor. Sobald die Rede auf Sex kam, pflegten sie sich zu siezen. Das war einer von Martinis Vorzügen, die er so sehr geschätzt hatte, diese Art, wie er sich annäherte und dann wieder auf Distanz ging, sein ständiges Bemühen, die Grenzen des Erlaubten nicht zu überschreiten.

Stucky bog in die enge Via Trevisi ein und warf vom Ponte della Malvasia einen Blick auf den Riesenteppich, der einen Großteil des Schaufensters eines Ladens auf der rechten Seite ausfüllte.

Als er drinnen *daij* Cyrus auf einem Stapel Teppiche sitzen sah, musste er lächeln. Er beobachtete seinen Onkel durch die Scheibe – im Schneidersitz, in seinem üblichen dunkelgrauen Anzug, das weiße Hemd bis oben zugeknöpft. Er hielt das unvermeidliche Gläschen *ciaj* auf der Höhe des Mundes und war wie immer tief in Gedanken versunken. Onkel Cyrus war inzwischen der Einzige aus seiner persischen Verwandtschaft, der für ihn noch einigermaßen erreichbar war.

»Alles in Ordnung, Dadà?«, fragte Stucky, während er die Tür aufdrückte und die Ladenklingel Sturm läutete.

Hinter Onkel Cyrus hingen vergilbte Fotos von Dr. Mossadegh, dem »Präsidenten«, wie er ihn nannte. Er zog die Beine noch näher an sich heran und stellte das Glas auf das vor ihm liegende Tablett. Einen Moment musterte er seinen Neffen mit melancholischem Blick, schenkte ihm dann ein breites höfliches Lächeln, streckte die Hand aus und gab ihm einen Kuss.

»*Cetori?*«

»*Khubam*. Und was machen die Geschäfte, Dadà?

»Denen geht es besser als mir.«

»Die Gesundheit, Onkel?«

»Der Magen. Auf den Teppichen zu sitzen bekommt mir nicht mehr so gut wie früher. Aber ich beklage mich nicht. Und du, beklagst du dich?«

»Nicht einmal im Traum! Auch wenn …«

Cyrus wartete schweigend, damit der Inspektor den Satz nur dann zu Ende brachte, wenn er es auch wirklich wollte.

»Na ja, womöglich Ärger bei der Arbeit.«

»Sonst nichts?«

»Auch Trauer … ein Freund.«

»Manchmal vergeht der Winter, aber es bleibt trotzdem finster«, verkündete Cyrus, ohne Stucky anzuschauen.

2. Dezember

Am nächsten Tag musste Stucky sich eingestehen, dass die Sache offensichtlich doch noch nicht ausgestanden war. Eine andere Verkäuferin.

Sie hatte das Geschäft abgeschlossen und war zum Parkplatz auf der Piazza della Vittoria zu ihrem Auto gegangen, als ein Typ sie einholte, von hinten anrempelte und sie, bevor er davonrannte, noch mit einer Beleidigung bedachte.

Die Ärmste war ins Polizeipräsidium gestürzt, wobei sie am Eingang beinahe den wachhabenden Polizisten umgerannt hätte.

Man hatte sie zu Stucky geführt, genau in dem Moment, als seine Schicht eigentlich zu Ende war. Er brachte gerade seinen Schreibtisch in Ordnung, und als er die junge Frau an der Tür sah, fragte er sie, noch ehe diese den Mund auftat: »Eine Verkäuferin? Zeigen Sie mir die Praline!«

Die verstörte Frau schüttelte den Kopf und versuchte, ihre Geschichte zu erzählen, brach aber in Schluchzen aus.

Stucky wartete ab, bis sie sich die Augen getrocknet hatte, forderte sie dann auf, die Hände in die Taschen zu stecken, und prompt zog sie aus der linken die kleine, mit Silberpapier umwickelte Schokoladenpraline hervor.

»Haben Sie die gekauft?«

Sie schüttelte den Kopf.

»Dann hat der Angreifer sie hineingesteckt. Haben Sie ihn gesehen?«

»Von hinten …«, wisperte das Mädchen.

»Groß? Klein?«

»Hm … mittelgroß.«

Na großartig! Aber der Inspektor hielt sich zurück, weil ihn an dem Ganzen etwas störte, und das war vor allem die Praline.

»Ist Ihnen schon mal etwas Ähnliches passiert?«

»Wann?«

»Vor heute Abend.«

»Nein, nie.«

»Seien Sie unbesorgt. Wir werden Sie beschützen. Es wird nicht noch mal vorkommen.«

»Mein Onkel arbeitet beim *Gazzettino*. Darf ich ihm von diesem Vorfall berichten?«

»Du lieber Himmel! Lassen Sie bloß die Zeitungen und die Journalisten aus dem Spiel!«

»Aber, vielleicht … bekommt der Lump Angst, wenn im *Gazzettino* etwas darüber steht, und er fühlt sich beobachtet …«

»Und wenn er den *Gazzettino* gar nicht liest?«

»Alle lesen den *Gazzettino*! Wie sollte man sonst wissen, was los ist?«

»Tja …«

So ging es die Woche über weiter: Am Dienstagabend eine kleine Attacke und am Donnerstagabend das Gleiche noch einmal. Ein Verrückter, wahrscheinlich. Davon liefen, wenn man es recht bedachte, doch immer noch einige herum.

»Ein Verrückter?«

»Ein Verrückter, Herr Kommissar«, log Stucky, als wollte er ein Gewitter, das er herannahen fühlte, vertreiben. Damit es nicht hagelte. Ganz übel, so ein Hagel im Winter. Er kratzte sich den ein paar Tage alten Bart.

»Übrigens konnte mir Ihre Nichte keine sachdienlichen Hinweise liefern, Signor Kommissar …«

»Weil sie keine hatte, Stucky! Sie hat keine …«

»Bei allem Respekt, Signor Kommissar! Was wissen wir schon wirklich über unsere Verwandten?«

Verärgert beauftragte Kommissar Leonardi zwei Polizisten, die Geschäfte rund um die Piazza dei Signori unauffällig zu überwachen, denn er war davon überzeugt, dass der Täter seine Opfer am Ende der Arbeitsschicht auf der Straße abpasste und ihnen dann bis zum Ort der Attacke folgte.

3. Dezember

Als Stucky am Freitagmorgen den Vicolo Dotti verließ, wo er mittlerweile eine Bleibe gefunden hatte, kroch ihm die Feuchtigkeit von den Füßen langsam zu den Knien hoch. Es kam ihm so vor, als seien seine Augen jetzt weniger verschleiert, seit er sie so oft hatte zusammenkneifen müssen, um mit seiner Handvoll Erde auf Martinis Sarg zu treffen.

Die kleine Gasse mit ihren alten Häusern, eine kurze Strecke mit einem eindeutigen Ende in Form einer schönen Mauer, war dermaßen dicht von Witwen und alleinstehenden Damen bevölkert, dass der Inspektor sich vorgenommen hatte, im Notfall eine bevorstehende Heirat vorzutäuschen, die sich dann von Monat zu Monat verschieben ließ. So gedachte er, sich vor allem der Nachstellungen seiner beiden Nachbarinnen, eines durchaus ansprechenden Schwesternpaars, zu erwehren.

Kaum im Polizeipräsidium angelangt, wurde er mit einer Überraschung konfrontiert: Beim Öffnen der Geschäfte war es schon wieder passiert! Eine andere Verkäuferin war, während sie sich bückte, um das Rollgitter hochzuschieben, heftig geschubst worden. Daraufhin war es zu einem richtigen Aufruhr gekommen: Das Mädchen hatte laut geschrien, und sofort waren ein paar Rentner herbeigehumpelt. Doch eingeschränkt in ihrer Mobilität, wie sie waren, mussten sie schon nach wenigen Metern keuchend stehen bleiben, und so war es ihnen nicht gelungen, den Halunken zu erkennen, der plötzlich wie vom Erdboden verschluckt war. Das Mädchen, blond und duftend wie ein dänischer Butterkeks, hatte sich beeilt, den Vorfall anzuzeigen.

Stucky betrachtete die Praline, die die Frau ihm auf den Schreibtisch gelegt hatte.

»Die hat er mir zugeworfen«, schnaubte sie und spielte unter Einsatz ihrer schlanken Finger mit den schwarz lackierten Nägeln den Akt nach.

»Haben Sie ihn gesehen?«

»Nur die Bewegung seines Arms, wie er etwas in die Luft warf ... Und dann ist die Praline auf mir gelandet.«

»In was für einem Geschäft arbeiten Sie, Signorina Gentili?«

»Wir verkaufen Haushaltswaren aus Glas.«

Brav notierte Stucky noch all die anderen Einzelheiten, die die Frau ihm mitteilte. Sie sang ein Loblied auf den Pitbull ihres Verlobten, der sie sicherlich beschützt hätte, und sagte, wie sehr sie es bedauerte, dass sie heute die Stiefel mit den hohen Absätzen trug, die ihrem Sturz Vorschub geleistet hätten. Dann berichtete sie, dass sie sich oft beobachtet fühlte, auch wenn sie zur Bank oder zur Post ging oder auch in der Kirche. Man beobachtet mich, seufzte sie und sog die Wangen ein, als wollte sie sich vor lauter Eigenliebe selbst einen Kuss geben. Während Stucky sie aus dem Büro gehen sah, griff er nach der kleinen Schokoladenpraline und hielt sie zwischen den Fingern fest. Das Stanniolpapier wirkte einladend. Er wickelte die Leckerei aus und dachte dabei, dass er selbst noch nie eine solche Praline bekommen oder verschenkt hatte, dass er überhaupt noch nie das Bedürfnis verspürt hatte, Pralinen zu verschenken, vielleicht manchmal Rumkugeln aus Cuneo, wegen ihres Dufts und ihrer Größe, ebensolche Ungetüme wie manche der mit Schlagsahne aufgemotzten Gianduja-Kompositionen, die er sich einst als Student in Venedig, an den Zattere, unterwegs gekauft und gegönnt hatte. Er nahm also die schlicht und ergreifend *Bacio,* also »Kuss«, genannte Schokopraline aus ihrer Hülle und legte sie auf ein Tellerchen; dann strich er über das rechteckige Stück Stanniolpapier und glättete vorsichtig den schmalen Papierstreifen darüber, auf den ein kleiner Spruch gedruckt war.

Die den attackierten Verkäuferinnen zugedachten »Küsse« hatte Stucky untersuchen lassen, und die Analysen hatten ergeben, dass es sich tatsächlich um die Original-Schokoladenpralinen handelte, bestehend aus Kakaomasse, Haselnüssen, Zucker, und das alles im richtigen Maß. Nicht dass sie unbedingt Gift hätten enthalten müssen, das nicht. Warum sollte jemand eine andere Person überfallen, ihr einen vergifteten *Bacio* in die Tasche schieben und hoffen, dass er verzehrt wurde? Der Inspektor hatte das Konfekt eigentlich nur ins Labor geschickt, um den Kollegen dort ein Trostpflästerchen zukommen zu lassen. Ja, nur deswegen.

Was sollte also diese Praline? Was bedeutete sie? Stucky biss hinein. Nichts Besonderes, süß, angenehmer Geschmack. Gewiss nicht ausreichend, um den Gedanken nahezulegen, dass es sich um den Ausdruck eines amourösen Problems handeln könne und dass hinter diesen Attacken zum Beispiel ein übergeschnappter Verehrer stand. Nicht im Traum wäre er auf die Idee verfallen, dass hier Liebe oder Leidenschaft im Spiel sein könnten.

Verkäuferinnen, seufzte Stucky.

Der Inspektor konnte sich an keine Fälle von Belästigungen aus der Vergangenheit erinnern. Attacken und Bedrohungen waren Martinis Spezialität gewesen.

Innerhalb von zwei Tagen hatte der ihm nicht nur zentnerweise Trauer hinterlassen, sondern auch seinen ganzen Aktenkram. Stucky ging in das noch unbesetzte Büro des Kollegen und öffnete die Schubladen fast so, als müsste er eine Grabplatte hochheben. Am Rand der ersten Schublade stand, mit schwarzem Filzstift geschrieben, Martinis Motto: *Ich komme, wenn ich komme, aber wenn ich komme, dann komme ich,* und auf dem gelben

Ordner las er, ebenfalls mit Filzstift geschrieben, die Aufschrift *Verkäuferinnen*, und auch hier zwinkerte ihm der Kollege in Gestalt dieser für ihn so typischen flatternden Buchstaben zu. Beim Gedanken an ihn huschte Stucky ein Lächeln übers Gesicht.

»Immer nur Profile von den Verbrechern anfertigen! Wir bräuchten sie *en face*, also von vorn, denn das Problem besteht darin, ihnen nicht ins Gesicht schauen zu können!«

»Und von mir, was für ein Profil würdest du von mir erstellen, Martini?«

»So eine Art Firma Glück & Gespür.«

»Auch Fleming hat das Penicillin nur durch einen Glücksfall entdeckt, und darüber beschwert sich kein Mensch. Na ja, was soll's? Jedenfalls, was meinst du: mehr Glück oder mehr Gespür?«

»Der Anteil an Gespür ist eher gering.«

Der Ordner enthielt nicht viel: Vier Verkäuferinnen hatten Anzeige erstattet, weil sie in ihren Geschäften Drohanrufe erhalten hatten.

Der Inspektor notierte sich die Adressen. Am Telefon stellte er klar, dass er nicht der Belästiger sei, sondern vom Polizeipräsidium komme und dass er den Betreffenden in Kürze einen Besuch abstatten werde.

Er begann mit einem Krawattenladen im Vicolo Barberia. Die Verkäuferin war eine junge Frau mit knallroten Lippen, dunklen Augen und dunklem Teint; ihre hohen Absätze machten sie zu einer majestätischen Erscheinung.

»Was wollen Sie denn jetzt noch? Die Sache ist doch längst erledigt!«, sagte die Frau indigniert. Stucky ahnte, dass Martini die Hinweise deswegen nicht ernst genommen hatte, weil er überzeugt gewesen war, es nur mit harmlosen Beschwerden zu tun zu haben. Für diese Naivität hatte ihn das Leben bestraft.

»Nur Krawatten?«, wagte Stucky irritiert einen Vorstoß, woraufhin sie murmelte: »Accessoires.«

»Welcher Art?«

Gürtel, Handschuhe, Hosenträger, Brieftaschen, aber hauptsächlich Krawatten, und davon wiederum hauptsächlich solche im englischen Stil. Also Klassiker für Notare, Rechtsanwälte, Steuerberater und Handelsvertreter, vor allem für Vertreter. Aktiv in den Branchen Hi-Fi und Uhren.

»Was ist denn genau passiert, Signorina?«

»Eine ganze Woche lang Drohanrufe.«

»Zu Hause?«

»Hier im Geschäft. Von Montag bis Freitag, zweimal pro Tag.«

»In welcher Woche?«

»Von Montag, den 22., bis Freitag, den 26. November.«

»Hat der Anrufer sich unflätig geäußert?«

»Wie man's nimmt ...«

»Und wie haben Sie's genommen?«

»Er sagte, ich sei kaputt und hohl wie ein Halloween-Kürbis. Er stotterte und nuschelte. Er sagte: ›Du kannst ja nicht einmal deinen Vor- und Nachnamen schreiben ...‹«

»Das ist erniedrigend. Aber ... tatsächliche Drohungen?«

Mit den Fingern der linken Hand schob sich die Frau das Haar aus dem Gesicht. Sie trug einen prächtigen Goldring. »Jemanden grundlos zu beleidigen – ist das vielleicht keine Drohung?«

»Sie haben recht. Ich leite eine angemessene Überwachung in die Wege. Wir setzen Ihr Geschäft ganz oben auf die Liste. Sie werden sehen, dass das nicht noch einmal vorkommt.«

»Natürlich nicht. Denn inzwischen lasse ich mich auf dem Hin- und Rückweg von meinem Verlobten begleiten.«

»Ich meine, wir, wir Polizisten, sind auch noch da.«

»Aber ich habe doch meinen Verlobten.«

»Ach so.«

»Auf diese Weise schonen wir den Steuerzahler.«

»Sehr löblich. Wenn sich etwas Neues tut, melden Sie es bitte dem Polizeipräsidium. Das dürfte den Steuerzahler nicht über Gebühr belasten.«

Stucky betrat den Parfümladen am Dom. Ein Mädchen brachte gerade das Schaufenster in Ordnung. Mit der Anmut eines Schreitvogels rückte sie mit ihren langen Fingern die Verpackungen zurecht.

»Ich suche Signorina Casale.«

»Das bin ich. Falls Sie wegen der Anrufe kommen …«

»Ja, ich weiß, wir sind nicht gerade die Schnellsten. Ich bin Inspektor Stucky, mit Ypsilon am Schluss.«

»Stucky?«

Die Frau sah ihn erstaunt an.

»Italiener und überzeugender Absolvent des regulären Bewerbungsverfahrens der Polizei. Ja, es geht um die Anrufe …«

»Ich habe an einem einzigen Tag sechs solcher Anrufe bekommen. Möglicherweise wird das wieder passieren, und ich fürchte, ich muss mich daran gewöhnen. Auch meine Mutter sagt: ›Gewöhn dich dran! Es gibt so viele Probleme am Arbeitsplatz, und bei dir werden es halt die Anrufe sein.‹ Meine Mutter sagt, es gebe viele Mädchen, die auch zu Hause angerufen werden. Schrecklich sind solche Leute. Aber ich werde mich daran gewöhnen müssen …«

»Was hat man Ihnen denn am Telefon gesagt?«

»Es war eine Stimme, die die Wörter verschluckte.

Nicht alles war zu verstehen. Dass ich dumm sei, dass ich hohl sei. Er hat gesagt: ›Geh weg!‹ Und ich habe ihn gefragt: ›Und wo sollte ich hingehen?‹«

»Und was hat er darauf gesagt?«

»›Geh zur Hölle!‹, hat er mir geantwortet.«

»Zur Hölle?«

»Jawohl! Und dann noch: ›Ungläubige!‹ Meiner Meinung nach ist es ein Irrer. Glauben Sie, dass er etwas Schlimmes im Schilde führt?«

Bevor Stucky ihr darauf etwas entgegnen konnte, trat eine Kundin ein, und in einem völlig veränderten Ton fragte die Verkäuferin sie: »Wünschen Sie etwas?« Die Frau suchte einen neuen Duft, nein, nichts Bestimmtes: »Mir schwebt etwas vor, aber ich kann es nicht benennen, also, das Parfüm muss mich verblüffen, wissen Sie, was ich meine? So wie wenn man irgendetwas sucht … ich weiß nicht …«

»Wie wenn man an einen Verehrer denkt, und dann taucht er urplötzlich hinter einer Ecke auf.«

»Ja, Sie haben es erraten!«

»Dann ist dieser Duft genau der richtige.«

Sie sprühte der Kundin eine kleine Wolke auf die Innenseite des Handgelenks und strich mit dem Daumen sanft über die Haut.

»Ein Zitrusduft«, sagte die Dame, leicht daran schnuppernd.

»Schon möglich … Riechen Sie noch einmal daran.«

»Zitrusfrüchte, aber der Duft verschwindet …«

»Wie der Verehrer. Er taucht auf, überraschend, und schon ist er wieder verschwunden. Glauben Sie mir, das sind die Besten!«

»Der Duft nach Zitrusfrüchten ist tatsächlich fast verflogen. Jetzt tritt Moschus hervor, aber diskret, und … Vanille?«

»Durchaus möglich. Gefällt er Ihnen?«

Aus einer Ecke heraus beobachtete Stucky, wie die Verkäuferin lächelte und überaus höflich Konversation betrieb, wie sie dann sorgfältig und geschickt den Gegenstand verpackte, noch ein paar Bemerkungen mit der Kundin austauschte und diese schließlich verabschiedete.

»Ihnen wird nichts Schlimmes geschehen, Signorina Casale. Seien Sie unbesorgt. Ach, übrigens: Wann war das mit den Telefonaten?«

»Das muss am … 15. oder 16. November gewesen sein.«

Stucky ging die Via Campana hinunter und blickte mit ungewohnter Neugierde in die Schaufenster. Das war eine Welt für sich. Ihm größtenteils unbekannt. Ob sich hinter der Abfolge der Geschäfte wohl irgendein höherer Sinn verbarg? Schreibwaren, Eisdiele, Hemden, Lampen, Perlen und Silber – reiner Zufall?

Beim dritten Laden handelte es sich um eine Tabakwarenhandlung; im Schaufenster lag eine kunstvoll arrangierte Ausstellung von Pfeifen und verschiedenen Tabaksorten.

»Signora Verzieri?«, wandte der Inspektor sich an eine kerzengerade hinter dem Ladentisch stehende Frau, während sein Blick auf das Wappen aus Holz fiel, in das die Aufschrift *Tabacchi Verzieri, gegründet 1928* geschnitzt war.

»Was kann ich für Sie tun?«, erwiderte die Frau. Während ihr Blick zu seinem Revers wanderte, blitzte das goldene Muschelgebilde auf, das sie am Ohr trug.

»Sind Sie die Ehefrau des Besitzers?«

»Die Besitzerin! Er war nur ein einfacher Vertreter und glaubt zu jedermanns Gaudium auch heute noch, irgendetwas vertreten zu können.«

»Ich komme wegen der Anrufe. Ich bin Inspektor Stucky.«

»Österreicher?«

»Nein, Signora: Italiener.«

»Wie ich Ihnen bereits am Telefon sagte, war es nichts Besonderes. Zwei oder drei an einem Tag und danach nichts mehr.«

»Wissen Sie noch den Tag?«

»Es war der 13. November, ein Samstag.«

»Was hat man Ihnen gesagt?«

»Ich solle mich schämen …«

»Weil Sie Verkäuferin sind?«

»Ich?«

»Ach ja! Sie sind ja Signora Verzieri, die Besitzerin.«

»Wie meine Großmutter und meine Mutter, und das schon seit 1928!«

Der Dessous-Laden, in dem die vierte Verkäuferin arbeitete, wurde von einer Bank und einer Buchhandlung geradezu eingekeilt.

Von der Auslage im Schaufenster ausgehend, rechnete Stucky auf den Gesamtinhalt des Ladens hoch und kam nur auf ein paar Kilo Warengewicht – wohl einer der leichtesten Geschäftszweige der Stadt.

Signorina Bergamin – so stellte sich das Mädchen vor – war die ideale Repräsentantin der Branche: brünett, attraktiv, aufrecht wie der Blütenstempel einer Lilie. Mit ihrem Blick allein koordinierte sie den kleinen Trupp Mädchen, die die anatomischen Gegebenheiten der Kundinnen in genormte Größen umrechneten, lächelten und Hunderte von »Perfekt!«, »Wunderbar!«, »Entzückend!«, »Bildschön!« an die Frau brachten, während ein himmlischer Reigen vornehmer Damen mit Büstenhaltern in den Farben Mauve, Lachs und Fraise herumhantierte.

»Man hat Ihnen also über das Telefon unangenehme Botschaften übermittelt?«

»Ziemlich unangenehme.« Und während sie das sagte, hob sie einen klitzekleinen rosafarbenen Tanga mit Ajourmuster hoch und ließ diesen Textilhauch quasi in der Luft schweben.

»Hat man Sie beleidigt?«

»Eine männliche Stimme hat mir gesagt, ich solle mich schämen, und ich würde bestraft ...«

»Bestraft? Das hat er wirklich zu Ihnen gesagt: bestraft?«

»Jawohl.«

»Und Sie, wie haben Sie diese Worte interpretiert? Als Drohungen?«

Mit sorgsamen Bewegungen strich die Frau einen Strumpfhalter glatt.

»Ja, als Drohungen.«

»Hätte Ihrer Meinung nach irgendjemand Grund, Sie zu bedrohen?«

»Ich denke, nicht ...«

»Wann ist das passiert?«

»Samstag, am letzten Samstag.«

»Und Sie haben es gleich der Polizei gemeldet?«

»Ich habe sofort angerufen. Man ist besser auf der Hut.«

Auf dem Weg zurück zum Polizeipräsidium fing Stucky an, zwischen den verschiedenen Informationen, die er zusammengetragen hatte, Verbindungen herzustellen und auf diese Weise die Sache gegen seinen Willen ernst zu nehmen. Von den Anrufen hin zu den Attacken gab es eine Steigerung. Grund zur Beunruhigung. Martini hatte sich im richtigen Augenblick getrollt. Von wegen *Rivo co rivo ma co rivo rivo*! Wie der Leitspruch seines Kollegen im venezianischen Original gelautet hatte.

Auf den Stufen der Piazza dei Signori sah Stucky Checo Malaga sitzen, wie die meisten ihn nannten, obschon der Inspektor seinen tatsächlichen Vor- und Nachnamen genau kannte und um seine Zugehörigkeit zur berühmtesten Konditorenfamilie der Stadt wusste. Seinen Kleidern entströmte immer noch der Geruch nach Milch und Butter, bestimmten Gewürzen, Rum und Mandeln. Dieser Mann war ein Bettler der Nobelklasse, gut gekleidet, sauber rasiert, das lange weiße Haar zurückgekämmt. Er trug eine Brille mit dunklen Gläsern, um die Blindheit zu kaschieren, die er einer Moto Guzzi verdankte, die zwischen den sanften Hügeln von Asolo allzu rasant in eine Kurve gefahren war. Checo bettelte, seiner Herkunft angemessen, mit einer blauäugigen weißen Katze an der Leine und dem kleinen Ali zur Seite, einem Tunesier von Geburt und Schnorrer von Gottesgnaden, der an seiner statt den Hut für die Almosen in der Hand hielt und lächelte, ohne sich über die vorüberhastenden Schritte zu ärgern. Stucky warf dem Jungen eine kleine Münze zu und begrüßte Checo Malaga, der seine Stimme wiedererkannte und liebenswürdig zurückgrüßte.

»Geht es Ihnen gut, Signor Inspektor?«

»Ich kann mich nicht beklagen.«

»Ich habe Sie nicht kommen hören.«

»Hört sich die Stadt denn ruhig an?«

»Im Gegenteil! Sie steckt mitten in den Vorbereitungen auf das Fest!«

Ja richtig, es ging auf Weihnachten zu! Daher also die Betriebsamkeit, die er in den letzten Tagen nur vage wahrgenommen hatte, alle diese über die Gassen und zwischen die Laternenpfähle gespannten Lichterketten, diese Leute, die bis in die Nacht hinein die Schaufenster dekorierten: Das Fest nahte! Und dazu dann die Sache mit den Verkäuferinnen. Wenn es da mal keinen Zusammenhang gab! Das musste aber nicht zwangsläufig der Fall sein, dachte er, während er das Tor des Polizeipräsidiums durchschritt und in sein Büro zurückkehrte.

Einen Teil des Nachmittags widmete er der Überprüfung der betreffenden Läden, vor allem die Besitzer nahm er unter die Lupe. Sie übten allesamt unverdächtige Aktivitäten aus, mit breit gestreuten Investitionen, Geschäftslokalen und Ferienwohnungen am Meer und in den Bergen, einem landwirtschaftlichen Betrieb hier, einer Beteiligung in der Textilindustrie dort. Vertreter des alteingesessenen, vom Handel geprägten Bürgertums der Stadt. Reich und abgehoben, die Kinder auf dem humanistischen Gymnasium oder in den zwischen den Hügeln verstreuten privaten Instituten; die Ehefrauen hatten vielleicht nach Gründung des Betriebs oder bis zur Ankunft des ersten Kindes die Kunden bedient, und dann, nachdem sie die Aufgabe übernommen hatten, ihren gesamten Nachwuchs in Schach zu halten, ihren Charme auf eine junge Dame übertragen, die sie regulär bezahlten und nicht ohne Würde als Verkäuferin bezeichneten.

Signora Verzieri allerdings war keine Verkäuferin. Lag hier eine Verwechslung vor?

Stucky musste sich noch näher mit den Besitzern befassen. Mit ihnen beginnen. Er musste sich vor den Schaufenstern postieren, die Läden betreten und Interesse für irgendwelches Nippzeug, für einen Schal oder ein Aftershave vortäuschen. Die Besitzer erkannte man sofort, auch wenn sie ein schlichtes Hemd trugen wie etwa in den Brillengeschäften. Man erkannte sie an dem väterlichen Blick, mit dem sie die Gegenstände in ihrem Laden beschützten und in dem sich so etwas wie eine körperliche, aufrichtige Beziehung, ein Gefühl inniger Verbundenheit ausdrückte. Außerdem war ihnen zumindest ein

Teil des Herstellungsprozesses vertraut, dito die Herkunft, die Art des Transports und die Preise der Waren; sie kannten ihren tatsächlichen Wert und die Dauer ihrer ökonomischen Existenz. Und sie wussten, wie man sie am Ende ihres Zyklus, wenn niemand sie hatte haben wollen, wieder loswurde.

Durch das Schaufenster beobachtete Stucky einen Buchhändler, einen hageren Herrn, der seine Bücher sachte und mit geschmeidigen Bewegungen geradezu liebkoste, und einen Stoffladenbesitzer, der an den Farben und den Fusseln, die um jede aufgerollte Stoffbahn herum schwebten, zu schnuppern schien.

Der Inspektor betrat ein Bekleidungsgeschäft, dessen Schaufenster mit dunklem Holz umrandet war. Die Frau darin erinnerte an eine auffallend farbenfrohe Pfauenhenne; auch bei ihrer Schminke hatte sie nicht mit Farbe gegeizt. Der dazugehörige Mann dagegen stand mit seinem blauen Pullover, seiner grauen Hose und den uralten Tränensäcken unter den Augen völlig in ihrem Schatten. Während sie Stucky einen Kaschmirpulli zeigte, brachte sie das goldene Geschmeide an ihren Handgelenken so zum Klimpern, als wollte sie einen verführerischen Gesang anstimmen. Verschüchtert und mit etwas steifer Hand betastete der Inspektor den Pullover; er fühlte sich duftig an, und das feine Blau ließ ihn ideal zum Flanieren im Frühling erscheinen. Der Mann sagte nichts. Er war es gewohnt, nur die Rechnungen zu überprüfen, und überließ das Umgarnen der Kunden der Sirene an seiner Seite.

»Kaschmir ist etwas Schönes«, seufzte Stucky.

»Und Edles«, ergänzte sie.

»Haben Sie gehört, dass in der Stadt Verkäuferinnen belästigt wurden?«

»Ich wollte nie Verkäuferinnen haben.«

»Warum nicht?«

»Mir ist meine Ware allzu lieb und teuer! Stimmt doch, Franco, oder?«

Der Mann blätterte im Geiste ein Dutzend Rechnungen durch, bevor er nickte.

Schöne Welt, dachte der Inspektor und bog in eine kleine Gasse ein. Ein Großteil der Emsigkeit der in Fabriken und Werkstätten Tätigen, der Lärm in den Hallen, der unablässige Verkehr der Pendler und der Lastwagen, das Surren der Maschinen und das Klappern der Webstühle, der Rauch aus den Schornsteinen und die Etiketten auf der Verpackung – dieser ganze frenetische Fluss kam erst in diesen beleuchteten Schaufenstern ganz sanft zur Ruhe. Ein Universum präsentierter Arbeiten, absichtlich nebeneinander platziert, mit dem Hintergedanken daran, wie sie auf die zerstreuten Passanten draußen wirken würden. Und dort, hinter diesen blank polierten Glasscheiben, war die Erinnerung an den ganzen Prozess, seine Störungen, seine Fehlleistungen und an all die mit ihm verbundenen Mühen vergessen. Wie von Zauberhand verwandelte sich im Schaufenster alles zur Verlockung.

Stucky kehrte in sein Büro zurück und blieb dort, bis es dunkel wurde; in diesen Wintertagen brach die Nacht schnell herein, wenn der graue Dunst mit absinkender Temperatur kondensierte und jene berühmte feuchte Kälte mit sich brachte, die ihm so zuwider war.

Er ging zur Piazza Borsa hinunter und dann am Fluss entlang bis auf Höhe des alten Militärbezirks, wo der Wasserlauf breiter wurde und wohin er, vom Frühjahr bis zum Herbst, gern spazierte, um den Anglern zuzusehen, die mit eleganten, weit ausholenden Wellenbewegungen die Schnur mit dem Köder auswarfen. Offen gestanden, gefiel ihm Treviso in den gemäßigten Jahreszeiten –

im Mai, im September und im Oktober – besser; auch an den kühleren Junitagen hatte es seinen Reiz. Dann gab es strahlende Morgen voll wunderbarer Verheißungen, an denen man von den Tischchen der Piazza dei Signori aus die allmähliche Beschleunigung des urbanen Lebens vorzüglich beobachten konnte.

An die steinerne Brüstung gelehnt, verweilte Stucky lange auf der Brücke. Einem plötzlichen Entschluss folgend, machte er kehrt, ging ins Zentrum zurück, dorthin, wo Signorina Gentili arbeitete, die als Erste direkt vor einem Geschäft attackiert worden war. Gleich danach begab er sich schnellen Schrittes zum Laden von Signorina Bergamin, dem Mädchen, das als Letzte telefonisch belästigt worden war. Wahrscheinlich hatte der Kerl, dem er für sich privat den Spitznamen Klema gegeben hatte, wie jeder Übeltäter, den er verfolgte, seine Fluchtwege sorgfältig gewählt. Es konnten nicht viele Geschäfte sein, die sich für derartige Spielchen anboten. Eine unauffällige Bewachung, und die Sache würde sich vielleicht von selbst erledigen.

»Guten Abend, Dadà.«

Onkel Cyrus stand mitten in seinem Laden. Er breitete die Arme aus, um seine Teppiche zu umarmen oder den Lichtstrahl zu kitzeln, in dem er die Staubpartikel tanzen sah.

»*Shirini?*«

»Etwas Süßes? Warum nicht?«

»*Zulbià?*«

Der Inspektor sah zu, wie der Mann ein paar filigran geformte Kringel aus einer Schachtel nahm, und ließ sich auf einem Teppichstapel nieder. Die Konsistenz, die Farben und auch den Duft dieses Gebäcks liebte er. Zu gern hätte er sich jetzt wohlig ausgestreckt.

Onkel Cyrus schenkte unterdessen *ciaj* in die Gläser und enthielt sich jeder unerwünschten neugierigen Frage. Vielmehr erzählte er Stucky von dem Glas mit der Taille, *kamar barik,* das den Konturen des weiblichen Körpers nachempfunden war und dazu diente, den Tee oben zu kühlen und unten warmzuhalten. »Alles gut Gemachte ist auch gut durchdacht«, sagte er.

Stucky verstand, worauf er anspielte, und schon entschlüpfte ihm ein: »Ich habe ein kleines Problem …«

Dr. Kuto Tarfusser sah zu, wie es sich der junge Mann auf der Liege bequem machte. Vergebens hatte er sich erkundigt, warum er unter den vielen Psychotherapeuten der Stadt ausgerechnet ihn ausgewählt hatte. Es war natürlich keine gute Frage gewesen, und zum Glück war sie auch gleich untergegangen. Sein Klient hatte es nämlich vorgezogen, die Beschaffenheit der Liege zu testen, die Kopfstütze auszuprobieren und die Beine übereinanderzuschlagen, das rechte über das linke und das linke über das rechte, etwas unschlüssig. Tarfusser schaltete das Tonbandgerät ein, setzte sich an seinen Tisch und schlug sein Notizheft auf.

Er seufzte. Du wirst einmal in der Ebene enden, unter diesen Auserwählten, diesen Angehörigen der »Razza Piave«, hatten sie ihm in der Familie gesagt, aber was er damals von der Ebene wusste, war nur, dass die Luft dort feucht war und dass sie dicht besiedelt war.

Seinen Eltern und Geschwistern war sofort klar gewesen, dass er nach Abschluss der Schule nicht im Schoß der Familie bleiben, sondern mindestens bis hinunter nach Bozen ziehen würde. Nach einem Jahr Physik an der Universität Triest und einem weiteren Jahr in Udine, diesmal an der Agrarwissenschaftlichen Fakultät, hatten sie begriffen, dass er seinem Wandertrieb und instinktiv dem Lauf der Flüsse folgte, die zum Meer flossen, vom Isonzo bis zum Tagliamento.

Er wanderte aus Liebe, weil er die Berge und auch das Meer liebte, eine doppelte Liebe, die einen zerreißen konnte. Seine Großmutter meinte, dass er vor dem Heu, dem Asthma und dem Sauerkraut geflüchtet sei. Er floh noch weiter und landete schließlich in Padua. Dort studierte er dann Psychologie. Vielleicht ist die Psychologie nicht tot, dachte er.

»Sie können loslegen, Signore …«

»Nennen Sie mich Bizantin Dal Lago, Sohn des verstorbenen Bernardo, der sich eines Tages aus dem Staub gemacht hat, zumindest haben wir in der Familie das geglaubt. Unsere Familie bestand aus Mamma Elisabetta, Großmutter Maria, meinem Bruder Gino und der Jüngsten, meiner Schwester Antonietta. Tatsächlich hätten wir uns Sorgen machen müssen, weil außer Papà auch der Lastwagen verschwunden war, der für den Kies. Allerdings machte er immer wieder mal solche Sachen, ich meine, dass er für ein paar Tage von zu Hause abhaute, und keiner hat sich deswegen Sorgen gemacht, er war eben so, das war seine Natur, zwei oder drei Tage in Istrien, in Rovigno, und dann ist er, schön ausgeruht, zur Kiesgrube zurückgekehrt. Natürlich, sieben Tage waren schon ungewöhnlich, das war nie zuvor passiert, und außerdem hätte Papà, wenn man es recht bedenkt, den Lastwagen niemals wegen einer großen Reise einfach so auf der Straße stehen lassen und einen Unfall riskiert, dazu lag er ihm viel zu sehr am Herzen.

Antonietta war es gewesen, der es auffiel, sie, die immer mit dem Fahrrad zur Kiesgrube fuhr, um dort zu spielen, während Papà und wir Brüder mit dem kiesbeladenen Lastwagen hinauf- und hinunterfuhren, und die Mamma mit dem Bagger zugange war. Vielleicht kann man vom Fahrrad aus die Dinge besser sehen, die Langsamkeit wird schon irgendeinen Vorteil haben, und tatsächlich hat sie diese Furchen entdeckt, zwei Furchen, die von der Straße nach unten führten, direkt hinein in die Abbauzone, in ein mit Wasser gefülltes Loch, ungefähr dreißig Meter breit.

Jetzt erst dämmerte uns, was wirklich passiert war. Mein Bruder Gino hat gesagt: ›Hier braucht man das Boot vom Cousteau.‹ Und tatsächlich waren es Froschmänner, die Papà auf dem Grund der Grube fanden, noch am Steuer des Lastwagens, wie der Kapitän eines Segelschiffs, aufrecht und stolz, und uns kam es vor, als beobachteten wir ihn, während die Reifen die Bodenhaftung verloren und er steuerte und gegensteuerte, und dann hat die Mamma gesagt: ›Wer weiß, wie sehr er geflucht hat; er hat bestimmt unzählige Male Sakrament gesagt, bevor er auf den Boden sank, nur weil er Angst hatte, den Kies zu verschütten.‹ Den Lastwagen herauszuziehen war eine Wahnsinnsarbeit. Wir haben versucht, die Grube trockenzulegen, aber im gleichen Maß, wie das Wasser oben weggeschüttet wurde, drückte von unten welches nach. Man hat uns erklärt, dass es nicht genau das gleiche Wasser war, es war die Ader darunter, die jetzt Gelegenheit fand, nach oben durchzustoßen. Deshalb sind Gino und ich zum Amt für Wasserwirtschaft gegangen und haben gefragt, ob man etwas machen könne, um die Ader umzuleiten, die den Boden der Grube aufriss.

Sie wissen ja, Dottore, wie strikt das Gesetz ist. Es war nichts zu machen. Deshalb ist der Lastwagen drei Jahre drunten geblieben. Dann hat sich das Wasser von selbst einen anderen Weg gesucht, und es war nichts mehr davon zu sehen. Was noch da war, ist abgeflossen, und der Lastwagen ist wieder aufgetaucht, aber inzwischen war er eine verdreckte Schrottkiste voller Schlamm. Es war nicht mehr daran zu denken, ihn heraufzuholen und wieder herzurichten für die Zeit, wenn Antonietta den Führerschein haben würde. Dort unten kam auch die alte Waschmaschine der Familie Trevisan zum Vorschein, und die Töpfe mit den Farbresten der Familie Visentin tauchten wieder auf, die ihr Haus mit einem widerlichen Kanariengelb bemalt hatten. Und außerdem lagen da noch Dosen, Schuttreste, Türen und Waschtische herum.

Beim Anblick der wasserlosen Kiesgrube ergriff uns eine Art Verzweiflung. Sie war nicht mehr dieselbe. Wenn wir früher von zu Hause weggegangen waren und dorthin kamen, um den ganzen Tag um den kleinen See herum zu arbeiten, dann war alles von den Bäumen umgeben, die am

Ufer gewachsen waren, es war eine Wohltat, so mitten im Grünen und in Verbindung mit der Natur …

Bin ich zu schnell, Dottore?«

»Nein, es ist schon gut so.«

»Uns hat eine solche Verzagtheit gepackt, dass Gino erklärte, er würde den Beruf eines Lkw-Karosseriebauers erlernen. Bei der Großmutter, unserer Nonna, musste ein Luftröhrenschnitt gemacht werden, und die Mamma ist in eine Depression verfallen. Antonietta wollte sich in die zivilisierte Welt stürzen und ging auf die Hotelfachschule.

Und ich habe eine Entscheidung getroffen, die mein Leben verändern sollte: Ich habe die Grube in eine Mülldeponie umfunktioniert. Eine toller Aufstieg, ein größeres Geschäft, ein richtiger Betrieb. Wissen Sie, Dottore, dass es viele Arten von Mülldeponien gibt? Nicht alle sind gleich. Das Gesetz hat versucht, die Sache zu regeln, und da ich über eine gewisse Erfahrung verfüge, kann ich Ihnen sagen, was geschehen ist: Während man früher alles zusammengeworfen hat, muss man jetzt erst einen Haufen Fragen stellen, um das gleiche Resultat zu erzielen. Na ja, egal.

Es gibt Deponien, in die man die schädlichen und giftigen Abfälle wirft, aber eine solche habe ich noch nie gesehen. Es gibt andere, die dem Hausmüll vorbehalten sind, und das sind die schlimmsten, auch wenn sich diese Abfälle am ehesten zersetzen. Schließlich gibt es noch die Deponien, in denen man nichttoxischen und unschädlichen Müll einlagert, der bei Ablieferung von Materialien, die bei bestimmten industriellen Verarbeitungsprozessen abfallen, extra so ausgewiesen wird.

Nun besteht das Gesetz, Gott sei Dank, aus Worten, und Worte haben gewisse Bedeutungen, genau wie die Deponien. Sie passen bestens zusammen.

Eines Morgens bin ich aufgestanden, habe mich zur Grube begeben, sie angeschaut und zu ihr gesagt: ›Aus dir mache ich eine Riesendeponie!‹ Ich wusste praktisch nichts über die verschiedenen Deponietypen und auch nichts über die Gesetzeslage. Ich hatte da ein Loch und, bei Gott: Seit die Welt besteht, werden Löcher gefüllt, ja, das Löcherstopfen ist sogar zur Kunst erhoben worden! Das bedeutet aber keineswegs, dass ich mich nicht über das Geschäft schlaugemacht hätte. Das muss erlernt werden. Da wird nichts improvisiert! Es gab zwei Kleinunternehmer, die auf dem Gebiet der Abfallbeseitigung interessante Erfahrungen gemacht hatten, allerdings in den guten Jahren, als noch keiner kam und einen fragte, was man da verbuddelt hatte. Früher einmal hatte man mehr Sinn für die gesellschaftliche Bedeutung, die dem Berufsstand der Entsorger zukommt, und man hatte die Leute ohne großes Tamtam einfach gewähren lassen.

Dem ersten der beiden Unternehmer war es gelungen, sich einen schnuckeligen kleinen Porsche zu verdienen; er spielte von morgens bis abends Poker und behauptete, von diesem Scheißdreck, den die Fabriken produziert hatten, so viel vergraben zu haben, dass er dafür eigentlich einen Orden verdient hätte. An der Stelle, wo er das Material unter die Erde gebracht hatte, hatte er sogar reihenweise Pappeln angepflanzt, die wunderbar gediehen, und mit diesem seinem Beitrag zum Umweltschutz brüstete er sich geradezu. Er behauptete, die Dinge vorschriftsmäßig erledigt zu haben, die Behälter auf der einen Seite und das nach allen Regeln der Kunst aufgelöste Material in einigen Gräbern bestattet zu haben. Alles so schön wie eine richtige Nekropole.

Der andere Unternehmer, Giaretta, war ein bisschen älter und kurvte mit einem alten Mercedes und der Somalierin herum, die ihm als Geliebte und Hausfrau diente. Er hatte eine keineswegs üble Villa, die aber viel zu groß war für zwei Leute, mit einem eisernen Tor, das für eine ganze Schlossanlage gereicht hätte, und einer Klingel mit Telekamera, die einen dort für eine endlose Reihe von Aufnahmen festhielt, so-

dass man sich wie angenagelt vorkam, vielleicht auch wegen der Somalierin, die überhaupt kein Italienisch verstand, aber womöglich irgendwas wissen wollte, und so wartete man ewig lang vor der Tür. Giaretta war ein intelligenter Mann, der wirklich eine vielseitige Arbeit gemacht und eine Menge Erfahrungen in diesem Bereich gesammelt hatte. Er hatte jahrelang Hühner, die in den Zuchtbetrieben verendet waren, schnell und effizient unter einem mit Heilpflanzen bebauten Feld verschwinden lassen. Dann hatte er die Verbrennungsrückstände einiger Unternehmen teils unter der Erde, teils im Wasser und teils auch in der Luft, entsorgt, denn ›Staub bist du, und zu Staub kehrst du zurück‹. Wenn ich mir solche Sachen anhören musste, trieb Giaretta mich fast in den Wahnsinn.

Am meisten abgemüht hatte er sich aber mit den Abfällen aus den Wäschereien. Was unternahm man nicht alles, um eine Jacke wieder sauber zu kriegen? Und wohin mit der Soße auf der Krawatte? Dem Ölfleck auf der Hose? Dem Schweiß, dem Fett und all den widerwärtigen Körperausscheidungen? Man musste die Sachen waschen, aber um sie wirklich sauber zu bekommen, musste man bestimmte Substanzen verwenden, deren Namen ich schon vergessen habe. Signor Giaretta jedoch kannte eine ganze Reihe dieser Mittel, zusammen mit ihren jeweiligen Reaktionen und Gegenreaktionen, und hatte einen Betrieb aufgezogen, der als Trockenreinigung durchging, den scheußlichen Brei aufnahm und verschwinden ließ. In den Wassergräben, glaube ich. Die ganze Gegend hier ist ja von Gräben durchzogen. Überall gibt es Wasser. Entweder weil es die Hänge gibt oder weil man die Sümpfe trockengelegt hat.

Wasser schwemmt Sachen fort. Es ist, soweit ich weiß, ein Lösungsmittel. Und ein Lösungsmittel löst Dinge auf. In den zwei Jahren als Industriesachverständiger hat der Chemielehrer nichts anderes gemacht, als zu wiederholen, dass

Wasser ein großartiges Lösungsmittel ist, und mir soll keiner weismachen, dass ein Chemielehrer sich bei einer so wichtigen Frage irrt! Nicht dass Giaretta in Chemie beschlagen gewesen wäre, er folgte einfach seinem Instinkt. Und seine unternehmerische Spürnase war gerade groß genug, dass er sich die Villa bauen, ein paar Wohnungen erwerben und vermieten und mit seiner Somalierin in Ruhe leben konnte. Ein Leben für die Arbeit.

›Max, einmal ein bisschen hier, einmal ein bisschen dort. Ausgleichende Gerechtigkeit. Keine großen Konzentrationen. Heute pachtest du ein Stückchen Land und morgen ein anderes. Wie viel Ertrag bringt ein Hektar Mais? Gib ihm das Doppelte. Das Dreifache. Ich bin ein Müllanarchist.‹

Ich hatte eine vage Vorstellung davon, was er mit dieser Selbstbezeichnung ›Müllanarchist‹ meinte. Was zum Teufel sollte das?«

»Max? Sind Sie Max?«

»Ich heiße Bizantin …«

»Ein Künstlername …«

»Und was für ein Künstler, Dottore!«

6. Dezember

Am Montagmorgen hatte *daij* Cyrus den Inspektor in aller Früh angerufen, weil ihn die Dinge, die im Geschäft nebenan, in der »Papageien-Universität«, vor sich gingen, tief betrübten.

»Er quält sie.«

»Dadà, was soll das heißen: ›Er quält die Papageien‹?«

»Er macht ihnen Vorhaltungen, wenn sie mit den Flügeln schlagen.«

»Ich werde versuchen, mich der Sache anzunehmen.«

Später dann, im Büro, fand Stucky auf seinem Tisch die Anzeige von Signorina Callegari vor. Am Samstag, zu der Zeit, als das Geschäft geschlossen wurde, war sie von einem Unbekannten mit Gewalt zu Boden geworfen worden. Die Ärmste hatte das Gleichgewicht verloren und sich beim Sturz eine böse Abschürfung an der linken Hand zugezogen. Bei der Notfallversorgung hatte die junge Frau dann ein Mordstrara gemacht. Irgendein frischgebackener Doktor hatte die Presse benachrichtigt, und die Nachricht war im Lokalteil in einem eigenen Kasten unter der Überschrift *Angriff auf Verkäuferin* erschienen.

Antimama …

Der Agente, der die Aussage der Frau aufgenommen hatte, hatte das Pralinenpapierchen in einen versiegelten Umschlag gesteckt. Klema hat also das übliche Geschenk zurückgelassen, aber dieses Mal war die Praline schon halb ausgepackt gewesen und das Blättchen war auf den Boden gefallen. Stucky faltete es vorsichtig auf: *Amor ist der Erste der Götter. Platon.*

Er griff nach dem Telefon, rief bei der Redaktion des

Gazzettino an und fragte nach dem Journalisten, der die kurze Meldung verfasst hatte.

»Ich bin Inspektor Stucky.«

»Alessi am Apparat, Signor Inspektor.«

»Haben Sie mit dem attackierten Mädchen gesprochen?«

»Befasst sich die Polizei mit dem Fall?«

»Normale Routine, nach einer Anzeige wegen eines Übergriffs. Was hat das Mädchen Ihnen erzählt?«

»Nichts Besonderes, leider. Sie hat nichts gesehen ...«

»Auch ich werde ihr einen Besuch abstatten.«

»Signor Inspektor, das mag ja ein Fall sein, aber ... man hat mir auch von anderen Attacken berichtet. Ich telefoniere gerade mit verschiedenen Geschäften. Die Angelegenheit ist ziemlich ernst. Was meinen Sie?«

»Dazu kann ich Ihnen nichts sagen.«

»Dann stimmt es also ... Eine der Attackierten, Signorina Mazzotti, ist meine Nichte, und das Mädchen hat mir im Vertrauen auch etwas von der Schokoladenpraline erzählt ...«

»Signor Alessi, dass es Ihnen ja nicht einfällt, die Sache mit der Praline in die Zeitung zu setzen!«

»Kann ich Sie treffen, später?«

»Ich bin sehr beschäftigt ...«

Eine unwillkommene schlechte Laune begann, ihm auf den Magen zu drücken. Es sah keineswegs so aus, als würde sich diese Sache von selbst erledigen.

Den Sonntag hatte er auf dem Trödelmarkt verbracht. Eine Ausstellung ansprechenden Plunders in einem runden Arkadenbau, im erfreulichen Wettbewerb präsentiert und unter einem guten Stern stehend. Trotz des grauen Tages und des Regens, der zeitweise nur herabnieselte, einem aber manchmal auch ins Gesicht klatschte, hatte er sich von dem faszinieren lassen, was auf den Flohmarkttischen zusammengewürfelt dalag, von kleinen Werken der Goldschmiedekunst, Spielzeugen aus Blech, Kaffeemühlen, bunten Gläsern von anno dazumal, Büchern, darunter manche Rarität, und Erinnerungsstücken aus der Militaria-Abteilung, Medaillen und Fotos. Es gab auch ein Grammofon von der Art, wie man sie in alten Filmen sah, sowie Backtröge, Tische, Sessel und seine geliebten Stühle, Meisterwerke mit geschwungenen Linien; einen aus dem Jahr 1887 hätte er sogar erstanden, wäre er nicht so teuer gewesen.

In einer Osteria um die Ecke hatte er zu Mittag gegessen, einem Lokal mit schönen Balken, Jazzmusik und köstlichem Essen. Dort waren auch all diese Antiquitätenhändler, Leute mit Launen und Schrullen, stämmige Frauen und Männer, die alles andere als gewöhnlich waren; eine gewisse Weisheit und Liebe ließ sich aus dem erahnen, was sie miteinander tuschelten, zu zweit oder in Gruppen, eine Esoterik des Marktes. Zweifellos wäre der Verkauf von Schimmelkäse ihre Sache nicht gewesen.

Ein angenehmer Tag. Stucky hatte sich zu seiner Entscheidung beglückwünscht. Aber nach der Kür kam die Pflicht. Er besorgte sich eine topografische Übersicht über das Stadtzentrum mit Angaben zu den verschiedenen dort angesiedelten Geschäften und begab sich mit dieser Karte zum Laden von Signorina Callegari, der zuletzt attackierten Verkäuferin.

Es war ein Optikerladen. Stucky blieb stehen, um die Schaufenster zu studieren; sie waren mit roten Tüllschleiern dekoriert, die mit Bäuschen und Püffen aus imitiertem Schnee zusammengehalten wurden. Den ausliegenden Brillen war, trotz ihrer praktischen Funktion, eine besondere Schönheit zu eigen. Manche wirkten aggressiv, andere zierlich, wieder andere nur langweilig. Eine in

Blau. Zwei blaue, wirklich bildschön. Verstohlen spähte er durch die Scheiben und sah, dass sich im Geschäft zwei andere Verkäuferinnen befanden.

»War es Signorina Callegari, die das Geschäft am Abend abgeschlossen hat?«

»Ja, sie ist die Verantwortliche; sie genießt das Vertrauen des Besitzers«, sagte die Brünette.

»Das Vertrauen!«, meinte die andere höhnisch lachend, die die Hände in den Taschen versenkt hielt.

»Darf ich Sie noch fragen, ob sie Drohungen erhalten hat? Gab es hier jemals Fälle von Belästigungen?«

»Nein ... davon hat sie uns nie etwas erzählt.«

»Und wie ist es mit Ihnen?«

»Nein ... auch nicht.«

»Würden Sie mir bitte zeigen, wie man den Laden abschließt?«

»Jetzt?«, fragte eines der Mädchen.

»Wenn es nicht zu viel Mühe macht ...«

Das Mädchen nahm einen Schlüsselbund, und Stucky folgte ihr nach draußen. Einigermaßen verlegen schloss sie die Tür und hängte sich an das Rollgitter, um zu beweisen, welche Anstrengung es sie kostete, es herunterzulassen.

»Bleiben Sie bitte einen Moment so!«, sagte der Inspektor.

Er betrachtete das große Schloss am unteren Ende des Gitters und stellte sich die sportlichen Sprünge vor, die der Halunke vollführt haben musste, um die Verkäuferin, die sich bückte, um es zuzuschließen, anzurempeln und dann in null Komma nichts zu verschwinden.

Ein flinker und aufmerksamer Typ. Jemand, der die Anordnung der Läden aus dem Effeff kannte. Stucky hob den Blick zum Himmel, um den Regenspritzern auf ihrem Weg nach unten zuzuschauen. Er bat die Verkäuferin, noch einen weiteren Augenblick in ihrer gebückten Stellung zu verharren und so zu tun, als würde sie das Rollgitter abschließen, und begab sich zur Ecke des Gebäudes. Dort drückte er sich gegen die Hausmauer, trat sofort wieder aus dieser Position heraus und stürzte auf das Mädchen zu, das ihre erschrockenen Uhuaugen auf ihn richtete. Ein paar Passanten zeigten mit dem Finger auf die Szene und wechselten schnell auf die andere Seite des Bürgersteigs. Stucky flitzte zurück zur Ecke. Alles in allem dauerte die Aktion nur wenige Sekunden.

Er notierte die Namen der beiden Verkäuferinnen, versprach ihnen eine angemessene Bewachung und verabschiedete sich mit einem artigen: »Machen Sie sich keine Sorgen!«

Nun stellte er sich vor, er würde den Fluchtweg des Übeltäters benutzen, und fand sich auf einer kleinen Brücke mit dem sich unaufhörlich drehenden Wasserrad einer alten Mühle wieder. Die kleine Insel inmitten des wirbelnden Wassers war fast leer, und Stucky stellte fest, dass er sich in einem Teil von Treviso befand, den er besonders liebte. Er überquerte die Eisenbrücke und gelangte, nachdem er links eingebogen war, zum Ponte della Fontana Gajarda bei San Parisio. Der Aggressor hatte sich wohl schon vorher verlaufen, überlegte er. Sinnlos, erraten zu wollen, welche Strecke er für seine Flucht gewählt hatte. Stucky ging den gleichen Weg zurück, überquerte den Canale Cagnan und blieb vor der Bottega del Baccalà stehen. Dort war ein getrockneter Kabeljau zu sehen, ein wahrhaft majestätischer King Cod, komplett mit Kopf und bleckenden Zähnen, ein altes Fossil. Die Bottega war ein wunderbarer, von herrlichen Düften durchzogener Ort, ein wahrer Stimmungsaufheller. Man brauchte nur von draußen einen Blick auf die Körbe voller getrockneter Steinpilze zu werfen – deren Duft ein leichter Luftzug ins Freie wehte –, auf die zu Pyramiden aufgetürmten Schachteln mit hausgemachter Pasta, die Gläser mit eingelegtem Radicchio, die Zöpfe aus roten Peperoni, die Würstchen, die an Pinienzapfen aus dem Hochgebirge erinnerten, die saftigen orangefarbenen Kürbisscheiben, den Wirbel aufgeschichteter Mandelkuchenstückchen oder die Kisten voller kinderfaustgroßer Walnüsse. Alles bot sich scheinbar ungeordnet dem Betrachter dar, wie ein exotischer Basar, und ließ das wunderbare Gemisch erahnen, das der Magen aus all diesen Geschmäckern und Konsistenzen schaffen würde: ein poetisches Werk, das Stucky wieder aufrichtete. Er winkte dem Besitzer zu, der gerade dabei war, ein breites Messer in einen schönen reifen Alpeggio einsinken zu lassen. Die Sache mit den Verkäuferinnen machte ihm Angst. Ja, das war der springende Punkt!

Signorina Callegari wohnte im ersten Stock eines großen Mietshauses am Anfang der Via Terraglio, in der es immer zu diesen verflixten Staus kam. Unvermittelt fand sich Stucky ihrer Mutter gegenüber, die gerade dabei war, die Holztür zu polieren. Bevor sie ihn eintreten ließ, rieb sie noch schnell die Ränder blank. Die Tochter, eine Blondine, trug einen knappen blauen Pyjama, der nicht ausreichte, ihre Reize zu verhüllen. Sie saß auf einem Küchenstuhl und taxierte Stucky mit einem glückseligen Lächeln. Die Mutter ging in ein anderes Zimmer, drehte den Fernseher lauter und schloss dann die Tür.

»Wissen Sie, wir müssen vermeiden, dass die Großeltern neugierig werden, weil sie eine fremde Stimme hören, und hier hereinplatzen«, erklärte die Callegari, die sich überhaupt als redselig entpuppte. Ihre flinken fleischigen Lippen waren hypnotisierend wie ein ferner, verbotener Strand. Sie erzählte dem Inspektor viele Dinge aus ihrem

Leben, die alles andere als sachdienlich waren, und lobte den Besitzer des Optikerladens, Signor Alflevio, über den grünen Klee; der Mann habe sich fast aus dem Nichts eine Existenz aufgebaut.

»Auch wenn er im Laufe der Zeit seine Titel doch noch erworben hat. Er ist jedes Wochenende nach Padua, nach Verona oder nach Mailand gefahren und kam mit irgendeinem Diplom zurück ...«

Er habe eine ganze Wand voller Diplome, aber kein einziges Bild, kein Foto von seiner Familie, und dabei habe er eine nette Familie, sagte die Frau und beschrieb die Ehefrau und die beiden Töchter, sodass Stucky seine liebe Not hatte, irgendwann die folgende Frage anzubringen: »Und von dem Mann, der Sie attackiert hat, haben Sie nichts gesehen?«

»Nichts. Bis auf seine Schuhe in dem Moment, als ich auf den Boden fiel.«

»Seine Schuhe? Immerhin ...«

»Turnschuhe, weiß und rot. Klein.«

»Was heißt ›klein‹?«

»Kleiner als Größe 40.«

»Kleiner als 40?«

»38 oder 39.«

»Woher wollen Sie das so genau wissen? Verstehen Sie auch etwas von Schuhen und nicht nur von Brillen?«

»Ich habe am Anfang meiner Tätigkeit als Verkäuferin drei Jahre lang in einem Geschäft für Sportartikel gearbeitet. Hauptsächlich Tennissachen, bis dann der Trend mit dem Squash aufkam. Da ist eine gewisse Erfahrung mit den genormten Größen unvermeidlich.«

»Und die Marke der Schuhe?«

»Fast mit Sicherheit ein Adidas-Modell.«

»Nur fast?«

»Heute wird ja beinahe alles kopiert. Und außerdem

beschäftige ich mich seit fünf Jahren mit Brillen, und die Labels wechseln so schnell, da kann keiner von mir verlangen, dass ich Schritt halte …«

»Die Labels … ja, richtig«, murmelte der Inspektor.

Auf dem Rückweg zum Polizeipräsidium hörte er jemanden seinen Namen rufen. Ein elegant gekleideter Herr bedeutete ihm, einen Moment zu warten.

»Mein Name ist Alessi, ich bin vom *Gazzettino*. Wie kommt die Sache mit den Verkäuferinnen voran?«

»Wir sorgen gerade für eine angemessene Bewachung. Damit wollen wir weitere Vorkommnisse verhindern«, sagte der Inspektor, wohl wissend, dass er log.

»Glauben Sie, dass es sich um einen Geistesgestörten handelt?«

»Darauf gibt es keine eindeutigen Hinweise.«

»Wirklich? Sie glauben doch nicht an einen durchdachten Plan, oder? Deutet hier nicht alles auf so etwas wie den Ausdruck einer paranoiden Störung hin? Ich nehme hier viel Aggressivität wahr, eine Menge destruktiver Energie …«

»Signor Alessi, nun mal sachte! Ich verstehe ja, dass Sie das Bedürfnis haben, Ihre Berichterstattung aufzupeppen. Aber die Fakten müssen mit ganz kühlem Kopf abgewogen werden.«

Als sie auf dem Weg durch die Calmaggiore an einer überfüllten Bar vorbeikamen, wollte Alessi Stucky unbedingt auf einen Aperitif einladen. Während sie von Leuten umringt dastanden, versuchte Alessi, vertraulich zu werden, und sagte, er liebe seine Arbeit und auch Stucky sei anzumerken, wie sehr er die seine liebe. Dem Journalisten gefiel es, unter Menschen zu sein, über sie zu reden und sie mit leichter Verbalkosmetik zu verbessern.

»Verbessern Sie auch die Fehler der Menschen, oder decken Sie sie nur zu?«

»Aus Fehlern werden, wenn man sie kunstvoll aufdeckt, Vorzüge, mit denen man sich brüstet. Besser ein großer Fehler als platte Normalität.«

»Warum sollte die Normalität denn platt sein?«

Er wartete ab, bis Alessi zwei Damen begrüßt hatte.

»Sie ist platt, weil man auf das Tieferschürfen verzichtet. Wenn man den Mut zum Schürfen hat, stellt man fest, dass alles rund ist und keinen wirklichen Anfang und kein wirkliches Ende hat.«

»Aber einen wirklichen Mittelpunkt hat es schon«, fügte Stucky dem hinzu und blickte seinem Gegenüber dabei fest in die Augen.

»Natürlich hat auch der Beruf eines Deponiebetreibers seine Geheimnisse, und die wird Ihnen niemand gratis verraten. Man kann nicht einmal verlangen, dass man Ihnen eindeutige Antworten gibt. Man muss schon auf eigene Kosten lernen. Wenn es um Geheimnisse geht, ist man immer allein. Aber was ich gesehen und gehört hatte, genügte mir, um Entscheidungen zu treffen: keine Hausmülldeponie, die von Mäusen und Möwen bevölkert wird; kein schädlicher Giftmüll, der einem die Nase bluten lässt und Krebs erzeugt, sondern eine schöne Deponie mit harmlosen, sogenannten Inertabfällen. Man muss sich einer langen bürokratischen Prozedur unterziehen, die Genehmigung beantragen, Standortuntersuchungen vornehmen lassen und bei übergeordneten Behörden Anträge auf Bewilligungen stellen. Aber keine Angst: Man wird mit offenen Armen erwartet, weil die Leute nicht wissen, wohin mit den Abfällen, und kaum sehen Sie einen zupackenden jungen Mann, der beabsichtigt, eine Mülldeponie aufzumachen, lassen sie ihn nicht entwischen. Auch der Umweltdezernent ist auf deiner Seite und freut sich, dass in seiner Kommune eine Deponie eröffnet wird. Zumindest war das so, als ich mit meiner Tätigkeit anfing. Später hat sich dann einiges geändert, und zwar zum Schlechteren. Ich erinnere mich noch an das erste Treffen mit dem Dezernenten, einem jovialen und gradlinigen Typ: ›Schließen wir ein kleines Abkommen‹, sagte er, ›zwischen der städtischen Behörde und der Deponie, indem Sie pro Tonne des abgelieferten Materials einen bestimmten Betrag in die Kassen der Kommune einzahlen.‹ – ›Oho! Sollte es sich da um Schmiergeld handeln?‹, habe ich gefragt. ›Nein, so sieht das Gesetz es vor‹, hat er mir geantwortet. Der kommunalen Behörde wird eine Entschädigung für die durch

die Deponie verursachte Unannehmlichkeit zuerkannt. Kurzum, ein gesetzlich geschütztes Geben und Nehmen, und mir kam das wie der Gipfel des Bürgersinns vor. Andererseits war auch der Dezernent auf Draht und unkompliziert und redete nicht lange um den heißen Brei herum. Wir müssen alle leben auf dieser Welt.

Die Genehmigungen sind wichtig, aber für die Einrichtung einer Deponie genügt ein Telefon. Aus der halben Welt rufen Leute bei dir an, angelockt wie die Bienen vom Nektar. Sobald das Gerücht kursiert, dass es eine neue genehmigte Deponie gibt, sind sie alle da, am Telefon, und fragen dich, welchen Preis du verlangst, wie du die Analysen der Abfälle durchführen wirst, wie ernst du die Resultate der Analysen nimmst, wie du dich verhältst, wenn die gemachten Angaben aus der Luft gegriffen sind, ob du zufällig zu jenen Typen gehörst, die einen Lastwagen, der mitten in der Nacht, womöglich nach einer langen Fahrt, ankommt, zum Absender zurückschicken, und nachdem du klargestellt hast: ›Nein, mein Herr, Leute, die bereits unterwegs sind, werden respektiert‹, kann das Abenteuer beginnen.

Als Erstes musst du die Umzäunung um die ganze Grube herum verstärken. Dann werden die Büros gebaut; ein kleines Labor für die Analysen wird in einem Container untergebracht, wie man sie hierzulande, in der Erwartung von Katastrophen, zum Beispiel für Erbebenopfer baut. Man schafft die Unebenheiten des Bodens aus der Welt, indem man die Kanten schön herrichtet und den Untergrund der Grube glättet, der plan wie ein Billardtisch sein muss. Dann muss man über den Grund eine Schicht Lehm legen und darüber dann eine riesige Kunststoffbahn breiten, denn genau genommen ist eine Deponie nichts anderes als ein kolossaler Plastiksack, in den die Abfälle geworfen werden und in dem sie dann lagern. Fünfzig Jahre oder länger. Das Plastikmonster, wie ich das Ding nenne, auch an den Wänden der

Grube hochzuziehen war eine Heidenarbeit, und wenn ich nicht meine Familie als Stütze gehabt hätte und auch meine Freunde, wäre ich immer noch dabei, an der schwarzen Folie herumzuzerren – und wäre von der Sonne mittlerweile versengt wie eine Ameise.

Das ist ja das Schöne an der Familie und an Freunden: Die einen schuften gratis für dich, und den anderen zahlst du nur wenig. Ich weiß nicht genau, woher dieses Modell stammt, ich weiß nur, dass es funktioniert. Die Großmutter hat uns nicht helfen können, weil sie seit ihrem Luftröhrenschnitt das Loch im Hals mit dem Finger zuhalten muss, wenn sie spricht, und wenn die Nonna nicht redet, arbeitet sie nicht. Mamma, Antonietta und Gino sind bis zum letzten Meter des Plastikmonsters dabeigeblieben. Und fünf oder sechs Freunde für zehntausend Lire die Stunde, Wasser und Wein nach Lust und Laune sowie jede Menge Brot und Wurst. Eine große Familie eben.

Bevor wir uns um den Lehmboden und die Kunststoffbahn kümmern konnten, mussten wir das ganze Zeug wegräumen, das auf dem Untergrund lag, und in einer anderen Ecke des Geländes auftürmen. Auch Papàs Lastwagen. Es gab einen Augenblick der Rührung beim Einsteigen ins Führerhaus, als wir ihn alle wieder vor uns sahen, mit nacktem Oberkörper und den Goldkettchen, die in der Sonne glänzten, in die Ewigkeit hinüberfluchend, weil die Kupplung des Fahrzeugs defekt war.

Als alles fertig war, bin ich im Morgengrauen aufgestanden und hingegangen, um meine Mülldeponie in Augenschein zu nehmen. Es war ein feuchter Morgen, und die Sonne schien so lange zum Aufgehen zu brauchen wie in Irland. Die Felder ringsum waren noch kahl; die frisch gepflügten Äcker schimmerten rötlich und dunkelbraun. Ab und zu flog ein Vogel durch die Luft; zwei waren wohl Möwen, die nachsehen wollten, ob hier tatsächlich in Kürze ein Im-

biss aufmachen würde oder ob sie bloß ihre Zeit verschwendeten. Die Straße, die zur Deponie führt, ist wie eine kleine Schlange, die sich zwischen zwei Reihen von Akazien und Pappeln hindurchwindet. Diese Baumwand hat das große Loch praktisch unsichtbar gemacht, und das Tor tauchte ganz plötzlich auf, und durch die dichte Umzäunung war absolut nichts zu sehen. Nur wenn man durch die Ritzen im Tor spähte, erkannte man die große dunkle Plastikfolie, die einen Großteil der Oberfläche bedeckte, die Straße, die bis zum Grund der Deponie hinunterführte, und die Rampen, über die die Fahrzeuge mit ihren Ladungen fahren würden.

Ich öffnete die Tore. Ein Schwarm schwarzer Amseln flog auf und auch ein paar Tauben. Langsam ging ich zu Fuß den Hauptweg hinunter. Was für ein Anblick! Ich sage Ihnen, Dottore …«

»Das glaube ich Ihnen gern, Signor Dal Lago. Aber warum verraten Sie mir nicht Ihren wirklichen Namen?«

»Weil ich ein Künstler bin, Dottore …«

7. Dezember

Umweht vom Duft seines Aftershaves der Marke *Pino Silvestre,* stürmte Kommissar Leonardi, eine Ausgabe des *Gazzettino* vor sich her wedelnd, in Stuckys Büro.

In dem Teil der Zeitung, der den Lokalnachrichten gewidmet war, stand vorneweg ein von Alessi verfasster Artikel über die Attacken auf die Verkäuferinnen.

Der Journalist schien gut und schnell gearbeitet zu haben; er hatte einen Großteil der Informationen zusammengetragen, über die sie selbst auch verfügten, und die Existenz eines Serienaggressors angedeutet, der sich krankhaft zu jungen und schönen Verkäuferinnen hingezogen fühlte und so weiter und so fort.

»So ein Dummkopf! Solche Sachen setzt man doch nicht auf die erste Seite! Nicht so ...«, schnaubte Leonardi.

»Dieser Typ fühlt sich wohl dazu berufen, die Menschen von ihrer Ahnungslosigkeit zu heilen! Möchten Sie, dass ich zur Zeitung gehe und ihm ein wenig den Kopf zurechtrücke?«

»Lassen Sie's gut sein, Stucky. Diese Leute ernähren sich von Worten und nicht vom gesunden Menschenverstand. Trotzdem ist es eine ernste Sache.«

»Ach wo! Ein Ärgernis ist es. Das stellen wir ab.«

»Es wird den Polizeipräsidenten auf den Plan rufen ...«

Stucky erhielt den schriftlichen Bericht der Polizisten, die am Abend zuvor zur Überwachung der Geschäfte abgestellt worden waren. Es war nichts passiert, und sie hatten sich auf einige Kontrollen bei jenen Passanten beschränkt, deren Verhalten verdächtig erschienen war: drei Albanern, einem Ghanaer und einem Tunesier. BENVENUTO 715, 389, 128, 919 und 488.

Er rief einen Kollegen an, der mit der Archivierung von Fällen befasst war, in der Hoffnung, dass dieser sich an ähnliche Vorkommnisse in der Vergangenheit erinnerte. Also an jemanden, der einen bestimmten Berufsstand aufs Korn genommen hatte, beispielsweise jemanden, der Arbeiterinnen aus dem Glühlampenwerk angespuckt hatte, oder einen anderen, der sich Barkeeper, Konditoren oder Bäcker vorgeknöpft hatte. Leider gab es nichts, was so eindeutig anomal war.

Es war ein strahlend schöner Tag, an dem man weit in die Ferne schauen konnte, bis hin zu den verschneiten Bergen. Fast war zu hören, wie jenseits der Ebene, oben auf den Pisten, die Skier über den knirschenden Schnee glitten. Stucky ging über den auf einer kleinen Insel gelegenen Fischmarkt. Die Kunden standen in ordentlicher Reihe vor den Ständen; fast stumm erduldeten sie die Kaufanimationen und so manches »Was darf's denn sein, mein Schatz?« vonseiten eines auf dem Festland gestrandeten Riesenweibs aus Chioggia mit Seebarschschuppen auf Armen und Gesicht, während ihr Geschäftspartner den Goldbrassen die Köpfe abhieb und die Seeteufel ausnahm.

Dann begab sich der Inspektor in Secondos Osteria, um sich ein Gläschen zu genehmigen. Dort traf er die üblichen Stammgäste an, Geschäftsleute außer Diensten und Rentner, hier genau wie in Catanzaro, außerdem noch Signor Serena, *el pitor,* mit seinen Aquarellen unter dem Arm und Magister Manzoni, der Dantes *Göttliche Komödie* dabei hatte und zwischen dem einen und dem anderen Glas darin las. Stucky ließ sich einen Teller belegte Schnitten mit Radicchio und Baccalà bringen, dazu ein Glas stillen Prosecco. Er bevorzugte das Tischchen in der Ecke, am Fenster, um sich am Anblick der Vorübergehenden zu erfreuen. Passanten boten immer ein Schauspiel. Schon in Venedig hatte er es genossen, sich die Zeit mit dem Betrachten der Leute zu vertreiben. Auch auf diese Weise lernte man etwas über die Welt.

Als vor der Bar, auf dem Gehsteig, eine ältere Frau stehen blieb, riefen die Gäste: »*Eco la mata*!«

Fast so, als wäre das Fenster der Bar ein Spiegel, zog die soeben als verrückt Bezeichnete ihren Mantel aus und zupfte ihren Rock zurecht. Dann schlüpfte sie wieder in den Mantel, strich sich die Augenbrauen glatt, schenkte sich selbst ein Lächeln, runzelte die Stirn und schnitt mit ausgestreckter Zunge ein paar Grimassen. Ihren Auftritt schloss sie mit einer Drehung ab und tat, als wollte sie Mantel und Rock hochheben.

»*Ecola!*«

In der Bar brandete Applaus auf.

Das war Signora Capuzzo, der letzte Rest von dem, was von einem Brillengeschäft in Cadore, einem Hotel in Cortina und einem großen, später als Bauland ausgewiesenen Landgut in der Umgebung von Caorle geblieben war.

»Haben Sie das gesehen, Dottore? Wollen Sie sie nicht wegen unzüchtiger Handlungen festnehmen?«, fragte Secondo der Wirt lachend.

»Wenn nur alle unzüchtigen Handlungen so wären!«

»*El gà rason*! Die Verrückte ist verliebt in diesen hübschen Jüngling.«

»Jüngling ist gut! Ich habe mich doch schon so geschunden, mein lieber Secondo …«

»Sie scheinen besorgt zu sein, Dottore.«

»Ich muss mich gerade mit einer kniffligen Frage herumschlagen …«

»Mit dem Diebstahl auf der Piazza Pola oder mit den Verkäuferinnen?«

»Mit den Verkäuferinnen.«

Magister Manzoni blickte von seinem Buch auf und sagte: »*I xe scherzi*, nur Wichtigtuerei, machen Sie sich keine Sorgen, Dottore, die Sache hat sich bald erledigt.«

Der Maler Serena, der immer noch auf der Suche nach dem passenden Rahmen für seine Bilder war, war anderer Meinung. »Das ist ein schlimmes Omen«, meinte er. »In Treviso sind noch nie Verkäuferinnen belästigt worden. Ein schlimmes Omen.« Und er hob eines seiner Aquarelle in die Höhe.

»Secondo, Sie kennen die Stadt wie Ihre Westentasche. Wie denken Sie darüber?«

»*Un mato o …*« Der Wirt blickte um sich, bevor er im Flüsterton fortfuhr: »Ich weiß, dass Sie hier nicht den Spitzel spielen … *o un foresto …*«

»Also jemand, der so verrückt ist wie Signora Capuzzo?«

»Ein wirklicher Verrückter, ein bösartiger.«

»Dann wird die Sache also Ihrer Meinung nach weitergehen?«

»Und ob! Natürlich! So sind die Irren nun mal. Hartnäckig.«

»Schluss mit dieser Irren-These!«, unterbrach sie Magister Manzoni mit dröhnender Stimme. »Reden wir lieber vom Ewig-Weiblichen, das uns hinanzieht!«

Stucky teilte eher die Gefühle des Malers. Auf die Aufwärmphase mit den Telefonaten waren gleich die ersten konkreten Auftritte auf offener Szene gefolgt: Der Übeltäter hatte nichts für das Labor, das simulierte Leben, übrig, ihm gefiel es vielmehr, im öffentlichen Raum zu wirken. Leider waren die von seinen Opfern zusammengetragenen Informationen unglaublich vage und alles andere als hilfreich. Die einzige Maßnahme, die der Inspektor ergriffen hatte, beruhte ganz auf der Hoffnung, vorausahnen zu können, wer die nächste Zielscheibe sein würde, und sonderbarerweise kam ihm dieser Ansatz selbst lächerlich vor.

Er beschloss, die Nichte von Kommissar Leonardi noch einmal zu befragen.

Während er die Straße hinunterging und seine Gedanken ordnete, hielt er sich dicht hinter einem Paar, das wie verheiratet aussah. Sie zerrte ihn mit und zeigte ihm Vorhänge und Bettdecken. Die beiden erwiesen sich als äußerst aufmerksam und kommentierten jede Einzelheit im Schaufenster, jedes Detail der ausgestellten Waren, um dann mit dem Zeigefinger auf das beste Stück zu deuten. Stucky folgte ihnen ins Geschäft, das nicht nur aus Schaufenstern bestand, sondern weitläufig war, ausgestattet mit Balkendecke und langen Ladentischen aus altem Holz, bedeckt mit kostbaren Stoffen, einem Meterstab von anno dazumal, und hinter dem Tisch stand ein der Rente entgegengehender, bebrillter Verkäufer, der bis in die geringfügigsten seiner Bewegungen hinein Kompetenz ausstrahlte. Stucky begriff, dass er unter dem Vorwand, etwas kaufen zu wollen, nach allem hätte fragen können, und kam zu dem Schluss, dass unter Anwendung des einfachen, aber magischen Satzes: »Ich bräuchte ...« jedes Geschäft in der Stadt inventarisiert werden konnte.

Der Inspektor blieb auf den knarrenden Holzdielen stehen, bat darum, sich einen Vorhang aus Hanf ansehen zu dürfen, nahm mehrere Angebote genau in Augenschein, kam der Aufforderung nach, das Produkt zu betasten, und verabschiedete sich dann mit dem anderen magischen Satz: »Vielen Dank, ich komme wieder ...«. Klema konnte also in jedem Geschäft mit der gleichen Leichtigkeit ein- und ausgehen, mit der ein betrübter Tauberich von Dach zu Dach flog.

In ihrem Laden stand Signorina Leonardi kerzengerade in dem engen Korridor zwischen den mit Waren vollgestopften Regalen. Sie selbst erinnerte an die bekannten metallenen Lampen in Gestalt eines Schreitvogels – Gegenstände von geradezu erhabener Nutzlosigkeit. Sie erkannte den Inspektor sofort und deutete einen zögerlichen Gruß an, indem sie kaum merklich ihre schlanken Finger bewegte.

»So viele Sachen!«, sagte Stucky und hob einen Glasbehälter hoch, der zwei verschiedenfarbige Flüssigkeiten unterschiedlicher Dichte enthielt.

»Kleine Einrichtungsgegenstände, Geschenkartikel, Kuriositäten und Deko-Artikel.«

»Verkauft sich das gut?«

»Ziemlich gut.«

»Diese elastischen Federn da drüben zum Beispiel, wozu sollen die nütze sein?«

»Daran kann man eine Tasche aufhängen, eine Blumenvase, jedes beliebige Gewicht ...«

»Interessant. Hat man Sie noch einmal belästigt, Signorina?«

»Nein. Aber ich habe gehört, dass es andere Fälle gegeben hat, und ich habe es in der Zeitung gelesen.«

»Gehört von wem?«

»Unter uns Verkäuferinnen hat sich das herumgesprochen. Wir waren beunruhigt.«

»Wo stellen Sie Ihr Auto ab?«

»Beim Ruderklub.«

»Sie haben also an jenem Tag dieses Geschäft verlassen, waren in drei oder vier Minuten bei Ihrem Wagen und eine Viertelstunde später vor Ihrem Haus angelangt. Ist das richtig?«

»Ja.«

»Der Typ hat Sie im Laden beobachtet, sich an Ihre

Fersen geheftet, um zu sehen, wie Sie nach Hause kommen, und hat sich gemerkt, wo Sie parken; in der Folge hat er Sie abgepasst und ist Ihnen bis zu Ihrem Haus gefolgt, vielleicht ein paarmal, und dann hat er sich, am Abend der Attacke, bequem postiert, weil er wusste, wo Sie Ihr Auto hatten, und ist zur Tat geschritten.«

Das Mädchen schwieg.

»Können Sie sich wirklich an nichts erinnern? Kein einziges Detail registriert? Nicht einmal aus den Augenwinkeln?«

»Nein. Wenn man Angst hat, denkt man nicht lange nach. Ich bin sofort in Richtung Haus geflüchtet.«

»Erinnern Sie sich wenigstens noch, in welche Tasche der Delinquent Ihnen die Praline geschoben hat?«

»Also wirklich …«

»Strengen Sie sich an, ich bitte Sie!«

»Ja also: in die rechte Tasche.«

»Kennen Sie Signora Verzieri?«

»Nein. Noch nie gehört.«

»Und Signorina Bergamin?«

»Nur vom Sehen.«

»Meinen Kollegen Martini aber haben Sie gekannt …«

»Ich bin ihm ein paarmal im Polizeipräsidium begegnet. Unglaublich, sein Tod«, murmelte das Mädchen.

»Nun gut, Signorina Leonardi. Es ist alles unter Kontrolle. Seien Sie unbesorgt. Und diesen trüben Spiegel, wem verkaufen Sie den?«

»Der kommt bei den Kunden sehr gut an!«

Mit dieser unglaubhaften Erklärung im Ohr verließ Stucky den Laden.

In der Handelskammer fand er eine sehr höfliche Angestellte vor, eine mollige Dame, die wie die Zweitbeste eines Buchhalterinnenkurses wirkte und sich bemühte, ihn mit ein paar Erläuterungen zur beruflichen Situation von Verkäuferinnen in Italien zu versorgen. Die meisten würden direkt von den Geschäftsleuten angestellt; deren Auswahlkriterien seien im Wesentlichen: ansprechendes Äußeres, gute Körperhaltung, eine gewisse Feinheit in den Umgangsformen und eine angemessene Neigung, das Eigentum anderer zu respektieren. Sicher, früher einmal sei es eine Frage der Ehre gewesen, die Kunst des Verkaufens zu praktizieren, und bis in die Achtzigerjahre hinein eine Art Privileg, diese Tätigkeit in den Geschäften des Stadtzentrums ausüben zu dürfen. Im letzten Jahrzehnt sei die Fluktuation immer stärker geworden; als Verkäuferin zu arbeiten sei inzwischen nur noch eine Durchgangsstation. Vorbei die Zeiten von Signora Fazzuoli!

»Signora Fazzuoli?«

»Sie war es, mein lieber Inspektor, die die besten Verkäuferinnen von Treviso ausgebildet hat.«

»Und wo kann ich diese Dame antreffen?«

»O, sie muss schon lange im Ruhestand sein. Sie dürfte ... an die achtzig Jahre alt sein, die Gute.«

Für Stucky war es nicht schwer herauszufinden, wo Maria Fazzuoli, Jahrgang 1921, gelandet war, nämlich in einem warmen Bett des Altenheims von Castelfranco Veneto, ein paar Schritte vom historischen Zentrum des Städtchens entfernt.

Die Signora hatte keine Angehörigen mehr. Wenn jemand sie besuchen kam, dann waren es ihre ehemaligen Schülerinnen, längst im Ruhestand befindliche Verkäuferinnen, die sich an ihren Unterricht erinnerten und dankbar waren, dass sie es ihnen ermöglicht hatte, ein Arbeitsleben zwischen Wolle und Stoffen, Schlafbrillen und Bassetti-Kissen zu verbringen. Die Pflegerinnen auf ihrem Stockwerk konnten es nicht fassen, dass jetzt plötzlich ein männliches Wesen nach Signora Fazzuoli fragte, und auch sie selbst, die stilvoll hergerichtet in einem einzeln stehenden Lehnsessel vor einem alten Glasfenster saß, hatte Mühe zu begreifen, dass es sich tatsächlich um einen Besucher handelte. Sie versteifte sich darauf, Stucky mit »Herr Doktor« anzureden und abzustreiten, dass sie gelbe und schwarze Tabletten brauchte.

»Ich bin kein Arzt.«

»Das behaupten alle Doktoren, und sie sagen auch, dass Medikamente keine Medikamente wären, sondern Bonbons: Maria, essen Sie die Bonbons. Und dabei sind es Medikamente! Ich weiß, dass es Medikamente sind.«

»Ich bin Polizist.«

»Ach ja! Und wenn ich die Bonbons nicht esse, dann brummen Sie mir eine Strafe auf, stimmt's?«

»Aber nicht doch! Ich wollte Sie etwas fragen, im Zusammenhang mit den Verkäuferinnen ...«

»Ach ja! Jetzt werden Sie sagen, dass Sie, weil Sie Polizist sind, die Verkäuferinnen beschützen. Sie begleiten sie nach Hause und geben ihnen die Bonbons. Dann werden Sie sagen: Maria, wenn die Verkäuferinnen die Bonbons von einem Polizisten annehmen, können Sie sie auch nehmen. Und dabei sind es Medikamente. Mich können Sie nicht hereinlegen! Sie nicht!«

»Signora Fazzuoli, in Treviso gibt es jemanden, der Verkäuferinnen belästigt. Erinnern Sie sich noch, wie Sie sie der Reihe nach ausgebildet und ihnen beigebracht haben, wie sie sich den Kunden gegenüber zu verhalten hätten ...«

»... und vor allem, wie mit den Ladenbesitzern umzugehen war«, sagte die Frau und versuchte, sich vom Sessel zu erheben, weil sie das Licht, das zum Fenster hereinflutete, störte. Sie schloss die Augen und fuhr fort: »Mit den Besitzern, weil die Geschäftsleute einen besonderen Berufsstand darstellen. Man muss sie zu nehmen wissen.

Diejenigen, die an der Kasse sitzen und die Verkäuferin keinen Moment aus den Augen lassen; diejenigen, die nie selbst in ihren Laden kommen, sondern ihre Frauen oder ihre Töchter schicken, um einen in die Bredouille zu bringen; diejenigen, die etwas als Gegenleistung wollen; diejenigen, die sich in ihre Verkäuferin verlieben; und dann noch die Ehefrauen der Geschäftsleute und die Mütter der Ladenbesitzer: O, ich gebe meinen Mädchen für alles eine Lösung an die Hand! Bewahrt die Ruhe, kontrolliert die Kasse, nehmt niemals etwas aus dem Lager mit, fordert eure Freundinnen nicht auf, dort einzukaufen, weil ihr sie sonst in der Illusion wiegt, sie könnten einen Rabatt bekommen; bringt während der Arbeitszeit keine Leute mit, in die ihr verliebt seid, seid niemals nachlässig und niemals dösig! Seid verführerisch, seid überlegen: Ihr müsst sie überzeugen, sie sind es, die euch brauchen ...«

»Was meinen Sie, Signora Fazzuoli: Wäre es möglich, dass ein Kunde einen krankhaften Hass auf Verkäuferinnen entwickelt?«

»Auf meine Mädchen? Mit Sicherheit nicht!«

»Ich meine, ganz allgemein. Haben Sie jemals die Erfahrung gemacht, dass es zu starken Spannungen zwischen Verkäuferinnen und Kunden kam?«

»Niemals.«

»Sind Sie sich da sicher?«

»Wollen Sie mir etwa Medikamente verpassen?«

»Nein, keine Sorge! Wer könnte Ihrer Meinung nach seinen Hass auf Verkäuferinnen richten?«

»Ein Irrer. Wer sonst würde sich gegenüber jungen und schönen Frauen schlecht benehmen?«

»Übt heute niemand mehr Ihre so wichtige Tätigkeit aus?«

»Sind Sie wirklich Polizist?«

»Wollen Sie die Medikamente haben?«

Die Straße zwischen Castelfranco Veneto und Treviso ist eine grauenhafte Kette aus Autos und Lastwagen, die sich zwischen zwei oder drei kleinen restaurierten Dörfern hindurchzwängt, Ortschaften, die zu städteplanerischer Einfalt verdammt sind. Mit Geduld reagierte Stucky auf Ampeln, Baustellen, Verkehrsstockungen und Staus. Arbeiten auf einem Bürgersteig drängten Fahrzeuge aus der halben Welt zusammen, bulgarische, türkische, slowenische und viele andere, die sich in ihr Schicksal ergaben.

Während der ganzen Fahrt dachte er über die Drohanrufe nach und über die einzige Ladenbesitzerin, die davon betroffen war, Signora Verzieri, die Dame mit dem Tabakwarenladen. Sobald er unter Mühen die Stadt erreicht hatte, begab er sich in ihr Geschäft. Die Dame war über Inspektor Stuckys zweiten Besuch nicht gerade entzückt. Sie gehörte zu jener Kategorie von Frauen, die sich nur dann Vertraulichkeiten erlauben, wenn sie irgendeinen Vorteil wittern, und die Präsenz des Polizisten brachte sie, während sie den einen und den anderen Kunden bediente, ein Päckchen Zigaretten oder eine Briefmarke verkaufte, völlig aus dem Konzept.

»Ich bin noch einmal hier, weil ich glaube, dass Sie mir bei einer entscheidenden Frage weiterhelfen können.« Er stellte fest, dass die Frau nun etwas entgegenkommender dreinblickte.

»Die Stimme des Mannes, der Sie angerufen hat. Wie klang sie?«

»Sie möchten wissen, wie ich diese Stimme beurteilen würde? Als unangenehm.«

»Schon gut. Aber wie klang sie: schrill, leise, schmeichelnd, aggressiv, ruhig, beherrscht, aufgeregt …?«

»Unangenehm und alt.«

»Was meinen Sie mit ›alt‹?«

»Ich hatte den Eindruck, dass es sich nicht um einen jungen Menschen handelte. Und jetzt, da Sie mich zum Nachdenken auffordern, muss ich anfügen, dass man im Hintergrund auch Geplapper hörte, andere Stimmen. Wie in einem Lokal, in einer Bar oder einer Osteria.«

»Sie haben keine Anrufe dieser Art mehr bekommen ...«

»Hören Sie vielleicht mein Telefon ab?«

»Nein, keine Sorge!«

Ein Detail überzeugte Stucky nicht, vielleicht nur eine Lappalie: War sich dieser verdammte Klema bewusst, dass es sich bei der Verzieri nicht um eine Verkäuferin handelte?

»Hören Sie, mir ist aufgefallen, dass die Telefonnummer auf dem Ladenschild anders lautet als die, die hier steht, auf den Tüten ...«

Die Frau schwieg einen Augenblick irritiert, dann sagte sie: »Der Telefonvertrag lautete auf den Namen meines Mannes. Ich habe alles geändert, aber das Schild ist schon so antik und kostbar, dass ich keine Lust hatte, ein neues hinauszuhängen. Trotzdem, die richtige Nummer ist die auf den Papiertüten, in die ich die Ware packe. Glauben Sie, dass der Verbrecher in den Laden gekommen ist, um mich zu beobachten? Oder dass er mich kannte?«

»Schon möglich. Im Übrigen sind Sie ja keine Verkäuferin. Vielleicht nicht attraktiv ...«

»Sie halten mich für nicht attraktiv?« Die Frau schien sich aufzuplustern, während sie sich mit einer Hand das Haar hinter das Ohr strich.

»... für den Belästiger, wollte ich sagen.«

Beim Weggehen kämpfte Stucky mit leichten Atembeschwerden. Antimama! Ein alter Mann, in einer Bar, ein Belästiger, der nicht nur eine krankhafte Vorliebe für Verkäuferinnen, sondern gleich für das ganze weibliche Geschlecht hegte!

»Stimmt es, dass Sie Ihre Papageien quälen?«, fragte er das verhutzelte Männchen, das in seinem Geschäft namens »Papageien-Universität« auf einem Hochstuhl mit Strohsitz saß. Stucky war in geduckter Haltung eingetreten, in der Hoffnung, von Onkel Cyrus' Laden aus nicht gesehen zu werden, und in der weiteren Hoffnung, dass sein Onkel sich gerade auf den Verlauf einer Arabeske am Rand eines Teppichs konzentrieren möge.

»Das ist eine Verleumdung!«, antwortete das Männchen nervös.

In den Käfigen an den Wänden wimmelte es nur so vor bildhübschen, farbenprächtigen und Pirouetten drehenden Papageien, die so sympathisch aussahen, dass man sich fragte, wie man sich jemals freiwillig von ihnen trennen konnte. Die grell leuchtenden Wesen mit den großen Augen und Schnäbeln waren auf den Stangen, auf denen sie saßen, wie Orgelpfeifen der Größe nach aneinandergereiht.

»Ist dieses Kettchen nicht zu kurz? Und sind das pro Käfig nicht viel zu viele Papageien?«, fragte Stucky.

»Zu Weihnachten gehen die alle weg«, zischte der Typ verärgert.

Stucky wagte es, eine Hand in Richtung eines kerzengerade aufgerichteten Amazonien-Feldwebels mit provozierendem Blick auszustrecken. Zack! Und der Schnabel schnappte nur einen Millimeter vor seinen Fingern zu.

»Wenn Sie es wünschen, mache ich die Kette länger«, meinte der Papageien-Dozent kichernd.

Secondo sah den Inspektor verständnislos an.

Stucky stand nur da und starrte auf das Telefon an der

Wand. Von der Theke aus konnte man genau verfolgen, wer gerade telefonierte.

»Können Sie sich an niemanden erinnern, Secondo?«

»Na ja, an einige schon ...«

»Stammgäste?«

»Ans Telefon gehen vor allem die Stammgäste, das ist richtig ...«

»Und Sie haben nie, was weiß ich, Magister Manzoni telefonieren sehen?«

»Warum ausgerechnet Magister Manzoni?«

»Weil er einige Probleme mit dem weiblichen Geschlecht und eine etwas raue Stimme hat.«

»Tja, der Herr Magister ...!

»Wo wohnt er?«

In dem alten Haus in der Via Tommasini gelangte man über eine ziemlich schmale Treppe nach oben. Im zweiten Stock prangte das Messingschild, in das mit Großbuchstaben MANZONI eingraviert war. Mit Nachdruck klopfte Stucky gegen die Tür, deren Farbe leicht abgeblättert war. Magister Manzoni, im Schlafrock, zuckte zusammen, als er den Inspektor sah. Er duckte sich, wie unter einem sich plötzlich herabsenkenden Gewicht. Zerzaust, ohne Brille, ein Intellektueller, entkräftet von einem Leben, das sich dem Alter entgegenschleppte.

»Ich komme wegen der Telefonate«, sagte Stucky ohne lange Vorrede.

»Nehmen Sie Platz.« Und er führte ihn durch ein Zimmer, das mit Schwarz-Weiß-Fotos von Frauen regelrecht tapeziert war.

»Meine Exfreundinnen«, brummelte der Magister, aber es war klar, dass es sich lediglich um allgemein begehrte Schönheiten handelte.

»Warum haben Sie diese armen Mädchen belästigt?«

»Sie sind nicht freundlich gewesen …«

»Und das soll ein Grund sein? Wenn wir alle anrufen müssten, die unhöflich zu uns waren …«

»All die schönen Frauen! Für sie ist das Leben ein einziges Fest, und für mich? Mir bleibt nur die Zeit der Hosenkackerei …«

»Sie sollten sich schämen!«, brüllte Stucky. »Warum macht ihr Alten nicht was Nützliches für die Gesellschaft, anstatt den Lebenden auf den Geist zu gehen?« Aber als er die niedergeschlagenen Lider des Mannes sah, unter denen der Kummer hervorquoll, bereute er seinen Ausbruch.

»Nehmen Sie mich jetzt fest?«, fragte Magister Manzoni und sank in einen Lehnsessel mit rissigem Lederbezug.

»Kein Wort zu niemandem! Und halten Sie sich zur Verfügung …«

»Auf dem Gelände der Mülldeponie angelangt, betrat ich als Erstes den Waageraum, in der Hoffnung, dass Gropìn die Mechanik, wie abgesprochen, korrigiert hatte. Es sollten nämlich immer ein paar Dutzend Kilo mehr gewogen werden: Hier mal zehn Kilo mehr, und dort mal zehn Kilo mehr, das würde sich zu ganzen Tonnen zusammenläppern.

Die Sonne ging über dem Rand der Deponie auf. Und ich stand in ihrer Mitte. Mitten auf dem Plastikmonster.

Ich schwöre, dass ich die Arme zum Himmel hob, weil ich die ganze Welt hätte umarmen können. Ich hörte bereits das Telefon klingeln und die schwer beladenen Lastwagen den Hauptweg hinunterrumpeln; ich hörte die Maschine tickern, die das erfasste Gewicht in einen Geldbetrag umrechnete, und hörte die Wasserspritzen arbeiten, die die Reifen der verdreckten Brummis wuschen; ich sah die Wasserrinnsale, die sich nach unten ergossen, und die Fahrzeuge, die blitzsauber die Rampen aus den immer platter gedrückten Abfällen hinauffuhren; ich sah die Müllverdichter, die sogenannten Kompaktoren, die das Material zusammenpressten, und die Schornsteine für die Verbrennung der Gase, die nach und nach von den Abfällen geschluckt wurden; ich sah die hektische Aktivität des Analyselabors und die Formulare, die an die zuständigen Behörden versandt wurden. Und in meinen Ohren klang es bereits: ›O, guten Tag, Signor Wachtmeister! Heute keine Probleme mit dem Verkehr, oder?‹

›Ach, mein lieber Signor Dezernent …‹

›Was für überzeugende Analysen!‹

›Ich weiß, vielen Dank!‹

Sicher, ein paar organisatorische Probleme gab es noch. Ich hatte es schnell mal überschlagen: Ich brauchte jemanden, der an der Erfassungswaage stand, einen anderen, der die verdreckten Lastwagen wusch, dann einen Fahrer, der sich mit dem Kompaktor am Müllberg auskannte, und jemanden für das Labor sowie einen Oberaufseher, wobei ich Letzteres auch selbst übernehmen konnte. Zur Verfügung hatte ich: meine Schwester Antonietta, die Mamma, die Nonna, meinen Bruder Gino, und die Nummer fünf wäre dann meine Wenigkeit gewesen. Fehlte nur noch einer, die Nummer sechs, also jemand für die Analysen.

Den Organisationsplan hatte ich auch schon im Kopf: Antonietta würde ich, sobald sie von ihrem Hotel zurückkam, in das Führerhaus des Kompaktors setzen, der die Abfälle komprimierte, während Gino am Vormittag, ebenfalls mit dem Müllverdichter, die von den Lastwagen abgeladenen Abfälle verteilen würde. Die Mamma sollte bei der Waage bleiben und die Lkw-Fahrer bei Laune halten, damit sie ja nicht auf die Idee kamen, dass eine Frau beim Wiegen schummeln könnte. Die Nonna würde die Lastwagen waschen, und weil sie trotz des Luftröhrenschnitts immerzu reden will, würde ich für sie im Bereich der Waschanlage ein mit dem Telefon verbundenes Mikrofon installieren, dann konnte sie mit der einen Hand die Reifen des Fahrzeugs abwaschen, sich mit der anderen das Loch zuhalten und sich gleichzeitig mit den Lokalsendern unterhalten, die man nicht genug loben und preisen kann, denn ohne sie würden wer weiß wie viele Hausfrauen unter Verfolgungswahn leiden, während sie auf diese Weise ihr Herz ausschütten können.

Und die Oberaufsicht würde in meinen Händen bleiben. Fehlte also bloß noch jemand für das Labor. Aber einen jungen Universitätsabsolventen, der nichts konnte, nichts war und nichts hatte, so einen fand man überall.

Doch ausgerechnet bei der Anwerbung des Personals gab es Probleme.

Mein Bruder Gino lehnte eine feste und dauerhafte Anstellung ab. ›Schau‹, meinte er, ›das geht mal an einem Sams-

tag oder an einem Sonntag, aber unter der Woche möchte ich meiner eigenen Beschäftigung nachgehen und mit Scanias und Volvos durch die Gegend kurven.‹ – ›Natürlich, wir sind Brüder‹, habe ich ihm geantwortet, ›und es ist gut, dass du so aufrichtig zu mir bist, aber Madonna buonina, möchtest du mich wirklich an den Bettelstab bringen, wenn wir doch einen Betrieb haben, der nur als Familienunternehmen funktioniert?‹

Aber es half alles nichts. Ich erinnerte mich sehr gut an die Leidenschaft, die er schon als kleiner Junge für Motoren und vor allem für unsere Lkws empfand. Vor allem die Riesenbrummis faszinierten ihn, und ich entsann mich auch noch, dass Gino dann, wenn die anderen Jungs mit ihren Fußballerbildchen zugange waren, Lastwagen zeichnete und davon träumte, ein DJ mit dem Namen Blitz zu werden. ›Also gut, Blitz‹, habe ich gesagt, ›dann sei eben der Diesel mit dir!‹

Dann fing auch Antonietta an, Sperenzien und Ausflüchte zu machen. Zum Beispiel behauptete sie, sie müsse sich, wenn sie jeden Nachmittag auf dem Kompaktor säße, auch an jedem Abend die Haare waschen. ›Santa Madonna! Du sitzt in einem bequemen Führerhaus eines modernen Fahrzeugs!‹, habe ich sie beschworen. ›Aber der Kompaktor rollt über den stinkenden Müll‹, hat sie geantwortet.

›Also gut, dann nimmst du ein parfümiertes Shampoo.‹

›Wenn man sich die Haare zu oft wäscht, schadet das den Haarwurzeln.‹

›Auch wenn man ein mildes Shampoo verwendet?‹

›Auch dann.‹

›Und wer behauptet das?‹

›Die Umweltschützer.‹

Ach so, die Umweltschützer.

Um die Sache abzukürzen: Antonietta ist noch jung und ließ sich am Ende breitschlagen.

Die Mamma hatte zum Glück kein Problem. Die Nonna hatte auch kein Problem, Hauptsache, man stellte ihr nicht Radio Maria ein, denn gegen diesen Sender ist sie allergisch.

›Wäre dir Radio Bella Monella recht?‹

›Kann man bei denen anrufen?‹

›Jederzeit.‹

Wir waren also schließlich so weit, dass wir hätten loslegen können, unter der Voraussetzung, dass ich die Doppelrolle des Kompaktorlenkers und Managers übernahm. Aber es fehlte uns immer noch jemand für das Labor, und deshalb habe ich ein Inserat in die Zeitung gesetzt: Kompetente Chemiker für interessante Tätigkeit direkt am Einsatzort gesucht. Bewerbung von Faulenzern zwecklos!

Alle, die behaupten, unsere jungen Leute hätten keine Lust zu arbeiten, haben – leider – recht. Keiner, nicht ein einziger dieser diplomierten Jüngelchen hat sich bei mir gemeldet. Wäre ich an der Stelle ihrer Eltern, würde ich diesen Herrschaften, die nichts anderes im Kopf haben als Autos und Videospiele, einen ordentlichen Tritt in den Hintern geben; diese Schnösel, die, kaum haben sie die Schule hinter sich, schon Psychiater, Tankstelleninhaber oder Verkäufer von Altersvorsorgefonds sein wollen – ja, ich wüsste nicht einmal, was ich solchen Typen antun würde.

Ich sah mich also gezwungen, eine zweite, anderslautende Annonce aufzugeben: Chemiker mit Universitätsabschluss für Arbeit vor Ort gesucht. Bewerbungen von Faulenzern zwecklos!

Natürlich war mir klar, dass ich damit riskierte, ein höheres Gehalt zahlen zu müssen, und einen Augenblick spielte ich sogar mit dem Gedanken, dass ich die Analysen selbst hätte durchführen können … wenn ich, ja, wenn ich bloß einen Schimmer von Chemie gehabt hätte. Aber zur Not konnte ich das Unmögliche dadurch möglich machen, dass ich die Gewichte noch weiter korrigierte und den Lohn für *den Akademiker über das Geld, das die Kunden zu zahlen hatten, wieder hereinholte.*

Ich wiegte mich in der Illusion, dass der Sinn des Stellenangebots unmissverständlich Folgendes signalisierte: Unser Land ist voller junger Leute mit Universitätsabschluss, die keine Stelle finden, und wenn ein Jungunternehmer dafür sorgt, dass der Wert eines Universitätsdiploms einmal gewürdigt wird, kann man von ihm doch eigentlich nur Gutes erwarten. Einen Platz im Paradies. Denn wie man weiß, haben die Typen, die frisch von der Uni kommen, meistens nicht viel Ahnung und enden dann, wenn sie sich die Hörner nicht ordentlich abstoßen, frustriert und unterfordert als städtische Angestellte oder Lehrer, was, bei allem Respekt, für einen Akademiker bedeutet, dass er versagt hat. Zumindest sehe ich das so.

Tja, Dottore, was soll ich Ihnen sagen? Ich hatte erwartet, dass mir viele tüchtige Universitätsabsolventen einen aufrichtigen Brief mit ungefähr folgendem Wortlaut schreiben würden: Sehr geehrter Herr Unternehmer, vielen Dank für Ihr Angebot, über das ich mich sehr gefreut habe. Dankbar für die mir gebotene Chance, bitte ich Sie im Gegenzug, nach dem tariflichen Mindestlohn bezahlt zu werden. Machen Sie sich bitte wegen des ersten Jahres keine Umstände! Solange ich Ihre Anforderungen noch nicht ganz erfüllen kann, beabsichtige ich nicht, Ihnen den Lohn zu stehlen.

Auf diese zweite Annonce bekam ich eine Antwort, eine einzige. Von einem gewissen Filiberto. Filiberto Trentin.

Ich hätte mir gleich denken können, dass an der Sache irgendetwas faul war. Mit achtunddreißig Jahren kommt man nicht frisch von der Uni. Aber ich verfügte noch nicht über genug Selbstsicherheit, um ihn freiheraus zu fragen, ob er Probleme in der Familie oder vielleicht aufgrund eines Burn-outs unter einem langwierigen, lähmenden und deprimierenden

Erschöpfungszustand gelitten hatte. Hinzu kam, dass er ein gewinnendes Äußeres hatte, groß war und blondes, zerzaustes Haar und einen so ruhigen Ton in der Stimme hatte wie jemand, der sich seiner Sache sicher ist. Und außerdem gab er sich mit wenig zufrieden, ja, er schlug mir sogar vor, seinen Lohn in eine Geschäftsbeteiligung umzuwandeln, denn seiner Meinung nach habe der Müll eine große Zukunft. Ich habe ihm geantwortet, dass ich darüber nachdenken würde, denn unser Betrieb sei eigentlich ein Familienunternehmen, und bei Leuten, die von außen kämen, müsse man deshalb mit viel Bedacht vorgehen. Daraufhin hat er gesagt, auch er würde nachdenken, und zwar über die Antwort auf meine Frage, welche Geräte wir für das Labor anschaffen müssten. Was sollte das nun wieder heißen, dass er nachdenken würde? Spätestens jetzt hätte ich hellhörig werden müssen. In diesem Moment hätte ich Verdacht schöpfen müssen! Stattdessen ging meine Überlegung dahin, dass er sich mit Geräten wohl gut auskannte und möglicherweise über eine Kombination von Apparaten nachdenken musste, die bei geringstem Kostenaufwand fantastische Ergebnisse liefern würde.

Drei Tage später hat er mir eine Liste mit Ph-Metern, Spektralfotometern, Konduktometern und anderem komischen Zeugs vorgelegt. Ich habe auf die Endsumme des Kostenvoranschlags geschielt und habe die Augen zum Himmel verdreht. ›Man kann aber auch sparen‹, hat er gesagt, ›wenn wir es so machen, wie ich es Ihnen jetzt vorschlage. Und das heißt: Sie lassen mir freie Hand und betreten unter gar keinen Umständen das Labor.‹

›Und wie viel wird es dann kosten?‹

Filiberto Trentin kritzelte mir eine Zahl hin.

›Im Monat?‹

›Im Jahr!‹

›Dafür bekommst du sofort meinen Segen!‹

Endlich war die Mannschaft komplett. Können Sie mir folgen, Dottore?«

»Einigermaßen …«

»Soll ich am Donnerstag wiederkommen?«

»In Ordnung.«

»Wieder am Abend, um halb neun?«

»Wie wir es telefonisch vereinbart haben.«

Als der Mann mit dem Künstlernamen Bizantin Dal Lago gegangen war, fuhr Dr. Tarfusser sich mit einer Hand durchs Haar und blickte dann nachdenklich in sein Heft. Würden alle so sein? Seine künftigen Klienten? Dieser, sein erster Fall, beunruhigte ihn ein wenig.

Magister Manzoni hätte die Verkäuferinnen nur attackieren können, wenn man ihm beidseitig einen neuen Meniskus verpasst und die Sozialversicherung ihm Schuhe mit Raketenantrieb spendiert hätte. Des Magisters Showtalent hatte den Inspektor zutiefst irritiert. Damit war er in einer Sackgasse gelandet und mit den Ermittlungen in Sachen Verkäuferinnenattacken nicht wirklich weitergekommen.

Am Abend des 7. Dezember machte Stucky einen Sprung in die musikalische Vergangenheit und verbrachte ihn in Gesellschaft der Beatles, mit ihren Songs, Videos und Fotos, während an den Wänden in der Osteria, wo dieser spezielle Abend stattfand, die Hüllen ihrer Langspielplatten hingen.

Für das Angelsächsische hatte der Inspektor allgemein nicht viel übrig, abgesehen vom Klang einiger Wörter, wie zum Beispiel »Alabama« und »Cadillac«. Aber die Beatles hatten eine Epoche markiert, und die Epochenmacher, also die Pflöcke, die wir einrammen, um den Fluss der Zeit zu verstehen, interessierten ihn. Er saß an einem Tischchen, umrauscht von einer Mischung aus musikalischen Klängen und Plaudereien, und hatte den Eindruck, dass die Stammgäste nicht unbedingt wegen der Beatles hergekommen waren. Diese Leute musste er erst gar nicht näher studieren, sie waren hier, weil sie sich gut verstanden und etwas trinken wollten. Keine mühsame Recherche, keine tief sitzende Leidenschaft hatte ihn und sie zusammengeführt, sondern der gewiefte Gastgeber, der einen Themenabend organisiert hatte. Gäste, er und sie. Die Beatles, die Ware und die Verkäuferinnen …

Warum nicht die Kellnerinnen?, fragte er sich und sah

das Mädchen an, das mit dem Glas Malzbier auf ihn zukam, das er bestellt hatte. Kellnerinnen schlossen für gewöhnlich keine Lokale ab. Und die Baristas? Viele Baristas schlossen ihre Lokale selbst ab. Sicher, Verkäuferinnen standen ein bisschen höher in der Hierarchie, zumindest in der Fantasie. Sie waren feiner und schicker und trugen in den meisten Fällen keine Uniformen; man sah sie nicht beim Toilettenreinigen, beim Kaffeesatzauskratzen oder beim Herumhantieren mit der Mayonnaise.

Stucky sah, dass ein paar Tische von ihm entfernt eine Frau ihn grüßte. Wie aus einem Reflex heraus hob auch er die Hand. Er brauchte einige Sekunden, bis er in ihr eine der Verkäuferinnen wiedererkannte, die er befragt hatte. Sie saß in einer kleinen Gruppe, zusammen mit ihren Freundinnen, und Stucky fühlte sich verpflichtet, zu ihr zu gehen und sie so zu begrüßen, wie es sich gehörte.

»*Buonasera,* Signorina Bergamin. Alles in Ordnung?«

»Von wegen! Die Sache ist noch lange nicht ausgestanden.«

»Dürfte ich Sie kurz an meinen Tisch bitten, damit ich Ihnen noch ein paar Fragen stellen kann?«

»Werden Sie mir auch ja nicht den Abend verderben?«

»Du lieber Himmel, nein! Das verspreche ich Ihnen …«

Er bestellte eine Orangeade mit Rum für die Frau.

»Diese Narbe über der Augenbraue – ein Albanermesser?«, fragte sie ihn und nippte an ihrem Getränk.

»Nein, kein Albaner. Eine Regalkante. Darf ich Sie fragen, wie Sie die Sache inzwischen sehen?«

»Müssten das nicht eher Sie beantworten?«

»Aber Sie werden doch eine Meinung dazu haben!«

»Ich denke über das nach, was mir passiert ist, und über das, was ich in der Zeitung gelesen habe. Drohanrufe zu bekommen ist für eine Frau normaler, als man vielleicht denkt. Eine Cousine von mir ist viele Monate lang gequält worden. Sie haben ihn nie erwischt, diesen Scheißkerl. Irgendwann hatte er wohl genug und hat sich ein neues Opfer gesucht. Natürlich, wenn man eine Drohung erhält und dann ein paar Kolleginnen attackiert werden, dann ist das etwas anderes. Dahinter steckt eine Idee. Ein Ziel.«

»Rache.«

»Hm. Darin liegt tatsächlich eine Art Bestrafung: Wir werden verspottet, wir werden beleidigt. Ich weiß nicht, ob es Hass ist …«

»Warum ausgerechnet Verkäuferinnen? Was meinen Sie?«

»Tja. Wir sind keine Anwältinnen oder Managerinnen …«

»Dann handelt es sich also vielleicht um irgendeinen abgeblitzten Verehrer.«

»Warum nicht? Wir sind Verkäuferinnen … Allerdings würde es in meinem Fall nicht zutreffen. Ich habe einen festen Partner. Und außerdem: Welcher Verehrer würde einen solchen Aufwand treiben?«

»Also nicht Liebe?«

»Mit Liebe hat das nichts zu tun.«

»Dann gehören Sie also nicht zu denjenigen, die glauben, dass immer Liebe im Spiel ist.«

»Signor Inspektor, unterschätzen Sie uns nicht!«

»Alle Achtung …!«

»Keine von uns hat *Das Parfüm* gelesen, nur weil sie in einer Parfümerie arbeitet, oder *Seide*, weil sie mit Seidendessous zu tun hat. Ich meinerseits habe meine Kenntnisse in der Anthropologie des Geruchssinns vertieft …«

»Gut so! Sehr gut! Ich gebe mich geschlagen …«

»Aber Sie … haben Sie niemanden, mit dem Sie den Abend verbringen können?«

»Eine Frau? Meine Partnerin ist in Toronto, ihr Projekt dort ist auf drei Monate angelegt.«

»In Toronto wimmelt es nur so vor Leuten aus dem Veneto!«

»Es ist eine gastfreundliche Stadt.«

»Sorgen Sie für unseren Schutz, Signor Inspektor! Ich verlasse mich darauf«, sagte die Frau, bevor sie zu ihren Freundinnen zurückkehrte.

Merkwürdig, dachte Stucky.

Er verließ das Lokal und spazierte unter einem unglaublichen Sternenhimmel nach Hause. Es war eine jener klaren Winternächte, die die Seele besänftigen und uns endgültig davon überzeugen, dass Weihnachten vor der Tür steht.

Sorgen Sie für unseren Schutz, Signor Inspektor! Diese Worte klangen ihm noch in den Ohren, als ihn am 8. Dezember um Viertel nach acht Uhr morgens eine Polizeistreife zum Krankenhaus brachte. Ein Notfallwagen hatte dort soeben eine Verkäuferin eingeliefert, die angegriffen worden war und, soweit man ihm mitgeteilt hatte, eine Kopfverletzung davongetragen hatte. Der Arzt in der Notaufnahme beruhigte ihn ein wenig: Keine Gefahr, es handelte sich um eine allerdings nicht ganz geringfügige Verletzung im Bereich der linken Schläfe sowie um eine kleine Schwellung am linken Jochbogen und Unterlid, aber das Auge selbst sei nicht in Mitleidenschaft gezogen.

»Wurde sie geschlagen?«, fragte Stucky. »Oder sie ist gestürzt«, antwortete der Arzt und zuckte mit den Schultern. Sie würden die Patientin zur Beobachtung durch den Neurologen noch eine Weile im Krankenhaus behalten.

Der Inspektor ließ sich vom Arzt auf die Station begleiten. Die Eltern des Opfers saßen bereits am Kopfende des Krankenbettes. Mit betrübtem Blick hielt die Mutter der jungen Frau die Hand und strich ihr über den Kopf, wobei sie einen geschickten Bogen um die leichte Bandage machte. Der Vater, der ahnte, dass es sich bei dem Eintretenden um einen Polizisten handelte, schnellte in die Höhe.

»Gib dem Kommissar die Hand!«, sagte er.

»Ich hab mir gerade die Hände eingecremt …«

»Das ist sehr gut für die trockene Haut. Und ich bin Inspektor.«

»Gleich fängt sie an zu weinen«, sagte die Mutter.

»Es tut so weh«, murmelte das Mädchen.

»Darf ich Sie etwas fragen? Geht es schon?«

Das Mädchen nickte.

»Signorina Ricci, haben Sie jemals Drohungen erhalten?«

»Nein.«

»Wo ist es denn passiert?«

»Ich habe gerade mein Fahrrad hinter das Geschäft geschoben.«

»Womit sind Sie geschlagen worden?«

»Es kam von hinten. Aus den Augenwinkeln habe ich etwas Dunkles auf mich zukommen sehen.«

»Einen Stock?«

»Schon möglich … Soll ich Ihnen etwas sagen, Signor Inspektor?«

»Bitte sehr.«

»Ich habe ihn gesehen, den Typen.«

Ich Idiot!, dachte Stucky. All die anderen haben nichts gesehen, und jetzt war ihm die nächstliegende Frage nicht eingefallen.

»Tatsächlich?«, rief er aus und beugte sich über das Bett.

»Natürlich nur von hinten. Während er davonlief. Nicht besonders groß, mit einer dunkelbraunen leichten Jacke, kurzes kastanienfarbenes Haar, helle Hose, vielleicht beige oder … Nein, sie war beige.«

»Und die Schuhe?«

»Die Schuhe?«

»Turnschuhe?«

»Lassen Sie mich nachdenken … nein, keine Turnschuhe. Es waren schwarze Stiefel, solche im Militärstil.«

»Militärstil. Na gut. Ich schicke Ihnen einen Agente vorbei wegen der Anzeige und ein paar anderen bürokratischen Erfordernissen.«

»Ach ja, die Anzeige«, sagte die Mutter.

»Noch eine letzte Frage: Kennen Sie die anderen Mädchen, die attackiert wurden?«

»Wir bewegen uns in dem gleichen Ambiente.«

»Ambiente …«, murmelte der Inspektor.

Als Stucky auf dem Platz vor dem Krankenhaus den herrlichen Sonnentag bewunderte, fühlte er eine Angst in sich aufsteigen: Eine Attacke am 8. Dezember, dem Tag der Unbefleckten Empfängnis Mariens, dem Zeitpunkt, da die Menschen die ersten Weihnachtseinkäufe tätigten, und dieser Irre benutzte die Verkäuferinnen immer entschlossener als Zielscheibe. Diese neue Attacke wird der Presse nicht entgehen; morgen wird der Artikel auf der ersten Seite stehen, und schon am Abend werden alle lokalen Fernsehsender darüber berichten.

Wie Stucky es sich gedacht hatte, hielt ihn der Polizeipräsident, ein viel zu beleibter Veroneser, in seinem Büro fest. Er wollte, dass der Inspektor ihn über den Stand der Ermittlungen informierte; er hatte einige der Aussagen der Verkäuferinnen gelesen und diese nicht besonders aufschlussreich gefunden. Nun versuchte er herauszufinden, ob sein Untergebener sich irgendeinen Reim auf die Sache gemacht hatte.

»Ich denke noch darüber nach«, sagte Stucky und wusste schon, dass der Polizeipräsident bereits eine Theorie hatte; der Inspektor hatte nämlich genau mitbekommen, wie sein Vorgesetzter zusammengezuckt war, als er in den Berichten Begriffe wie »Ungläubige« und »Hölle« gelesen hatte; er war sich sehr wohl der Wirkung solch einfacher, unverblümter Worte bewusst. Ihm selbst waren sie merkwürdig vorgekommen, aber der Polizeipräsident hatte sich gleich auf eine glasklare Rekonstruktion gestürzt und die Weihnachtskäufe, die Symbolik der Weihnachtsfeierlichkeiten und die Möglichkeit, dass sie rassistisch bedingte Fantasien speisten, aneinandergereiht.

»Haben Sie schon unter den islamischen Einwanderern recherchiert?« Und, wie von einem Zweifel befallen, fügte er hinzu: »Sie sind doch selbst persischer Herkunft, oder habe ich das falsch in Erinnerung?«

»Die Hälfte der Gene, mütterlicherseits.«

»Genau die richtige Sensibilität also. Ich meine: Und was ist mit dem Islam?«

»Nein, wirklich nicht. Ich sehe keinen Anhaltspunkt, der in diese Richtung deutet.«

»Na gut. Sollten Hinweise auftauchen, geben Sie mir sofort Bescheid.«

»Wie Sie wünschen, Signor Polizeipräsident.«

»Wissen Sie, dass ich Ihnen einen Kollegen zur Seite gestellt habe? Agente Landrulli.«

»Taugt er etwas?«

»Ein tüchtiger Junge. Anfänger, aber arbeitswillig. Das Polizeipräsidium von Parma schickt ihn, auch wenn er aus Neapel stammt. Das befördert die Integration. Natürlich wird er nicht so sein wie Ihr Exkollege Martini …«

Landrulli, Landrulli, das klang eigentlich sehr sympathisch. Trulli, Trulla, Troll.

Martini war eine harte Nuss gewesen, ein kleiner Eisvogel. Und ausgerechnet ihn hat ein Aneurysma erledigt, das größer war als ein doppelter Martini, größer jedenfalls als seine Aorta. Ein hagerer Mann, den ein Aneurysma dahinrafft, das ist schon der Gipfel! Eine Schwellung, eine Schrumpfung.

Es lag wohl am Espresso oder an Martinis aus Trient stammenden Vorfahren, diesen Irredentisten, und er selbst war genauso aufmüpfig und unehrerbietig gewesen. Und der lustigste Polizist im ganzen Polizeipräsidium von Treviso. Gestorben an einem Aneurysma, mit dreiundvierzig Jahren.

Wenige Minuten später hatte Stucky seinen neuen Mitarbeiter vor sich, einen großen Jungen voller Temperament und Tatendrang.

»Mir helfen Freunde«, sagte er, »ich schlafe auf einer Couch, aber ich suche eine Wohnung, ein Mini-Apartment, und das dürfte nicht schwer zu finden sein.«

»Du kommst aus dem Polizeipräsidium von Parma, stammst aber aus Neapel. Wie war's denn in Parma?«

»Besser als in Neapel, Signor Inspektor.«

»Verleugnest du deine Heimat, oder beklagst du dich bloß?«

»Ich beklage mich, Signor Inspektor, ich beklage mich nur ...«

»Hier dagegen ist immer nur Lächeln angesagt. Weißt du, dass in dem Gebäude, das heute das Polizeipräsidium beherbergt, Maestro Simonetto, der Orchesterdirigent, geboren wurde? Unser Polizeipräsidium ist das musikalischste von ganz Italien! Und hier spielt auch die Musik. Ja, wir sind eine einzige Schwingung!«

»Fabelhaft, Signor Inspektor. Dann bin ich also das Fagott ...«

»Darauf spendiere ich dir einen Espresso«, entgegnete Stucky.

»In dieser Stadt muss man seine Ansprüche herunterschrauben, Signor Inspektor«, gab Landrulli zurück.

»Keine Sorge, hier gibt es doch die berühmte Caffetteria Goppion!«

»Ist das weit von hier?«

»Es geht. Bist du etwa faul?«

»Es geht, Signor Inspektor.«

Bei Goppion bekommt man immer noch einen guten Espresso, mit einem Aroma, von dem das ganze Lokal erfüllt ist; man bestellt an der Kasse, wie es sich gehört, und die dienstbaren Geister zaubern pausenlos Cappuccini und Espressi herbei, flink, aber nicht zu flink, höflich und konzentriert. Kein Vergleich zu den anderen Bars, wo man die Bestellungen durcheinanderbringt, der Barista viel zu viele Dinge auf einmal macht und der Kaffee so charakterlos schmeckt wie ein fader Aufguss.

»Signor Inspektor, hier im Norden können die Leute einfach keinen Espresso zubereiten!«, sagte Landrulli.

»Wenn es nur das wäre ...«

»Signor Inspektor, ich müsste mir mein Gehalt auf einem Girokonto gutschreiben lassen, aber ... ich habe noch keine Filiale des Banco di Napoli gefunden.«

»Weil es keine gibt, schon seit ein paar Jahren nicht mehr.«

»Auch das noch ...«

»Landrulli, ich weiß, dass man dir die Akten ausgehändigt hat. Was für einen Reim hast du dir auf die Attacken gemacht?«

»Ein üble Geschichte, Signor Inspektor. Ein Verrückter ...«

»Hehe, ein Verrückter! Verrückt sind wir doch alle.«

»Schöne Mädchen belästigen, das wird ja wohl nicht ...«

»Landrulli, hör mir gut zu: Törichte Gedanken entspringen allzu oft einem Gehirn, das spritmäßig unterversorgt ist. Wollen wir diesen wunderbaren Motor, dieses grandioseste Produkt der Evolution, nicht mit etwas Flüssigkeit schmieren?«

»Gern, Signor Inspektor.«

»Ist der Espresso gut?«

»Passabel.«

»Dann möchte ich dich mit einem der Opfer bekannt machen. Fahren wir zum Krankenhaus.«

Landrulli fuhr wie jemand, der Minister herumkutschiert, fast so, als hätten sie die Urschrift der italienischen Verfassung an Bord. Er nickte zustimmend, wenn sich der Fahrer vor ihm penibel an die Vorschriften der Verkehrsordnung hielt.

»Du bist kein Neapolitaner. Parma hat dich umprogrammiert!«, sagte Stucky und bedeutete ihm, sich zu sputen.

»Ich passe mich eben schnell an ...«

»Ach ja? Um den Lehrgang abzukürzen, schicke ich dich heute Abend zu einer Lektion in Sachen Trevisaner Lebensart zu Secondo, in die Osteria.«

Elena Ricci betrachtete Stucky nur aus einem Auge. Ein durchaus hochglanzmagazintauglicher Zyklop. Ihre Mutter versuchte, den Inspektor und den Mann hinter ihm noch an der Tür zu stoppen.

»Sie ist müde«, sagte sie und machte der Krankenschwester, die gerade auf dem Flur vorbeiging, ein Zeichen, in der Hoffnung, für ihr Anliegen Unterstützung zu erhalten. Vergebens. Dann lüpfte die Frau kurz den Verband der Verletzten, und die Schwellung auf der linken Seite des Gesichts, zwischen dem Jochbein und der Augenbraue, war sehr gut zu sehen.

»Tut es noch weh?«, fragte der Inspektor und bemühte sich, den Blick auf das Blau des einen Auges des Mädchens zu konzentrieren.

»Es ist schon etwas besser«, antwortete sie, ein wenig nuschelnd.

»Das beweist, dass er Sie von hinten überrumpelt hat, oder?«

»Er muss … hinter einer Säule gewesen sein.«

»Was hältst du davon?«, fragte Stucky auf dem Rückweg von der Krankenhausstation.

»Ich, ich ganz persönlich, hätte gern etwas über eine besondere Freundschaft gewusst, über sonderbare Leute …«

»Inwiefern sonderbar?«

»Was weiß ich, Signor Inspektor! Sonderbar, wie hier eben sonderbare Leute sind …«

»Ob sie einen verrückten Freund hatte …?«

»Genau!«

»Bravo, Landrulli. Jetzt konzentrierst du dich auf die verrückten Freunde von Elena Ricci und erstattest mir Bericht … Wir sehen uns … morgen. Alles klar?«

»Signor Inspektor … Ich sollte das lieber nicht sagen, aber: Auf mich kann man sich verlassen! Ich bin hart im Nehmen. Ich habe mich von ganz unten heraufgearbeitet und fürchte mich vor nichts.«

»Hier gibt es nichts, wovor man sich fürchten müsste. Ob das gut ist, weiß ich allerdings nicht …«

Stucky bevorzugte es, zu Fuß zurückzugehen. Vom Krankenhaus war es ein langer Weg, auf dem er sich das Gehirn auslüften konnte. Er kam an einigen herrschaftlichen Villen vorbei, passierte die Porta Carlo Alberto und schlenderte durch die engen Gässchen bis zum Fischmarkt.

Bei Muscoli's bestellte er einen Sprizz all'Aperol, und während er die Olive, die am Ende eines Spießchens steckte, auf dem Boden des Glases kreisen ließ, dachte er über Signorina Riccis Verletzung nach und versuchte sich vorzustellen, was die Verkäuferinnen diesem Irren oder diesen Irren wohl angetan haben könnten.

Im Optikerladen an der Piazza San Leonardo war die attackierte Verkäuferin, Signorina Callegari, trotz der auffallenden Bandage an der linken Hand schon wieder an ihrem Arbeitsplatz.

»Haben Sie sich denn keine Erholung gegönnt?«, fragte Stucky verwundert.

»Ich erhole mich hier besser als zu Hause. Auf Großvater und Großmutter gleichzeitig aufzupassen ist kein Kinderspiel.«

»Unsere Alten, ja, ja ...«

»Wir leben zu lange, das ist das Problem. So kommen wir an einen Punkt, an dem die Probleme größer werden als die zur Verfügung stehenden Lösungen. Daran wird man denken müssen, in Zukunft.«

»Ich möchte Ihnen gern ein paar Fragen stellen.«

»Wollen Sie vielleicht die Gelegenheit nutzen und gleich einen Sehtest machen?«

Sie führte den Inspektor in den entsprechenden Raum, und sogleich wurde Stucky die Sicht von einer Tafel verstellt, die mit Buchstaben unterschiedlicher Größe bedeckt war. Lächelnd setzte er sich auf einen Stuhl, und das Mädchen begann, auf verschiedene Buchstaben zu zeigen.

»K ...«

»Was soll ich Ihnen sagen?«, hob sie an. »Ich habe nicht damit gerechnet, keiner rechnet mit so etwas, ich habe auch mit den anderen Mädchen gesprochen, die in diese Geschichte hineingeraten sind, sie haben sich erschrocken, können es aber nicht recht glauben, so, als würde es sich um einen Irrtum handeln. Ja, dieser Verrückte hat sich von hinten angenähert, hat mich an den Schultern gepackt. Was für Buchstaben lesen Sie hier?«

»Das könnte ein O oder ein B sein …«

»Es ist ein C und das ein P.«

»Hat er sehr fest zugepackt? Ich meine: Hatten Sie den Eindruck, dass es jemand mit sehr viel Kraft war?«

»Das kann ich nicht sagen … Er hat mich überrumpelt, ich habe mich verkrampft … Es ging wirklich alles so schnell, blitzschnell.«

»Als Sie sich umgedreht haben, war er weg.«

»Genau.«

»Haben Sie Angst?«

»Ich bin sehr wachsam. Setzen Sie sich bitte hier hin, damit ich Ihnen ins Auge schauen kann …«

Astigmatisch und ein bisschen kurzsichtig.

Im Büro traf er Landrulli an, der sich Notizen machen wollte. Er war dabei, Elena Riccis engsten Freundeskreis zu überprüfen, insgesamt ein rundes Dutzend Leute, junge Männer und Frauen, Universitätsstudenten, ein Mechaniker, ein Vertreter für Konfektionsbekleidung, eine andere Verkäuferin, alle beschäftigt, alle normal.

»Verrückte?«

»Ich habe mich, natürlich diskret, bei den Geschäftsleuten in der Umgebung des Wohnhauses der Familie Ricci umgehört: nichts von Interesse. Sie machen sich alle Sorgen wegen der Attacke.«

»Und was sagen sie?«

»Dass es sich um einen Irren handeln muss. Ich habe gefragt: Einen Irren welcher Art denn? Und wissen Sie, was sie mir geantwortet haben?«

»Teron o foresto …«

»Genau! Sie denken, dass er nicht von hier ist. Woher wissen Sie das?«

»Hm. Der Polizeipräsident teilt bestimmt nicht diese Meinung.«

»Über den Irren?«

»Über die Fremden. Dem Polizeipräsidenten zufolge haben sie Besseres zu tun, als unsere Verkäuferinnen anzugreifen.«

»Der Signor Polizeipräsident wird wohl seine Informationen haben ...«

»Klar doch! *Wir* sind es, die zu wenig Informationen haben, mein lieber Landrulli. Aber es ist Zeit, etwas zu futtern. Ich möchte wirklich nicht, dass du noch Heimweh nach Parma bekommst.«

Nach einem kleinen Spaziergang führte Stucky ihn dorthin, wo der Sile und der Cagnan zusammenfließen, nämlich zur Trattoria Al Dante.

»Hier isst und trinkt man gut«, sagte er, während sie Platz nahmen, »so viel steht fest. Es ist eine Stadt, die einen verwöhnt, ja, zu sehr verwöhnt. Eine Folge von Gewalttätigkeiten wirkt hier immer noch verstörend. Sie könnte uns den Appetit und die Gelassenheit rauben. Aber Landrulli, alles in allem handelt es sich immer noch um maßvolle Übergriffe.«

»Es ist wohl ein behutsamer Irrer.«

»Kennst du viele behutsame Irre? Seid ihr in Neapel oder in Parma an so etwas gewöhnt?«

»Was darf ich bestellen, Signor Inspektor?«

»Ravioli al radicchio, geschmorten Fohlenbraten mit Radicchio, Radicchio di Castelfranco als Beilage und als Nachspeise dann ein Dolce al radicchio.«

»Ohne Radicchio geht gar nichts?«

»Es gibt sogar einen Grappa al radicchio! Möchtest du dich denn nicht integrieren?«

»Doch, Signor Inspektor.«

»Für mich«, sagte er augenzwinkernd zur Kellnerin, »bitte eine schöne Portion *oca in onto* mit Polenta.«

»Für Sie die Gans und für mich den Radicchio«, stellte Landrulli klar.

»Richtig. Und zweimal Prosecco, weil heute gefeiert wird«, ergänzte Stucky.

»Wir feiern das Cholesterin«, wandte er sich dann an Landrulli. »Ein hartnäckiges Monster! Mich hat es erwischt, als ich ganz behaglich im Polizeipräsidium von Venedig saß. Eine Folge sündigen Wohllebens.«

»War es nicht viel eher der Stress, Signor Inspektor?«

»Antimama! Was für ein Stress denn? In Venedig war ich im Casino stationiert, und ein paarmal ging ich nach Mestre oder nach Marghera. Nicht der Rede wert. Wenn ich Lust hatte, begab ich mich ins Revier, um auf der Piazza San Marco oder an den Zattere Kontrollen durchzuführen. Im Frühling und im Herbst gibt es dort mehr Sonne als Kriminalität. Dann ist irgendetwas schiefgelaufen, und zwei Jahre lang war ich nur noch mit dem Zug unterwegs, jeden Tag, hin und zurück, vom Bahnhof Santa Lucia nach Treviso und von Treviso zurück nach Santa Lucia. Vor drei Jahren habe ich dann hier eine Bleibe gefunden, im Vicolo Dotti, falls dich das interessiert ...«

Die Kellnerin kam mit einer bis zum Rand mit Radicchio gefüllten Schüssel an und sagte: »Hier ist die *oca in onto*, Signor Inspektor.«

»Ist sie gewürzt?«

»Mit Nussöl, wie üblich.«

»Aber das ist doch Radicchio!«, rief Landrulli untröstlich aus.

Auf den Stufen der Piazza dei Signori forderte Checo Malaga, der Blinde, den kleinen Ali auf, ihm etwas Warmes zu holen. Der Junge drehte sich um, stieg die Stufen hinauf und hinunter, ging um den Mann herum, der dieses Herumgeturne natürlich wahrnahm und sich darüber beschwerte. Doch sobald sich die Passanten, die den Platz überquerten, der Bettelzone näherten, beruhigte sich das ungleiche Paar wieder. Dann streckte der Junge den Hut aus, und Checo präsentierte sich aufrecht und mit Engelsmiene, als Verkörperung einer mit Gleichmut ertragenen Invalidität, einer äußeren Wunde, der es nicht gelungen war, sein inneres Leben zu stören. Dank der Gerüche, der Geräusche der Schritte und anderer unsichtbarer Wellenbewegungen, wusste Checo immer, wenn es sich bei der guten Seele, die eine Münze in den Hut geworfen hatte, um eine Frau handelte. Manchmal flüsterte er, irgendeiner geheimnisvollen Vorliebe gehorchend, Ali zu, er solle knipsen, und dieser zog blitzschnell eine Kamera aus seinem Mantel, so eine mit Automatik, um die Wohltäterin auf einem Foto festzuhalten.

Mit ungläubigem Staunen beobachtete Stucky die Szene und trat an die beiden heran.

»He, Kleiner! Lass mich mal sehen!«, sagte er zu dem Jungen und streckte die Hand nach dem Fotoapparat aus.

»Nichts, Signore, es ist nichts ...«, entgegnete Ali und positionierte sich hinter Checo Malagas Rücken.

»Ach, Signor Inspektor! Was haben Sie denn vor?«

»Der Kleine macht Fotos von den Leuten, ohne dass sie es bemerken.«

»Da haben Sie sich wohl verschaut.«

»Nein, im Gegenteil. Ich habe es genau gesehen.«

»Und wenn schon? Ist das ein Verbrechen?«

»Das darf man nicht.«

»Lassen Sie es gut sein, Signor Inspektor! Bei all den Dingen, mit denen Sie sich beschäftigen müssen ...«

Der Junge hatte sich hinter dem Rücken des Mannes so

geduckt, dass er fast vollkommen verdeckt war, und ließ nur einen Teil des Gesichts sehen. Seine dunklen Augen waren starr auf Stucky gerichtet.

»So was macht man nicht …«, sagte Stucky.

Und an den Blinden gewandt, fuhr er fort: »Kennen Sie eines der attackierten Mädchen?«

»Hier kenne ich alle Leute.«

»Was sagt man über sie?«

»Wollen Sie wissen, ob sich jemand hierhergesetzt hat, neben mich, und gelegentlich seltsame Reden über Verkäuferinnen geschwungen hat?«

»So ungefähr.«

»Viele Leute machen sich Gedanken über diese Verkäuferinnen …«

»Auch mal jemand mit Sprinterqualitäten?«

»Da fällt mir niemand ein.«

»Denken Sie bitte darüber nach.«

Stucky hatte Landrulli einen Auftrag erteilt. Er sollte sich im Umfeld der Geschäfte nach etwas umsehen, was Klema angelockt haben könnte; auf diese Weise konnte er nebenbei die Stadt kennenlernen. Falls man sie überhaupt kennen konnte. Das bedeutete: Stucky schüttelte ihn ab; denn Annäherungen waren nur in homöopathischen Dosen genießbar. Lucio Martini war ein guter Kollege gewesen, ein tüchtiger Mensch im wahrsten Sinne des Wortes. Martini war zu früh gestorben. Ein Hammer, so plötzlich an seiner Beerdigung teilzunehmen. Gerade hatte er ein Baudarlehen aufgenommen! Vielleicht hatte ausgerechnet damit das Verhängnis seinen Anfang genommen? War nicht auszuschließen? In dieser Hinsicht müsste die Statistik gründlichere Arbeit leisten.

Polizisten sterben keinen besseren Tod als Verbrecher, so lautete die bittere Schlussfolgerung. Man kann keinen jenseitigen Bonus erwerben und auch keinen diesseitigen. »Die Gesetze schützen dich nicht vor dem Leben; es ist selbst für den Gesetzgeber zu kompliziert.« Natürlich Originalton Martini. Eine Woche vor seinem Zusammenbruch.

Stucky schüttelte den Kopf. Sein Blick wanderte noch einmal in die Schaufenster, die ihm überladen schienen. Das ganze historische Zentrum war so vollgestopft mit Waren, dass die Pullover und die Fleischpastetchen, die Bücher und die Stabmixer die Krippen irgendwie verdrängt hatten: So manches Jesuskind streckte die Arme traurig über eine Espressomaschine, über einen Berg von Strumpfhosen und Schlüpfern; zwischen Kristallgläsern und Laptops bahnten sich verloren wirkende Hirten und Hirtinnen, Könige aus dem Morgenland und Kamele mühsam einen Weg.

Es war, als hätte ein gewaltiger Blutandrang die ganze Stadt anschwellen lassen, als würde eine Art kollektiver Erektion die Menschen nicht zur Krippe des himmlischen Kindes treiben, sondern zu den Kassen, und als würde alles nicht mit dem Staunen über das Wunder enden, sondern mit einem Kassenbon, auf dem fein säuberlich die Mehrwertsteuer ausgewiesen war.

Während Stucky in Richtung Polizeipräsidium ging, stellte er sich als finsterste Hypothese vor, dass ihn der Bischof von Treviso höchstpersönlich angerufen hatte, um ihn zu bitten, für die Sicherheit der Weihnachtseinkäufer zu sorgen. Stattdessen meldete sich der Polizeipräsident, um ihm telefonisch mitzuteilen, dass Presse und Lokalfernsehen ihn höflich vorgewarnt hätten: Sie würden ausführlich über die Ereignisse berichten und zumindest unter denen, die Tageszeitungen kauften, ein Chaos auslösen.

Nicht nur wegen der verwandtschaftlichen Beziehung schaute Stucky bei Onkel Cyrus vorbei. Auf dem Ponte della Malvasia, wenige Schritte von dem Teppichgeschäft entfernt, bewunderte er zum wiederholten Male die alte Fassade eines Palazzo, und tatsächlich gab es in der ganzen Stadt Treviso keine steinerne Hausmauer, die ihm besser gefiel als diese. Der noble Verfall des rauen, bröckelnden Steins, der Balkon, auf dem das Wasser stand, ganz oben das von Tauben eroberte Mansardenfenster, der lange Rauchabzug, der aus der Mauer herauswuchs und oben in einen stumpfen Kamin auslief, der verkrümmte Jasmin auf dem Balkon rechts, die Knoblauchzöpfe und die vergessene Tüte voller Orangen auf dem Fensterbrett im obersten Stockwerk. Ein Ensemble, das ihn mit seinem Zauber von Vergänglichkeit und Vernachlässigung tief berührte.

Er klopfte an die Ladentür.

»Ich habe neulich mit dem Typen von der ›Papageien-Universität‹ gesprochen …«

»Ja, und?«

»Es handelt sich um Tiere, die mit einer gewissen Strenge behandelt werden müssen«, sagte Stucky.

»Verstehe. Du warst nicht bereit, ihm ordentlich den Kopf zu waschen.«

»Es ist eine schwere Zeit.«

»Weißt du, was ich dir gern sagen möchte, ohne dir wehzutun?«

»Was denn, Dadà?«

Daij Cyrus nahm eine Pistazie aus der Dose und führte sie zum Mund. Er hatte ein naturgegebenes Talent, nur den essbaren Teil der Pistazie hinunterzuschlucken. Ein Talent, um das der Inspektor ihn beneidete.

»Was geschieht mit dem Mann, der sich für unglücklicher hält, als er tatsächlich ist?«

Stucky wusste es, wartete aber schweigend ab.

Daij Cyrus zog die Beine an, wobei er peinlich genau darauf achtete, mit seinen Mokassins keinen Schaden an den Teppichen anzurichten.

»Es passiert Folgendes: Zwei Stöcke steigen vom Himmel herab … Der erste bohrt sich in den Hintern des unglücklichen Mannes …«

Der Inspektor wusste, was er nun zu fragen hatte: »Und der zweite?«

»Wartet ab.«

»Dottore, ich liebe Musik. Meine liebsten Bands sind Pink Floyd und Genesis. Als der erste Lastwagen mit Abfällen, aus Rovigo kommend, bei uns hereingefahren ist, lief auf höchster Lautstärke If von Pink Floyd: If I Were a Swan … Ich hatte eine super Stereoanlage in den Büros installieren lassen, mit den Boxen im Freien, um die ganze Deponie zu beschallen und so etwas zu beleben.

Ich habe Pink Floyd in Bologna erlebt, in einem Konzert. Ich war zwar weit von der Bühne weg, aber die Lichtkegel, das mit Helium gefüllte fliegende Stoffschwein … das war schon ein tolles Spektakel. Und außerdem hat es mir gefallen, dabei zu sein, mitten unter diesem ganzen Pink-Floyd-Volk, es war, als würde uns tatsächlich etwas verbinden, die gleiche Musik, die gleichen Träume, die gleiche Entdeckung dieser Band, die sich für mich schon in der ersten Schulklasse ereignete, an einem Vormittag, als ich mit Klassenkameraden die Schule geschwänzt hatte und wir zu einem Angehörigen dieses Pink-Floyd-Klubs gegangen sind und uns bei ihm zu Hause die frühen Songs angehört haben, A Saucerful of Secrets und auch Careful with that Axe, Eugene. Und während die anderen schwätzten und rauchten, fing ich an, mich in Eugene hineinzuträumen. Eugene und seine Axt. Ich sah diesen Typen mit dem großen Kopf, dem Bürstenhaarschnitt und den fleischigen Lippen durch ein großes Haus laufen, in die Zimmer hinein- und wieder herausrennen, große dunkle Zimmer, mit widerlich grünen Tapeten, mit großen rotsamtenen Betten und frisch lackierten, massiven schwarzen Holztischen. Eugene klapperte die Räume ab, als würde er etwas oder jemanden suchen, und unterwegs machte er, unachtsam, wie er war, immer wieder etwas mit *dieser Axt kaputt. Pass auf, Eugene! Und er zertrümmerte eine Keramikvase, einen Glaskrug, eine Fensterscheibe; und so stürzte Eugene ins Freie, in den großen Garten mit dem grünen Rasen, in den riesigen Garten, umgeben von hohen Bäumen, und da liegen viele Menschen, ausgestreckt in der Sonne, wohlig ausgestreckt, und lesen Bücher, nur einer liest nicht, er schläft, und Eugene läuft auf ihn zu, mit dieser Axt: Pass auf, Eugene! Ich bin aufgewacht mit dem letzten Bild vor Augen, einem Fleischbrei dort, wo das Gesicht gewesen war, und Blutbäche, die über den mit Goldkettchen bedeckten Oberkörper rannen.*

If I Were a Swan … *Tja, wenn …*

Erinnern Sie sich an Filiberto, den Techniker, der für die Analysen zuständig war? An diesem ersten Tag ist er wie ein Pfau aus seinem Labor herausstolziert, hat eine Sonde in den Lastwagen eingeführt, um die Proben für die Analysen zu entnehmen, und ist zurückgestürmt wie ein Forscher, der in der Endrunde um den Nobelpreis kämpft. Ich habe die Lieferscheine entgegengenommen und bin dann mit einer Flasche Prosecco zur Mülldeponie hinuntergelaufen. Die Mamma hat den Lastwagen gewogen und den Betrag eingegeben; die Nonna hat ihn, wenn auch nur etwas zögerlich, weil sie gerade am Radio herumhantierte, mit dem Wasserschlauch im Anschlag vorbeifahren lassen. Drunten erwartete dann ich ihn mit dem Kompaktor. Das Männchen mit der Maurermütze auf der Birne hat seinen Laster ausgekippt, einen dunklen, etwas feuchten Brei. Dann habe ich die Flasche mit dem Prosecco di Valdobbiadene entkorkt, und wir haben auf unsere erste Ladung angestoßen. Prosit! Und nachher bin ich mit dem Müllverdichter drüber und habe alles planiert.

Es gab viel Musik, ein herrlicher Tag, die Nonna, die Radio Bella Monella *hörte, die Mamma, die Rechnungen ausdruckte, während Filiberto mit seinen mysteriösen Analy-*

sen beschäftigt war. Die Welt war schön, die Tauben in der Luft und der Frühling im Anmarsch. Ein guter Zeitpunkt, um eine Mülldeponie zu eröffnen. Am Tor habe ich aus den Augenwinkeln gesehen, wie Gino uns von seinem Volvo 740 aus zuwinkte. Bruderherz! Ich wusste ja, dass du nicht fehlen durftest!

Zwei Monate lang hatten wir keinen ruhigen Moment, und auch ich, der immerhin mit diesem Zeug Geld verdiente, auch ich habe mich schließlich gefragt: Wer, zum Teufel, produziert all diese Abfälle? Sie kamen aus allen Teilen Italiens, zu allen Stunden des Tages, manche auch mitten in der Nacht, und die Leute biwakierten auf dem Platz vor der Deponie. Dort sah es aus wie auf dem Obst- und Gemüsemarkt, wo all die Lastwagen schon im Morgengrauen unterwegs sind. Wir haben auch einen Kaffeeautomaten angeschafft und an der Umzäunung befestigt, und der war im Nu voller Münzen. Brummifahrer sind besondere Leute. Einige sind schweigsam und stinken auch ein bisschen. Andere haben ihre Augen überall und erzählen dir ununterbrochen von Unfällen, die sie gesehen haben, von den Häusern unterwegs, den Nutten in den Autobahnraststätten, von Leuten, die während der Pausen Karten spielen, vom Essen, von den Getreidepreisen und der Qualität des Cappuccino, und manche wissen auch etwas über den Wind, der auf den Viadukten weht, über den Regen, der im Anzug ist, und darüber, wie die Apenninenluft riecht. Sie bringen Wettervorhersagen mit, konkrete Angaben zur Inflation, und man braucht eigentlich keine Zeitung mehr zu lesen. Sie berichten über den Verlauf der Grippeepidemie und erzählen auch Geschichten über das Leben in ferner Zeit, Geschichten, die einen von der Arbeit abhalten, und es ist ein Glück, dass die Nonna weder den Schlauch loslassen noch das Telefon abnehmen kann, wenn Radio Bella Monella *anruft, und dass sie sich auch nicht mit den Lkw-Fahrern unterhalten kann, sonst wären wir bald schön aufgeschmissen gewesen. Manche Fahrer bändeln mit Antonietta an, wenn sie am Nachmittag ihre Schicht antritt, und diese Typen muss ich ihr vom Leibe halten. Vor allem die Älteren und solche, deren Bauch sich über den Hosenbund wölbt und die schwarze, etwas klobige Schuhe an den Füßen haben. Von der Höhe ihres Kompaktors herunter schenkt Antonietta ihnen kaum Beachtung. Aber es gibt welche, die sind draufgängerischer und steigen zum Führerhaus hinauf, stellen ihr Fragen, sagen ihr, wie tüchtig sie sei, wie geschickt sie sich anstelle und auch: was für schönes Haar sie habe, und das ist der schwache Punkt der jungen Dame, und dass sie richtig einknickt, merke ich dann an der Art, wie sie über die Abfälle drüberfährt, nämlich in Schlangenlinien, und wie sie ganz krumme Furchen hinterlässt, sodass ich noch einmal mit meinem Gerät drüberstampfen muss, wodurch meine Routine aus dem Takt gerät.*

Und dann kamen die sommerlichen Hitzewellen. Wir hatten den ersten Deponieabschnitt beinahe aufgefüllt. Nur noch ein paar Dutzend Lastwagenladungen, und wir würden die Folien über den Haufen ziehen und diesen dann mit Erde zudecken. Ich hatte schon einen Landwirt zurate gezogen, der mir die oberste Bodenschicht von einem seiner Felder überlassen würde, bevor er dasselbe Feld an einen anderen, auch einen Kiesgrubenbetreiber, verkaufte. Immer auf Zack, wir Kiesleute! Da kommt plötzlich der Umweltdezernent daher, weil Leute von der Provinzverwaltung ihn angerufen und ihm gesagt haben, dass sämtliche Deponien der Region von Hausabfällen nur so überquellen würden, und er fragt mich so, wie man einen Bruder fragt, ob sie mir etwas Hausmüll bringen könnten, zehn Prozent der üblichen Tagesmenge, das sei so auch gesetzlich geregelt. Ich denke nach und sage: ›Erlauben Sie, Signor Dezernent, aber ich muss erst ein paar Überlegungen anstellen.‹ Ich brauche etwas Zeit, weil das eine Frage ist, die man gut abwägen muss.

Ich müsste wissen, von welcher Konsistenz das Material ist, müsste seine Dichte kennen, wie viel Platz es einnehmen wird und ob der Preis dafür mit dem der anderen Abfälle mithalten kann. Ich zerbreche mir den Kopf, um ein bisschen nachzurechnen, ohne dass Filiberto, an dessen technischen Sachverstand ich appelliert hatte, sich dazu herabgelassen hätte, mir dabei zu helfen. Dieser Typ macht überhaupt keine Nanosekunde von dem, was man eine Überstunde nennen könnte: Um halb acht Uhr abends ist für den Feierabend, und er verschwindet mit seinem R4, dessen Rot auch schon mal schöner geleuchtet hat. Ich bin mir unschlüssig: Für Hausmüll gibt es gutes Geld, aber ich habe keine Erfahrung damit. Ich kann mir nicht einmal vorstellen, welche Konsequenzen eine solche Entscheidung haben könnte. Ich bin mir unsicher, weil es sich um Material handelt, das viel Platz beansprucht, und Platz ist Geld, während die Zeit bloß eine Erfindung des Menschen ist! Außerdem enthalten Hausabfälle organische Stoffe, die, wie man in unserer Branche sagt, ›problematisch‹ sind.

Na ja, wie soll man Nein sagen, wenn man ein Mindestmaß an Bürgersinn besitzt und von einem Dezernenten jede Stunde einmal angerufen wird, der, zusammen mit irgendeinem Hansel von der Provinzverwaltung, für die Sache bürgt … Also treffen aus wer weiß welchen Kommunen Müllautos ein, und bei denen brauchen nicht einmal Analysen durchgeführt zu werden. Die durch ihre ungewöhnliche Form auffallenden Fahrzeuge schlängeln sich schnell durch den Lastwagen-Urwald hindurch und laden ganze Kaskaden von schwarzen, aufgequollenen Säcken ab. In großer Eile werden diese von mir und Antonietta zerquetscht. Sie zerplatzen mit einem Knall, und das Plastikzeugs zerfetzt. Bei dieser ganzen Rutschpartie heulen die Stampffüße der Kompaktoren regelrecht auf. Was aus den Säcken herausquillt, ist ein widerwärtiger Brei aus Pizzaresten, Tiefkühlpackungen,

Kohlblättern, verdorbenem Brokkoli, Polentagerichten, Damenbinden, krümeligen Béchamelsoßen und Fischgräten. Antonietta macht bei dem ganzen Gestank schlapp und vergisst, das schwere Gerät zu lenken, was zur Folge hat, dass sich der Müllverdichter einen Moment lang wie ein Kreisel um sich selbst dreht. Ich bringe sie in Sicherheit. Zum ersten Mal im Leben sehe ich über Antoniettas rundliches Gesicht eine Träne rinnen.

›Ich komme nicht mehr‹, schluchzt sie.

Als Antwort habe ich ihr eine gescheuert. Aber sie ist tatsächlich nicht mehr gekommen. Es war nichts zu machen. Sie hat sich immer wieder erbrochen und konnte überhaupt nichts mehr bei sich behalten. Am Ende hat sie gar nichts mehr gegessen und wurde dünn wie ein Spargel.«

Und wenn Klema nun ein katholischer Integralist wäre, mit der fixen Idee, die Verkäuferinnen abzustrafen, also genau jene Frauen, die die vorweihnachtliche Konsumorgie so tatkräftig anheizen?

Dann müsste Stucky jetzt anfangen, sich ein Bild von ihm zu machen, ein Bild von diesem Klema. Alles deutete darauf hin, dass er ein stattlicher Kerl war, ein nervöser Typ, der Witterung aufnimmt und wie ein kleines Raubtier aussieht und handelt, das sofort und instinktiv auf die notwendigen Signale reagiert und auf das Wesentliche zusteuert. Ein geduldiger, sorgsamer Mensch konnte er nicht sein; wirklich detaillierte Pläne brauchte er nicht. Stucky stoppte seine Gedanken, weil sie ihn zu weit von der Realität fortführten. Unverständlicherweise weigerte sich seine Fantasie, diesem Klema anhand der Fakten ein Profil zu geben.

Auf dem Tisch hatte er nun, wie versprochen, die Lokalzeitungen mit den Riesenbalkenüberschriften liegen. Die Fernsehsendungen vom Abend zuvor waren mit Sprechbläschen angereichert worden: Verwandte, Freunde, die üblichen Befragungen von Passanten. Letzteres dummes Zeug, abgesondert von den Erstbesten, die aufs Geratewohl antworteten.

Nur Alessis Artikel war genießbar:

Verkäuferinnen …

Den Ersten begegnet man in den Läden rund um den Busbahnhof. Nicht in den familiengeführten Geschäften und auch nicht in den Läden, die Waren anbieten, welche auch eine plumpe Männerhand verkaufen kann; als Beispiele seien hier nur die Läden für Jagdwaffen und Samuraischwerter oder die Tabakwarenhandlungen genannt, die Bruyère-Pfeifen führen. Man trifft sie auch nicht in den Lebensmittelgeschäften an, weil die Personen weiblichen Geschlechts, die dort arbeiten, nicht zur eigentlichen Kategorie der Verkäuferinnen gehören, denn ihre Figuren werden von rosafarbenen Schürzen umhüllt, ihr Haar unter Hauben versteckt – all das in Befolgung der Hygienevorschriften, die der weiblichen Schönheit mehr als abträglich sind.

Sie tauchen erst in den Kurzwarenhandlungen, in den Dessous-Boutiquen, in den Parfümerien und den Optikerläden auf. Voller Anmut zeigen sie Ihnen Schuhe, Stiefel und Krawatten; sie sprühen Ihnen weiche Duftwolken auf die Haut und schnuppern diskret daran; sie setzen Ihnen eine Brille auf die Nase und bekunden dabei ihr lebhaftestes Interesse; sie überprüfen die feinen Farbnuancen Ihres Make-ups und recken sich auf der Leiter, um Ihnen das zuoberst liegende Hemd vom Regal herunterzuholen, oder suchen im Nebenraum nach der letzten Hose in einer ausgesprochen selten verlangten Größe.

Sie kleiden sich in Übereinstimmung mit der Ästhetik ihres Geschäfts, sportlich oder aufreizend, geschminkt oder naturbelassen, sanft, lächelnd und extravagant wie einige der Objekte, die sie an sich selbst zur Schau stellen: überdimensionale Bernsteinringe oder Halsketten im Ethnolook. Das Haar gelockt, geglättet, gefärbt. Flexibel, freundlich oder mit einem Wort: verlockend. Wer einen Gegenstand erwirbt, handelt sich zugleich ein bezauberndes Lächeln ein. Es gibt wahre Prachtexemplare: In einer Parfümerie in der Via Calmaggiore lackiert sich eine überaus attraktive rothaarige Dame die Fingernägel mit tiziangleicher Grazie, und ein Stückchen weiter, in Richtung Via San Vito, lüftet ein blondes Verkäuferinnenpaar voluminöse Tages- und Steppdecken, als handelte es sich um flaumfederleichte Wolken.

Unmittelbar hinter der Piazza dei Signori tänzelt eine wahre Balletttruppe brünetter Damen zwischen Mänteln, Seidenschirmen und Netzstrümpfen herum.

Wir sollten sie niemals unterschätzen! In unseren Breiten würde ein ganzer Talentepool vergebens so emsig arbeiten, gäbe es nicht die zarten Hände der Verkäuferinnen, die kalte Waren in nützliche und unnütze Kleinigkeiten, in Glücklichmacher und Trostspender verwandeln.

Alle zusammen wetteifern sie um die Jugend. Wir würden es als wirklich schlimmes Zeichen interpretieren, wenn wir sähen, dass Verkäuferinnen älter oder gar alt würden, wenn etwas Bösartiges ihre stetige Verjüngung und ihre ständige Rotation zum Stillstand brächte, wenn es das Angebot junger Blicke und elastischer Haut nicht mehr gäbe und dieses zauberhafte Geschenk, dieser Fluss von Fülle, Glanz und Erlesenheit versiegen würde.

Vielleicht wird das nie der Fall sein. Von den Mauern am Bahnhof wird ein reizvolles Netz von Wasserläufen und Plätzen, Brücken, Postkartenansichten und Geschäften bleiben, von denen einige alt und wunderschön, andere von fragiler Modernität sind. Vor allem diese Letzteren lassen sich nur dank der Verkäuferinnen davor bewahren, in die Vulgarität abzugleiten.

Die Eltern der zuletzt attackierten Elena Ricci hatten Stucky erzählt, dass ihre Schwester, die nicht mehr bei der Familie lebte, fünf Jahre zuvor eine schlimme Erfahrung gemacht hatte. Sie arbeitete damals als junge Verkäuferin in einem Bekleidungsgeschäft und hatte eine Auseinandersetzung mit einem Kunden, die in einen tätlichen Angriff ausartete. Der Vorfall war angezeigt worden, und der Inspektor hatte in den Akten gekramt. Tatsächlich war es die Schwester gewesen, die auf den Kunden losgegangen war, und dieser war übel zugerichtet worden, und so war auch er es gewesen, der Anzeige erstattete. Es war zu einem Prozess mit entsprechender Entschädigungszahlung gekommen, obwohl das Mädchen ihr Verhalten als Reaktion auf – nicht erfolgte – Belästigungen seitens des Kunden hingestellt hatte.

Sie hatte daraufhin den Dunstkreis der vornehmen Geschäfte verlassen und war auf dem Wochenmarkt an der Porta San Tommaso gelandet, der jeden Mittwoch- und Samstagvormittag abgehalten wurde, während man sie in der restlichen Zeit an den Ständen des Flohmarkts antraf. Stucky machte sie hinter einem Haufen blassgrüner Wirsingköpfe und gewaltiger Lauchstangen aus. Sie hatte sich dem merkantilen Nomadentum verschrieben, das das Morgengrauen schon auf der Straße erlebte und auf den fast menschenleeren Plätzen den ersten Espresso des Tages zu sich nahm. Der Inspektor kaufte ein Kilo Clementinen, und das Mädchen hielt jede einzelne Frucht hoch und fragte ihn: »Ist diese hier recht, Signore?« Diese Höflichkeit sagte ihm zu, und die Früchte landeten der Reihe nach in einer Papiertüte. Es war etwas Besonderes, den Morgen so zu verbringen, ein bisschen weiter unten frischen Asiago zu kaufen und dann in der Bar an der Ecke ein Glas Wein zu trinken. Auch in Venedig hatte es solch goldene Gelegenheiten gegeben, sich die Zeit zu vertreiben, ohne Eile herumzuspazieren und einfach mal nachzudenken.

»Sind Sie Signorina Ricci?«, fragte er, verunsichert wegen des Erscheinungsbilds der Frau, die etwas schwerfällig aussah in ihrem Mantel, dem dicken Schal und vor allem wegen einer gewissen Unachtsamkeit in Ernährungsfragen, durch die sie sich weit von den gertenschlanken Gestalten im Stadtzentrum entfernt hatte.

»Ich weiß nichts über meine Schwester«, sagte die Frau, während sie nach einem neuen Kunden Ausschau hielt.

»Nicht einmal, dass sie attackiert wurde?«

»Nichts Näheres.«

»Nichts Näheres?«

»Ich habe seit einiger Zeit keinen Kontakt mehr zu meiner Familie. Wir verstehen uns nicht.«

»So was kommt vor. Auch Sie sind einmal Opfer eines Angriffs geworden. Das muss eine fürchterliche Erfahrung gewesen sein ...«

»Eine Belästigung. Er hat mich angefasst ... Aber wohl kaum mit den gleichen Absichten wie der Mistkerl, der Elena angepöbelt hat.«

»Sie glauben nicht, dass es irgendeine Verbindung geben könnte?«

»Dass es sich um denselben Mann handeln könnte?« Die Frau brach in Gelächter aus. »Sie sind mit Ihrem Latein wohl am Ende, was?«, schob sie hinterher.

»Wir gehen jeder Möglichkeit nach.«

»Im Ernst? Und meinen Personenstand, den haben Sie nicht überprüft? Wissen Sie überhaupt, mit wem ich verheiratet bin?«

»Ja, ja, schon gut ...«

»Ist das Ihnen wirklich klar? Mit dem Belästiger! Es war wichtig, dass die Entschädigungssumme in der Familie blieb. Nein, jetzt mal im Ernst: Der hat mich verfolgt, weil er hoffnungslos verknallt war. Eine einmalige Gelegenheit! Nein, das hat wirklich nichts mit der Geschichte meiner Schwester zu tun. Die Welt der Verkäuferinnen, die im Stadtzentrum arbeiten, ist eine völlig andere. Die werden von allen umschwirrt.«

»Erwähnen Sie ja nicht Drogen, Prostitution, Waffen- und Organhandel.«

Er sah, wie sie lächelte.

Stucky hatte sich an die Ricci-Schwester gewandt, obwohl er genau wusste, dass es nichts bringen würde, fast so, als wolle er damit das Problem verscheuchen. Der Mord an den Eheleuten Barbisan, der Fall, der ihn im Polizeipräsidium berühmt gemacht hatte, eine Blitzlösung innerhalb von zwei Tagen, veranlasste ihn, sich auch hier in die kleinen Seitengassen der Unwahrscheinlichkeit vorzuwagen. Obwohl er ganz genau wusste, wie unklug seine Vorgehensweise war.

Die mit weihnachtlichem Flitter verzierte Stadt, die verlockenden Schilder und Dekorationen, verführten ihn dazu, an den Fassaden der hundertmal bewunderten Palazzi hoch zu blicken, die noch reicher und noch eleganter wirkten als sonst, und dabei ein unbehagliches Gefühl zu empfinden. Er kehrte um und ging wieder in Richtung Zentrum: Die Straßen füllten sich allmählich mit Passanten, und es fand tatsächlich jene für den Morgen typische Belebung des Kaufwillens statt; der bunte Stamm der Kunden ergoss sich über die Bürgersteige; die Leute verschlangen die Auslagen in den Schaufenstern geradezu mit ihren Blicken, verglichen Formen und Preise, schätzten ab, inwiefern eine Ware einer in ihrem Inneren gehegten Fantasie entsprach, zeigten sich plötzlich erstaunt über ein nicht alltägliches Angebot, ein ungewöhnliches Objekt, und flatterten gierig, wie sie waren, über die üblichen, wesentlichen Produkte, die Artikel des täglichen Bedarfs, hinweg: Wie konnte sich der Verrückte unter diese Leute mischen? Klema, dieser Schurke?

Der Inspektor befand sich wenige Schritte von Signorina Bergamins Geschäft entfernt. Er spähte durch die Schaufenster, um zu sehen, ob sie gerade beschäftigt war.

Er beobachtete sie, wie sie ein Päckchen packte und auch dann lächelte, wenn sie ihre Kundin nicht ansah, und fragte sich, ob sie ständig Theater spielte oder ob sie sich tatsächlich über ihre Handfertigkeit freute, über das Silberpapier, die rote Schleife, die sie gerade anbrachte, und über den soeben erfolgreich abgeschlossenen Verkauf eines Büstenhalters.

»Darf ich Sie kurz stören?«

Stucky trat ein, sobald die Kundin gegangen war.

»Wir haben Angst. Wir alle.«

»Das kann ich mir vorstellen.«

»Man spricht von nichts anderem mehr.«

»Haben Sie je irgendjemand Besonderen bemerkt, jemanden, der das Geschäft betreten hat und Ihnen irgendwie seltsam vorkam?«

»Was soll ich Ihnen darauf antworten? Wenn Sie wüssten, wie viele Leute uns unter die Augen kommen! Sie glauben, dass der Angreifer alle Läden betreten und uns einzeln unter die Lupe genommen hat? Eine nach der anderen?«

»Wäre doch möglich ...«

»In den Tagen, bevor ich angefallen wurde, ist tatsächlich ein Mann zweimal nacheinander hereingekommen. Er hat nach einem Damen-T-Shirt mit einer Aufschrift gefragt ...«

»Mit was für einer Aufschrift?«

»Mit Sprüchen zum Thema Liebe. Aber die werden

schon seit mindestens zwei Saisons nicht mehr hergestellt.«

»War das ein ungewöhnlicher Wunsch?«

»Nicht unbedingt. Aber er hatte so eine Art ...«

»Was denn?«

»Er hatte so etwas wie einen Röntgenblick.«

»Können Sie mir den Mann beschreiben?«

»Mittelgroß, vielleicht fünfunddreißig Jahre alt, sportlich gekleidet, dunkelbraunes Haar, dichte Augenbrauen und ... zwei Ringe an der rechten Hand, einen am Ringfinger und den anderen am kleinen Finger.«

»Erinnern Sie sich noch, wie die Ringe aussahen?«

»Nur so ungefähr ... der am Ringfinger hatte einen dunklen Stein, und der andere ... war aus Silber, mit so einer Art Efeu verziert.«

»Ich danke Ihnen. Auf Wiedersehen, Signorina.«

»Gehen Sie noch in diesen Pub?«

»Ab und zu.«

»Ich auch.«

Was sollte er nun damit anfangen? Nicht mit ihrer verkappten Einladung, die ihm immer noch durch die leeren Gehirnwindungen schwirrte, sondern mit ihrer Information über den Käufer. Vielleicht konnte ihm da die Ricci, die die Attacke noch frisch im Gedächtnis hatte, auf die Sprünge helfen. Doch bevor er sich ins Krankenhaus begab, fiel ihm das Essen ein.

Mit den Essensmarken, die das Polizeipräsidium für die nicht italienischen Restaurants ausgab, pflegte Stucky zum Chinesen zu gehen. Es gab Lokale für echte Chinesen, für die Schar geschickter Handwerker, die sich den ganzen Tag in den Werkstätten abrackerten. Und ihm gefiel, mehr noch als das Essen, die belebte Atmosphäre, die dort herrschte, die zahlreichen Tischgesellschaften; er beobachtete sie, wie sie gestikulierten, ihre Hände, die lächelnden und lärmenden Kinder; ihm gefiel die Art, wie die Männer manchmal rauchten, wobei sie die Zigarette zwischen den Fingerkuppen hielten.

Es gab gedämpfte Rouladen und gefüllte Teigtaschen, die Kellnerin trug Kleider wie vom Flohmarkt, sie trat geschäftsmäßig und resolut auf und war mit Kalkulationen beschäftigt, die sich irgendwie in Ideogramme konvertieren ließen.

Das Lokal, in dem er öfter aß, lag einen Steinwurf von der Porta San Tommaso entfernt und hatte nicht viele Gäste wie ihn. Aufgrund irgendeiner geheimnisvollen Begabung hatte die Frau, die er für die Chefin hielt, begriffen, dass er Polizist war, und bekundete Stucky jedes Mal ihre Ehrerbietung mit kleinen Aufmerksamkeiten, symbolischen Korruptionsversuchen, wie etwa der Überlassung von kleinen Schildkröten aus falscher Jade oder Papierschirmchen.

Immer noch besser als der Rosengrappa. Den brachte er nun wirklich nicht hinunter.

»*Glappa di lose?*«

»Nein, danke.«

»Ist abel gut.«

»Nein, danke. Wirklich nicht.«

»*Taltaluga poltafoltuna …?*«

»Wenn die Schildkröte wirklich Glück bringt, wer könnte da Nein sagen?«

Das Krankenhaus war ein ruhiger Ort, wie eigentlich die ganze Stadt. Ein Muster an Effizienz. Stucky legte den Weg zurück, den er schon kannte, und ging zu Fuß die Treppen hinauf. Signorina Ricci hatte sich sichtlich erholt. Ihre Mutter schickte sich gerade an, ihr etwas aus der Zeitung vorzulesen.

»Eine Berühmtheit ...«, sagte Stucky.

»Möchten Sie ...«

»Ich sehe, dass es Ihnen schon besser geht.«

»Kommen Sie voran?«

»Nur in sehr kleinen Schritten.«

»Das habe ich mir gedacht.«

»Wieso?«

»Eine irre Sache.«

»Glauben Sie? Darf ich Sie fragen, ob Ihnen in den Tagen vor der Attacke irgendein sonderbarer Kunde aufgefallen ist?«

»Sonderbar in welcher Hinsicht?«

»Ich weiß nicht ... sagen Sie es mir.«

»Mir fällt kein Bestimmter ein ... es gibt eine Menge sonderbarer Kunden.«

Behutsam soufflierte ihr Stucky: »Zum Beispiel jemand mit zwei Ringen an der rechten Hand ...«

»Ein junger Herr mit einem Ring mit schwarzem Stein ... und einem anderen, hellen ... so von der Art wie altes Silber ...«

»Sie erinnern sich?«

»Er ist zwei- oder dreimal da gewesen. Er suchte einen bestimmten Artikel, den wir nicht führen ...«

»Warum ist er mehrmals gekommen?«

»Um zu erfahren, ob wir ihn für ihn bestellen könnten ... von irgendeinem Händler oder aus einem Lager.«

»Das könnte ein normaler Vorgang sein.«

»Könnte.«

Den Rest des Tages verbrachte der Inspektor damit, sich auf das Bild dieses jungen doppelt beringten Herrn zu konzentrieren, der jetzt wie eine Schatzinsel langsam aus den Untiefen auftauchte. Auf Stuckys Aufforderung hin erinnerten sich alle in den Fall verwickelten Verkäuferinnen, die nichts weiter als die Schuhsohle des Angreifers und selbst diese nur in unterschiedlichen Varianten gesehen hatten, plötzlich an besagten Mann, diesen anspruchsvollen Kunden, der ein T-Shirt suchte, einen in Handarbeit gestanzten Ledergürtel, einen Krawattenhalter in Gestalt eines Pferdes, ein Armband für eine dreißig Jahre alte Tissot.

Landrulli traf Stucky in seinem Büro an. Er war überzeugt, interessante Querverbindungen zwischen einigen der betroffenen Verkäuferinnen aufgespürt zu haben.

»Warst du bei deiner Einführungsveranstaltung für Neu-Trevisaner?«, fragte ihn Stucky, bevor der Neue seine Notizen hervorkramte.

»Man hat mir die ganze Geschichte des Flusses Sile seit Erschaffung der Welt erzählt, und ich habe gelernt, woran man einen stillen Prosecco erkennt. Er hat keine Bläschen, Signor Inspektor.«

»Bravo! Du würdest also sagen, dass die Verkäuferinnen etwas gemeinsam haben …«

»Ich würde sagen, Ja. Jedenfalls die fünf Angegriffenen und Signorina Bergamin, die letzte, die telefonisch belästigt wurde. Doch Signora Verzieri habe ich nicht ins Visier genommen …«

»Signora Verzieri lassen wir mal aus dem Spiel.«

Landrulli las etwas über die Lehrerbildungsanstalt vor, die zwei der Mädchen besucht hatten.

»Weißt du, dass es diesen Schultyp schon seit einigen Jahren nicht mehr gibt?«

»Auch die Lehrerbildungsanstalten wurden abgeschafft? Es gibt hier also weder den Banco di Napoli noch Lehrerbildungsanstalten?«

»Mach weiter, los …«

»Zwei andere waren ein paar Jahre zuvor sogar Kolleginnen gewesen. Die beiden Junglehrerinnen kamen aus

Pfingstlerfamilien, eine andere war Gewerkschaftsmitglied und Blutspenderin.«

»Wer ist die bei der Gewerkschaft?«

»Signorina Bergamin.«

Landrulli zeigte ihm eine Übersicht über die jeweiligen Eltern, Brüder und Schwestern, die Verlobten und die engsten Freunde der Verkäuferinnen. Einer von Letzteren, ein Bibliothekar, konnte tatsächlich als Verbindungsglied eingestuft werden. Eines der Mädchen war eine eifrige Besucherin der Bibliothek, in der er arbeitete; der Bibliothekar wiederum war ein Freund des Bruders eines weiteren Opfers und der Cousin ersten Grades eines dritten Opfers. Die vierte attackierte Verkäuferin hatte die Lehrerbildungsanstalt zusammen mit dem Mädchen besucht, deren Cousin wieder derselbe Bibliothekar war. Er konnte sie gekannt haben, vielleicht nur vom Sehen.

»Kurzum, du glaubst, diese Beziehungen würden ausreichen, um einen belastbaren Zusammenhang herzustellen.«

»Genau.«

»Und das wäre …?«

»Was meinen *Sie* denn?«

»Landrulli, kennst du den Unterschied zwischen einer Homologie und einer Analogie?«

»Hm …«

»Also, dann versuche ich mal, deine Wissenslücke zu schließen. Was haben die Flügel einer Fledermaus, die eines Schmetterlings und die eines Vogels gemein?«

»Sie sind alle Flügel …«

»Richtig. Das heißt, sie üben alle die gleiche Funktion aus. Dennoch sind es Strukturen, die keine andere Verwandtschaft aufweisen als die, dass sie dem gleichen Zweck dienen. Und was haben die Hände eines Affen und die Flossen eines Hais gemein?«

»Nichts, Signor Inspektor!«

»Das habe ich mir gedacht! Sie sind aber homolog, während die Flügel von vorhin analog waren. Ist das klar?«

»So ungefähr …«

»Homolog bedeutet, dass sie zwar unterschiedliche Funktionen, aber die gleiche Art von Struktur haben, die sich unterschiedlichen Gegebenheiten anpasst, während die analogen Strukturen zwar unterschiedlich sind, aber die gleiche Funktion ausüben …«

»Aha! Sie wollen mir damit also erklären, dass die Puzzleteilchen, die unsere Verkäuferinnen gemein haben, zufällige Übereinstimmungen sprich: Analogien sind …«

»Genau, Landrulli! Sprit fürs Gehirn! Merkst du schon, wie es rattert …«

»Sprit! Aber wenn die attackierten Verkäuferinnen sich kannten, würde sich das Problem der Analogien und Homologien gar nicht stellen. Oder doch?«

»Bravo, bravo.«

Abende, die in eine schwarze Nacht übergehen, endlich sichtbare Sterne an den kalten, trockenen Abenden, ein Dezember ohne Regen, und es war noch Zeit für eine heiße Schokolade in der Konditorei, dafür, im Saal mit den vielen Spiegeln zu sitzen und sich zu beobachten, sich klarzumachen, dass die Zeit und das Leben jedes Weihnachten ganz profan verschlucken und über Feste jeder Art hinausgreifen, und man strengt sich an, ohne Zucker, vielen Dank, und im Übrigen: Würde das Leben ohne Anstrengung mit der gleichen Intensität verrinnen? An diesen Dilemmata sind die Verkäuferinnen weder schuld noch kennen sie ein Mittel dagegen. Es ist eine Arbeit, sagte sich der Inspektor, hob die Tasse und hielt sie sich vor den Mund, sodass die Lippen verdeckt waren, und er schaute sich im Spiegel in die Augen, immer noch im Mantel, legen Sie denn nie den Mantel ab, Signor Inspektor? Immer in Eile? Weil ich eine Tür brauche, durch die ich hinein- und wieder herausgehen kann, bin ich hier und gehe wieder. Ein Abend voller Sorgen. Dem jungen Landrulli hätte er nicht diese alberne Biologielektion erteilen dürfen. Einer allzu offensichtlichen Tatsache hatte er selbst nicht genügend Gewicht beigelegt: Wenn die Mädchen sich tatsächlich kannten, dann gab das dieser ganzen Geschichte doch eine ganz andere Wendung! Der Junge hatte recht, schluck die Kröte ohne Zucker, hätte Martini gesagt, Martini, der Frühverstorbene. Dummer Toter. Dumme Verkäuferinnen ...

Die Geschäfte hatten ihre Öffnungszeit bis einundzwanzig Uhr verlängert. Die Altstadt schien von dieser Gelegenheit nicht zu profitieren. Die Kundenschwärme verkrochen sich nach Hause, zum Abendessen. Es blieben die wenigen Nachzügler beziehungsweise diejenigen, die soeben einen langen Arbeitstag hinter sich gebracht hatten. Die beleuchteten Läden waren halb leer, und die Verkäuferinnen hinter den Theken wirkten noch schutzloser.

Merkwürdigerweise schienen die Buchhandlungen die einzigen Geschäfte zu sein, die von den neuen Öffnungszeiten profitierten; dort herrschte kein Mangel an Kunden, und viele standen mit einem aufgeschlagenen Buch auf der Suche nach einer fesselnden Seite vor den Regalen.

Kurz nach einundzwanzig Uhr löschten die Verkäuferinnen das Licht, als beendeten sie eine Märchenstunde, und ließen nur noch fahl leuchtende Streifen in den Schaufenstern zurück. Dann sperrten sie die Panzertüren zu und ließen die Rollgitter herunter. Der Inspektor konnte mit eigenen Augen beobachten, wie einfach der Vorgang war, wie flink und routiniert ihre Gesten waren. Die jungen Frauen, die ihn, an die Bögen der Laubengänge gelehnt, sahen, wisperten, glaubten aber sofort, dass es sich bei ihm um die unauffällige Bewachung handelte, die das Polizeipräsidium ihnen nach den letzten Attacken zugesagt hatte.

Stucky warf einen Blick auf die Straße. An der Ecke sah er das Polizistenpaar, das sich langsam von einem Geschäft zum nächsten bewegte.

»Ich begleite euch«, sagte er, nachdem er sich vorgestellt hatte, zu einem aufbrechenden Mädchentrio. »Habt ihr keine Angst nach dem, was vorgefallen ist?«

»Ein bisschen schon«, antworteten die in dicke Schals Eingemummelten wie aus einem Munde.

»Dann fühlt ihr euch also beschützt!«

»Von wem?«, fragte die Kleinste, die eine überdimensionierte schwarze Ledertasche trug.

»Von den Ordnungskräften!«

»Ach so. Ja, bestens beschützt.«

»Sie nehmen mich auf den Arm!«

»Aber nicht doch …«

»Es sieht so aus, als würdet ihr das Ganze nicht besonders ernst nehmen. Oder täusche ich mich?«

»Möchten Sie denn, dass wir unglücklich sind?«

»Und die Mädchen, die attackiert wurden, waren die vielleicht unglücklich?«

»Schon möglich …«

»Ihr vertraut also auf das Glück.«

»Und haben Sie etwas dagegen?«

Er verabschiedete sie sich von ihnen dort, wo sie ihre Autos geparkt hatten. Sicher, wenn jemandem ein Unglück zustößt, bleibt deswegen die Welt nicht stehen, dachte er.

Verkäuferinnen …

Die Überwachungsaktion schien Früchte zu tragen. Zwischen Donnerstag, dem 9. Dezember, und Samstag, dem 11. Dezember, war nichts passiert. Es war nicht auszuschließen, dass der Angreifer der Sache überdrüssig geworden war, dass er mit dem Schlag ins Gesicht der armen Elena Ricci eines seiner Ziele erreicht hatte.

Oder vielleicht waren sie endlich auf der richtigen Spur.

»Jedenfalls muss man die Sache vertiefen«, hatte er zu Landrulli gesagt.

»Inwiefern?«

»Wir folgen deinem Riecher, und das heißt: Du heftest dich dem Typen an die Fersen, den du identifiziert hast, und lässt ihn keine Sekunde aus den Augen.«

»Mario De Pol.«

»Ist der nicht dein Verbindungsglied?«

»Wissen Sie, dass Agente Conte mich mit zwei Dingen quält? Er sagt: Lass dir vom Inspektor erzählen, wie brillant er den Fall der Eheleute Barbisan gelöst hat …«

»Und das zweite?«

»Er will, dass ich lerne, einen bestimmten Satz auszusprechen.«

»Immer noch die alte Leier! *I ga igà i gai.*«

»Genau! Wie schaffen Sie das …?«

»Hartes Training.«

»Sagen Sie es noch einmal.«

»*I ga igà i gai.*«

»Bedeutet was?«

»Das ist eine komplizierte Geschichte.«

»Wie der Fall Barbisan?«

»Es stimmt. Hausmüll stinkt. Aber wenn sie dir so wenig davon liefern, dass der Anteil nur zehn Prozent vom Ganzen beträgt, macht der Gestank eben auch nur zehn Prozent von dem einer hundertprozentigen Hausmüllmasse aus. Das sagt einem ja die Mathematik. Wenn also jemand den üblen Geruch bemerkt, dann aufgrund der Tatsache, dass die Nase des Menschen ein allzu empfindliches Instrument ist. Hängt wohl mit der Evolution zusammen. Die Fähigkeit, aus Millionen von Partikelchen bestimmte Gerüche herausriechen zu können. Zweifellos eine Überversorgung, um auch die weniger Befähigten zu schützen. Und auch dem alten Cavasin, der ein Haus im Windschatten hatte, ein paar hundert Meter von der Mülldeponie entfernt, hat es gestunken! Natürlich, der Sommer war wie ein Backofen, eine einzige Qual. Auf der Deponie, zwischen den dunklen Folien und den warmen Materialien, die zum Abkühlen dort abgeladen wurden, den laufenden Motoren der Lastwagen und Kompaktoren, Radio Bella Monella *auf höchster Lautstärke, die nicht einmal* Money *von Pink Floyd übertönen konnte, machte das Gehirn ähnlich grenzwertige Erfahrungen wie bei einer Camel Trophy, dieser Autorallye mit Expeditionscharakter, Sie wissen schon, Dottore. Nur Filiberto in seinem Labor schien seine Arbeit zu erledigen, ohne zu leiden. Der Herr Akademiker! Wir in diesem Heizkessel rauf und runter und er, da oben, vielleicht umgeben von Kühlschlangen. Wer weiß, wozu der imstande war! Einmal, zwischen einer Analyse und der nächsten, hat er mir gesagt, er würde Reaktionen erfinden, die die Umgebung auffrischten. ›Ich kann endotherme Reaktionen auslösen!‹, behauptete er, um bei mir Eindruck zu schinden. Ich habe im Lexikon nachgeschaut und hatte alles wieder im Griff.*

Abgesehen von der Hitze, die mich zermürbte: Die orga-

nische Substanz entwickelte, sobald sie abgeladen war, ein Eigenleben. Sie brutzelte, kochte, verdampfte und stob bei jeder Windbö davon wie eine aufgescheuchte Gazelle. Ich habe mich verflucht, weil ich den Rand der Deponie nicht mit einer schönen Pappelbarriere bepflanzt hatte; die Bäume hätten diesen impertinenten kleinen Wind stoppen können, diesen Luftzug, der wer weiß warum entstand und von der Böschung im Norden nach unten drang und sich über den anderen Deponieabschnitten mit Gerüchen anreicherte, sich aufheizte und sich dann wieder, lautlos und langsam, erhob und dem alten Cavasin in die Nase stieg, der am 19. Juli vom Balkon seines Hauses mit seiner Doppelflinte, die er als alter Weidmann besaß, eine Salve in unsere Richtung abfeuerte. Die Entfernung war zu groß, um bei uns irgendwelche Schäden anzurichten. Und, bei dem ganzen Lärm, der bei uns herrschte, hatten wir nicht einmal die Schüsse knallen hören. Wäre nicht der Mannschaftswagen der Carabinieri gewesen, der hin und wieder wegen einer Kontrolle vorbeikam, hätten wir nie etwas davon erfahren. Aber die Schrotkügelchen waren wie leichte Hagelkörner im freien Fall ausgerechnet im Fahrzeug der Gesetzeshüter gelandet und hatten für Aufregung gesorgt, und weil Cavasins Haus das einzige weit und breit war, haben sie zwei und zwei zusammengezählt. Der Alte hat alles abgestritten, obwohl sie ihm die soeben benutzte Waffe beschlagnahmt haben, und er hat die Gelegenheit beim Schopfe gepackt und gegen meine Wenigkeit Anzeige wegen Geruchsbelästigung erstattet. Dann sind die Carabinieri zu uns gekommen, um uns zu befragen, und wir haben gesagt: Nein, wir haben keinen Schuss gehört; nein, wir haben nicht den Eindruck, dass es eine Belästigung durch Gerüche gibt, aber da ist der Vizebrigadier von einem plötzlich auftretenden Gestanksschwall angeweht worden und beinahe in Ohnmacht gefallen. Daraufhin, so hat der alte Cavasin später behauptet, hätten ihm die Carabinieri sein Gewehr augenblicklich zurückgegeben und ihm geraten, sich näher zu postieren. Doch der Brigadier war ein Freund von Papà und immer auf unserer Seite gewesen. Er hat uns beigestanden und uns die beiden Male, als gemeine Attentate auf uns verübt wurden, deutlich gezeigt, dass das Gesetz auf unserer Seite war. Eines Nachts ist jemand über den Zaun geklettert und an dem bereits mit dem Plastikmonster bedeckten Rand nach unten gerobbt (wenn er auf dem Hintern hinuntergerutscht ist, muss er sich durch die Reibung die Arschbacken verbrannt haben). Drunten angekommen, hat er sich so bewegt, wie es nur einer konnte, der sich dort auskannte. Er hat den Bereich gefunden, wo der Müll ausschließlich aus Abfällen der Textilfabriken bestand, und Feuer gelegt. Ein anonymer Anrufer informierte die Carabinieri, dass die Deponie in Flammen stand. Der Brigadier hat uns mitten in der Nacht angerufen. Ich und die Mamma sind hingerannt, ohne uns überhaupt richtig anzuziehen. Den Feuerschein konnte man schon von Weitem sehen. Gerade trafen unter Sirenengeheul die Löschfahrzeuge der von den Carabinieri verständigten Feuerwehr ein.

Ich habe die Tore weit aufgerissen und gebrüllt: »Rettet die Deponie!«, während die Löschfahrzeuge auf die Flammen zufuhren, die sie nach einer Stunde Schwerstarbeit unter Kontrolle brachten. Der Gestank und der Qualm waren höllisch. Ich saß vor dem Labor und geriet in Versuchung, einfach alles hinzuschmeißen. Der Chef der Feuerwehrleute hat mich einiges an Papierkram unterschreiben lassen. Rußverschmiert und total verschwitzt, wie er war, hat er mir die Blätter hingehalten und dann, während er sich über die Stirn fuhr, mit der anderen Hand ein Bonbon aus der Tasche seiner Uniformjacke gezogen und das Papierchen auf den Boden fallen lassen. Ich gebe nicht auf!, habe ich mir gesagt. Wir alle stehen an der Front der Zivilisation.

Das zweite Attentat war eher symbolisch als schädlich. Wir hatten über den Toren eine Telekamera angebracht. Natürlich war sie an nichts angeschlossen, aber wir hatten geglaubt, dass sie zur Abschreckung ausreichte. Eines Morgens haben wir sie von einer Fugenkelle durchbohrt vorgefunden. Seit jenem Tag sahen wir uns einem ständigen Kleinkrieg ausgesetzt.

Löcher in der äußeren Umzäunung, Lack auf den Toren, Scheißhaufen auf dem Vorplatz, ein auf den Resten der Telekamera aufgespießtes Huhn. Der Brigadier hatte bei Cavasin mehrfach Vorstöße unternommen, aber auch wenn der Verdächtige weitermachte – nachweisen konnte man ihm nichts.

Dann bin ich persönlich zu dem alten Cavasin gegangen. Er hatte ein Bauernhaus, das er etappenweise renoviert hatte, und zwar immer dann, wenn Geld hereingekommen war. Sein Anwesen: ein Traktor, alt, aber gut erhalten, Arbeitsgeräte, Hühner, Tauben auf dem Dach, ein großer Nussbaum neben dem Haus, eine betonierte Auffahrt, Kunststoffrollläden und der Eingang zum Haus, bewacht von einem Hündchen, das sich an der Kette wand.

Am Ausgang, halb versteckt hinter einem grünen Vorhang, stand ein dicker Junge, der ein auffallend misstrauisches Verhalten an den Tag legte. Ich musste nicht sehr nahe an ihn herantreten, um festzustellen, dass er doch nicht mehr ganz jung war, trotz seines Kindergesichts. Er hatte Falten um die Augen, eine lange Narbe auf der Wange und einen etwas leeren Blick. Als er sah, dass ich näher kam, versteckte er sich ganz hinter der Gardine, aber ich hatte inzwischen begriffen, dass es sich um einen Mongoloiden handelte, so einen, den man als Schandfleck im Haus versteckt, und mir war plötzlich nicht mehr danach, dem Cavasin meine Meinung zu sagen. Er hatte bereits sein Kreuz zu tragen, auch wenn ich mich fragte, warum er sich über ein bisschen Gestank aufregte, bei all den Sorgen, die er sonst schon hatte. Vielleicht hatte der Alte mich kommen sehen und mich von irgendeinem Balkon aus beobachtet. Ich dachte, dass er meine Geste verstehen würde, wenn er merkte, dass ich umgekehrt war, ohne ein Wort zu sagen.

Doch zwei Tage später sehe ich, am Abend, während ich die Tore schließe, die Scheinwerfer eines Autos aufleuchten, die mich eine Zeit lang ins Visier nehmen, bevor sie abgeblendet werden. Ich erkenne die Umrisse eines Fiat 127, der populärsten Blechkiste der Nation, und drinnen erkenne ich vage die massige Silhouette des Cavasin. Ich bleibe stehen und warte, dass er sich rührt, rolle aber sicherheitshalber die dicke Kette zusammen, mit der ich die Zufahrt zur Mülldeponie blockieren wollte. Sollte er frech werden, würde ich ihm einen Schlag mit der Kette versetzen und ihn niederstrecken. Da kurbelt der Alte das Fenster herunter, das mit Silikon zusammengeklebt sein muss, weil es beim Öffnen aufstöhnt.

›Ich bin hier wegen dem Gestank.‹

›Wegen was für einem Gestank denn?‹, frage ich.

›Ich bin hier wegen dem Gestank‹, wiederholt er.

›Ich rieche keinen Gestank‹, bekräftige ich und bleibe bei meiner Linie.

›Weil du eine Scheißnase hast. Aber meine ist so fein wie sie lang ist.‹

Ich habe blitzartig geschaltet, und wir haben uns auf eine stillschweigend zu zahlende Entschädigung geeinigt. Einmal im Monat ging ich nun zu dem Mongoloiden und überreichte ihm dreihunderttausend Lire, die dieser, geschickt und gut dressiert wie ein geborener Taschenspieler, verschwinden ließ. Einmal hatte er sogar die Stirn zu behaupten, ich hätte ihm gar nichts gegeben.

›Versuch nicht, mich reinzulegen! Sonst rufe ich deinen Vater!‹ Aber der andere zeigte mir ungerührt seine leeren Hände und forderte das Geld. Es half alles nichts. Ich musste was drauflegen und ihm drei Scheine aushändigen. Zehntausenderscheine.«

12. Dezember

»Ich kann es nicht glauben«, sagte Inspektor Stucky zu dem Agente, der ihn soeben ins Bild gesetzt hatte. Dabei wusste er nur zu gut, dass es wahr war; er hatte sie ja erwartet, diese Leiche, er hatte auf das Unglück gewartet. Er fühlte sich unbehaglich, weil er seinen Arbeitsplatz für zwei Tage verlassen hatte, zwei Urlaubstage, die weit im Voraus beantragt worden waren, zu einer Zeit, als sich die Blätter der Rosskastanien noch nicht einmal verfärbt hatten. Er hatte einen Fehler gemacht und sich wider Willen in die Angelegenheit mit den Verkäuferinnen hineinziehen lassen. Martini oder wer weiß was sonst noch hatte ihn in einen Züchter von Erinnerungen und Chrysanthemen verwandelt. Allerdings hatte Martini Chrysanthemen nicht ausstehen können.

»Antimama«, brummte er vor sich hin und rannte geradezu aus dem Polizeipräsidium, in die Dunkelheit hinein. Er ließ sich vom eisigen Ostwind kneifen, der durch die Gassen fuhr, und lief an den mit Lichterketten geschmückten Häusern entlang. Das Geschäft war nur wenige hundert Meter entfernt, die er zurücklegte wie ein schwer verliebter Zwanzigjähriger, wenn auch natürlich keuchend. Es war ein Geschäft für Damenoberbekleidung, Modelle aus exquisiten Stoffen und erlesenen Zuschnitts, wie sie Anwältinnen, Unternehmensberaterinnen und allgemein Damen mit einem Hang zur Eleganz bevorzugten.

Die Leiche bemerkt hatte die Reinemachefrau, die, wie jeden Morgen, vom Hinterzimmer aus, in dem sich ein kleiner Waschraum befand, den Laden betreten hatte. Sie hatte sich erst dem Bad gewidmet und dann dem Boden des Ladens, den sie ordentlich gesaugt und sauber gewischt hatte. Erst als sie einen Blick in Richtung Schaufenster warf, hatte sie vor einem tabakfarbenen Mantel einen Frauenkörper liegen sehen.

Stucky schaute auf die Uhr, es war sechs Uhr achtunddreißig frühmorgens. Die kleine Gruppe Schaulustiger bestand aus Frühaufstehern, einem Leibwächterpaar, Herrchen und Frauchen inkontinenter Hündchen und einem verschlafenen Barista. Während der Inspektor sich unter diese Leute mengte, schnappte er ein paar Bemerkungen auf, wie »nackt« und *»a xe nera«*. Er sah den bereits zugedeckten Körper im Schaufenster liegen, doch unter der Folie ragte ein dunkelhäutiger Arm heraus. Der Mörder musste sich abgemüht haben, um die Frau in diese Position zu bringen. Sobald Stucky den Laden betreten und die Plane hatte hochheben lassen, stellte er fest, dass das Opfer auf der rechten Seite lag, den linken Arm zum Kopf geführt und das linke Bein so angewinkelt, dass man den Schambereich nicht sehen konnte. Der nackte steife Körper war mit jenen kleinen Zettelchen wie mit Blütenblättern bestreut, die Stucky sofort wiedererkannte – es handelte sich um das poetische Innenleben der berühmten Pralinenverpackung. Er staunte über das weiche Haar, das, in Form eines Pagenkopfs geschnitten war. Er dachte, dass die Neugierigen draußen wohl eher von der Haut als von dem Haar beeindruckt waren: In der Stadt gab es nur eine dunkelhäutige Verkäuferin.

Während er auf das Eintreffen des Staatsanwalts wartete, sah Stucky den Kollegen zu, die die Vermessungen vornahmen. Ihn irritierte die Inszenierung, die sich der Mörder ausgedacht hatte. Die Kleider des Opfers waren verschwunden. Es gab weder Handtasche noch Mantel, nur ihren zur Schau gestellten Körper und sonst nichts.

Die Haupttür war nicht aufgebrochen worden, und

auch die Tür zwischen den Umkleidekabinen und dem kleinen Lagerraum, der zum Innenhof führte, wies keine Spuren einer gewaltsamen Öffnung auf. Stucky machte den Leuten ein Zeichen, dass sie auch die Türen fotografieren sollten. Er glaubte, dass das arme Mädchen erwürgt worden war. Intuitiv war er zu dem Schluss gelangt, dass der Mörder bei Ladenschluss durch den Hinterraum eingetreten war und ein paar Minuten abgewartet hatte, bevor er sie überrumpelte. Im Geschäft hatte Stucky nichts bemerkt, was auf ein Handgemenge hingedeutet hätte; die Regale waren in schönster Ordnung. Die Eleganz war im ganzen Raum intakt geblieben: Die Kleidungsstücke waren ordentlich aufgereiht, die Farben nüchtern und seriös, die flauschigen Mäntel von raffiniertem Zuschnitt, Blusen und Röcke so fein, dass sie schon zu knittern schienen, wenn man sie bloß ansah. Vielleicht um diese Ordnung nicht zu stören, hatte der Mörder die Kleider des Opfers und alle seine Habseligkeiten mitgenommen.

Der Inspektor hielt alles in seinem Notizbuch fest. Dann trat er an die Putzfrau heran, die niedergeschlagen auf der Eingangsstufe eines anderen Geschäfts saß. Es war eine Rumänin, BENVENUTA Nummer 1006, parfümiert wie eine Rumänin, das Gesicht rosig und wie Butter glänzend. Man hatte ihr bereits die Arbeitswerkzeuge weggenommen, die ins Labor geschickt werden mussten. Oben, am Kranzgesims, schienen die Tauben die Szene zu beobachten, während die Zahl der Gaffer von Minute zu Minute wuchs.

»Das ist nicht das erste Geschäft, in dem Sie heute sauber machen, oder?«

»Es ist das vorletzte, Signore.«

»Wie viele putzen Sie am Morgen?«

»Acht, Signore.«

»Alles Bekleidungsgeschäfte?«

»Eine Reinigung, einen Musikladen und die übrigen für Kleider, Signore.«

»Sie haben nur den Schlüssel für den hinteren Eingang, nicht wahr?«

»Ja, Signore.«

»Wie sah das Ladenlokal aus, als Sie es betreten haben?«

»Normal ...«

»Nichts Merkwürdiges?

»Nichts, Signore.«

»Seit wann putzen Sie hier?«

»Seit einem Jahr, Signore.«

»Kannten Sie das Opfer?«

»Nein, Signore. Ich kenne nur Signora Veneziani. Sie war es, die mir die Stelle hier verschafft hat ...«

Stucky sah zu, wie die Frau sich, begleitet von einem Polizisten, entfernte, und fragte sich, was für ein Typ der Mörder sein könnte, jemand, der vielleicht einfach neben der Toten stehen geblieben war, ohne etwas zu essen, zu rauchen oder sich einen Kaschmirpullover überzuziehen. Im Staubsaugerbeutel werden wir nichts finden, dachte Stucky.

Nur diese herabgeregneten Zettelchen, aus einer Unmenge von Pralinenverpackungen, genau neunundfünfzig, nach Aussage eines der Polizisten, der sie gezählt hatte. Plötzlich kam ihm Klema raffiniert vor, viel raffinierter als bisher.

Ein Polizist teilte ihm mit, dass die Inhaberin des Geschäfts im Anmarsch sei.

Stucky erzählte ihr, was vorgefallen war, und fragte sie, ob sie den Leichnam sehen wolle. Sie schüttelte heftig den Kopf, und der Inspektor beschloss, mit ihr zusammen ins Polizeipräsidium zu gehen, um sie von diesem chaotischen Schauplatz zu erlösen. Dort bot er ihr eine Sitzgelegenheit an und beobachtete ihre Bewegungen. Es handelte sich eindeutig um eine Persönlichkeit, die dem Niveau des von ihr geführten Geschäfts entsprach. Sie war blond, um die vierzig, eine strahlende Schönheit, mit verängstigtem, aber offenem Blick. Ihre Kleidung war von nüchterner Eleganz, jede Farbe und Linie perfekt, kein übertriebener Ring, kein falsch platzierter Knopf, nicht das kleinste Krümelchen überschüssigen Lippenstifts oder verlaufener Wimperntusche. Sie litt, aber das mit Anmut. Zwischen ihren Händen presste sie ein winziges Taschentüchlein, das sie zur Nase führte, als wäre es mit einem paradiesischen Duft getränkt.

»Kannten Sie das Opfer gut?«

»Sie heißt ... Jolanda ... Schepis. Wir arbeiten seit ungefähr zwei Jahren zusammen. Seit sie aus Triest hierhergezogen ist ...«

»Und seit wann führen Sie das Geschäft?«

»Seit zehn Jahren.«

»Und am Abend haben Sie das Geschäft nicht abgeschlossen?«

»Wir haben es zusammen geöffnet. Wir sind immer kurz vor der Öffnung hier und schauen nach, ob alles in Ordnung ist. Abends verlasse ich in der Regel eine halbe Stunde vor Geschäftsschluss den Laden, damit ich noch kleine Besorgungen machen kann. Auf Jolanda ist in jeder Hinsicht Verlass.«

»Sie sagten: in der Regel?«

»In der Woche vor Weihnachten, nein, da nicht. Da hätten wir beide bis zur letzten Minute gearbeitet.«

»Wer hatte die Schlüssel zum Laden?«

»Ich und Jolanda. Die Putzfrau hat nur den zum Hintereingang.«

»Und niemand hätte ein Duplikat anfertigen lassen können?«

»Mir ist niemand bekannt …«

»Der Hintereingang war tagsüber zugesperrt?«

»Gewöhnlich, ja.«

»Die Rumänin macht jeden Morgen sauber?«

»Natürlich.«

»Was für eine Erklärung haben Sie für das tragische Ereignis?«

Die Frau schwieg lange, als durchkämme sie ihr ganzes Gedächtnis. Mehrmals schloss sie die Augen. Ihre Finger waren immer noch verkrampft.

»Es gibt keine Erklärung. Ein Irrer, der die Verkäuferinnen angreift. Zuerst die Attacken, und dann ist er, nachdem er die Lage eingeschätzt hat, weitergegangen.«

»Nachdem er die Lage eingeschätzt hat. Sie meinen also, dass der Schutz unzureichend war?«

»Wird er denn jetzt aufhören?«

»Hoffentlich! Erinnern Sie sich an irgendeinen sonderbaren Kunden, der in den letzten Tagen in Ihr Geschäft gekommen ist?«

»Einen Kunden … Sie meinen einen männlichen Kunden?«

»Genau. Sie werden doch auch männliche Kunden haben …«

»Ja, natürlich. Manchmal kommt einer vorbei, um zu bezahlen. Hin und wieder wählt einer etwas als besonderes Geschenk aus.«

»Für besondere Beziehungen, vermute ich. Ich bitte Sie, mir Informationen über diese Kunden zu liefern …«

»Ich sehe zu, was ich machen kann.«

»Wir behandeln die Sache mit Diskretion, falls das Ihre Sorge sein sollte. Versuchen Sie jetzt bitte, mir so viel wie möglich über das Opfer zu erzählen.«

»Sie ist mir von Freunden vorgestellt worden. Sie kommt aus Triest, selbstverständlich adoptiert. Eine entzückende

Person. Manchmal ein bisschen scheu. Sie sprach fast nie über ihre Familie oder ihre Vergangenheit. Sehr liebenswürdig zu den Kundinnen, auch sehr überzeugend.«

»Die Kundinnen ... hatten sie nichts dagegen einzuwenden, dass sie ...«

»... dass sie dunkelhäutig war?«

»Genau.«

»In unser Geschäft kommt nicht Krethi und Plethi!«

»Gab es jemanden, der sie begleitete oder nach Beendigung der Arbeit auf sie wartete?«

»Niemand Bestimmten. Also nicht, dass ich mich an jemanden erinnerte.«

»Haben Sie auch privat miteinander verkehrt?«

»Warum fragen Sie mich das, Signor Inspektor?«

Stucky blickte ihr fest in die Augen.

»Um festzustellen, ob Sie gemeinsame Bekannte hatten.«

»Nein, jede lebte ihr eigenes Leben.«

»Gibt es irgendeine besondere Eigenschaft, die man bei Ihrer Arbeit braucht?«

Einen Moment starrte die Frau Stucky an, als habe die Frage sie erstaunt. Dann sagte sie: »Tadellose Haltung, ansprechendes Erscheinungsbild ...«

»Man muss also schön sein?«

»Ja, Signor Inspektor. Aber noch wichtiger sind Intuition und die Kunst der Verführung.«

»Ein Schlag ins Wasser?«, fragte Landrulli, der schweigend zugehört hatte, während sie die Frau nach Hause begleiteten.

»Sie hat uns sagen wollen, dass sie sich kaum kannten, eine oberflächliche Bekanntschaft, dass sie keine privaten Kontakt hatten, dass keine besondere Vertraulichkeit zwischen ihnen bestand ...«

»Und doch wirkt sie sehr betroffen.«

»Das stimmt.«

»Und die Familie des Opfers?«

»Sie lebte allein. Ihre Eltern sind Triestiner, und im Augenblick möchte ich, abgesehen von den Formalitäten, ihre Trauer respektieren.«

»Triestiner? Friauler ...«

»Ach woher denn! Julier sind das, das sind Julier! Pass bloß auf, Landrulli!«

»Signor Inspektor, ich bin erst seit Kurzem hier, ich muss mich noch eingewöhnen ...«

»Schauen wir uns mal an, wo das Opfer gewohnt hat. Doch zuerst«, fügte er hinzu, »fragen wir doch einmal Signorina Bergamin, ob sie die Schepis gekannt hat.«

»Kaum«, erwiderte die Frau, während sie um den Zeigefinder einen roten Strumpfhalter kreisen ließ, der seiner Glück verheißenden Farbe wegen wohl schon für die Sylvesternacht verkauft werden sollte.

»Sie hat sich nicht gerade oft blicken lassen.«

»Ist es überhaupt denkbar, dass eine Frau wie sie nicht auffiel?«

»Die blieb für sich. So wie es öfter vorkommt. Außerdem zieht eine Schwarze weniger Blicke auf sich als eine schöne Blonde ...«

Jolanda Schepis hatte gegenüber der Piazzetta San Parisio, dem Marktplatz, gewohnt. Die Wohnung lag in einem Gebäude mit einer Steinfassade und einem Vorhof, in dem die Obststände untergebracht waren. Dort spielten Kinder, und auf den Mäuerchen ringsum saßen manchmal, vor allem an sonnigen Tagen, noch ein paar Alte. Die Leute von der polizeitechnischen Untersuchungsstelle hatten bereits ihre rituellen Arbeiten abgeschlossen.

»Und wir, haben wir überhaupt den Schlüssel?«

»Und zwar den richtigen, Landrulli! Wie würden wir denn sonst hineinkommen?«

Es war ein recht ansehnliches Domizil: zwei Bäder, eine gut eingerichtete Küche, ein Wohnzimmer mit weißen, unverstellten Wänden, ein Schlafzimmer von schlichter Eleganz. Einhundert Quadratmeter.

»Wir lassen alles dort, wo es steht und liegt! Wir sind nur hier, um uns ein Bild von der Person zu machen und um herauszufinden, ob der Mörder nach der Tat hier war. Klema hat die Schlüssel an sich genommen, nicht nur die Kleider des Opfers«, sagte der Inspektor und studierte ein an der Wand hängendes Foto des Mädchens. Sie war unverkennbar äthiopischer Herkunft. Ohne Zweifel eine sehr schöne junge Frau, mit lächelndem Gesicht, ohne jede Spur von Traurigkeit. Augen und Mund sprachen die gleiche Sprache. Jolanda aus Triest. Ein dunkelhäutiges Kind, adoptiert, in einer Grenzstadt gelandet und von dort möglicherweise geflüchtet.

Im Schlafzimmer öffnete der Inspektor vorsichtig den Schrank, betrachtete die Pullover und die Hosen. Es gab auch elegante Kleider, farblich gut kombinierbar. Tja, bei der Tätigkeit, die sie ausübte ...! Er versuchte, sich an die Größe des Mädchens zu erinnern, und rief sich den Leichnam ins Gedächtnis. Ziemlich groß war sie, schlanke Taille, schmale Schultern. Der dicke schwarze Pullover, der zuoberst auf dem Stapel lag, war, wie er dem Etikett entnahm, Größe XL. Zu groß für das Mädchen, überlegte Stucky. Vielleicht hat er ihr überhaupt nicht gehört.

»Landrulli, wir halten dieses Detail mal fest. Einverstanden?«

Die Schuhe im Schuhschränkchen waren in gepflegtem Zustand. Sie liebte offensichtlich Schuhe mit Absätzen, die zum Teil sehr hoch waren. Keine Stiefel. Ihr

Gang war ausgeglichen; an den Sohlen waren keine Abtretspuren zu sehen.

»Soll ich auch das notieren?«

»Nein, das nicht ...«

Die Küche war wie neu, der kleine Speiseschrank enthielt das Wesentliche: Kaffee und Zucker, Salz, Öl, ein paar Packungen Nudeln, Tomatensoße in der Dose. Kein Obst, kein Gemüse, kein Käse. Im Tiefkühlfach nur abgepackte Schnellgerichte. »Sie aß immer außerhalb«, meinte Stucky, »das sind nur Notvorräte.«

»Soll ich das aufschreiben?«

»Im Hinterkopf behalten, Landrulli. In der Ruhe liegt ...«

»Darf ich etwas sagen, Signor Inspektor?«

»Na, schieß schon los!«

»Das ist eine ganz unpersönliche Wohnung. Hier gibt es keinen Kalender, kein richtiges Bild, auch kein Telefon ...«

»Vielleicht hatte sie eine Vorliebe für die wesentlichen Dinge. Jetzt gehen wir einmal zu den Nachbarn und befragen die.«

In der Wohnung gegenüber wohnte eine gewisse Signora Pitzalis, eine alte Frau, die Landrulli aufgrund seiner süditalienischen Aussprache nicht in ihre Wohnung lassen wollte. »Er gehört nicht zu uns«, erklärte sie dem Inspektor.

»Ich rede nicht mit den *foresti,* auch dann nicht, wenn Sie mir eine Strafe aufbrummen sollten ...«

Sie geizte sehr mit Informationen. Fest in ihren Schal eingewickelt, blass und gebrechlich, wirkte sie wie eine alte Porzellanteekanne. Sie erzählte, dass sie fast nie ausging, dass man ihr auch die Einkäufe heraufbringe. Der Mieterin von gegenüber misstraute sie; davon, dass sie nicht mehr lebte, hatte sie keine Ahnung. Am nächsten Morgen würde sie es lesen, im *Gazzettino.* Vielleicht würde man es während der Messe bekannt geben – sie selbst besuchte die Messe immer in San Francesco –, vorausgesetzt, das Mädchen war eine gute Christin. Dann überlegte sie kurz und setzte hinzu: »Die guten Christen bringt keiner um.«

»Was ist mit Christus selbst?«

»Der zählt nicht, der war eben Christus.«

Inspektor Stucky musste der Alten dann versichern, dass keinerlei Gefahr bestand und dass in die Wohnung jetzt, da sie mieterfrei sei, auch keine Chinesen einziehen würden.

»Sie wird eine Weile beschlagnahmt bleiben.«

»Aber dann werden sie Chinesen hineinsetzen.«

»Nein, das garantiere ich Ihnen. Vielleicht wird mein Kollege Landrulli dort mal einziehen.«

»Der ist doch ein *teron*!«

»Aber kein Schurke.«

Landrulli erwartete ihn auf dem Treppenabsatz. Stucky meinte, er solle sich nichts daraus machen, die Alte vertrete eine Südländerphobie, die schon längst aus der Mode sei. Inzwischen gebe es ja die Globalisierung, und deshalb seien Leute wie er, also Leute von jenseits der Poebene, schon fast akzeptabel geworden.

»Und was sind dann Sie, Signor Inspektor? Leute mit so einem Nachnamen?«

»Ich bin von allen Seiten abgesichert! Ich bin in Venedig geboren und meine Mutter in Schiras. In Persien. Und ihr Vater war Armenier.«

»Alle Achtung! Und Ihr eigener Vater?«

»Ja, mein Vater. Der stammt von irgendwoher.«

Treviso ist eine reizende Stadt. Man könnte glauben, sie wäre eigens erbaut und erhalten worden, um dem Auge des Betrachters ein anmutiges Ensemble von Gewässern und Gebäuden, von Winkeln und Ansichten darzubieten. Um zur Kunst anzuregen. Um die Wiege von Künstlern zu sein. Wenn man sie auf gemächlichen Spaziergängen durchquert, scheint man weniger eine physische als eine ästhetische Übung zu absolvieren. Das schöne Treviso befindet sich zum größten Teil innerhalb der Stadtmauern und reicht bis zum Lauf des Sile, der zum alten Militärbezirk hinunterfließt.

»Haben Sie hier viele Morde erlebt, Signor Inspektor?«

»Im Laufe von fünf Jahren nur drei Fälle. Und einen Fall haben wir immer noch nicht aufgeklärt.«

»Schwierig?«

»Vielleicht waren wir ihm nicht gewachsen. So was kommt oft vor. Es hängt von der Situation ab.«

»Dann wird auch dieser unaufgeklärt bleiben?«

»Wir werden dafür bezahlt, dass wir ermitteln, Landrulli. Nicht fürs Wunderwirken! Und, nebenbei bemerkt, auch nicht dafür, dass wir die Zeit vertrödeln.«

Dr. Panzuto, der mit der Autopsie des Opfers beauftragt worden war, rief am späten Nachmittag bei Inspektor Stucky an. Der Arzt bestätigte, dass der Tod durch Ersticken erfolgt sei, vermutlich gegen zweiundzwanzig Uhr, und versicherte dem Inspektor, dass dabei weder körperliche Gewalt noch sexuelle Kontakte eine Rolle gespielt hätten. »Doch da wäre noch eine Kleinigkeit«, sagte der Arzt. »Am besten, Sie bemühen sich hierher …«

Inspektor Stucky traf Dr. Panzuto in seinem Sprechzimmer an. Er war auf dem Sessel eingenickt, die Hände über dem Bauch gefaltet, die fleischige Unterlippe herabhängend. Stucky beobachtete ihn einen Moment; er wirkte so engelsgleich, als hätten seine Augen niemals Leichen und ihre Scheußlichkeiten gesehen, fast so, als hätte er niemals Gehirnschalen mithilfe von Stryker-Instrumenten entweiht.

»Herr Doktor Panzuto!«

»Ich sehe Sie, keine Sorge, Signor Inspektor«, antwortete der Mann, ohne die Augen zu öffnen. »Ich meditiere gerade und kann den Ort, den ich erreicht habe, nicht verlassen.«

»Wie lange kann sich der Mörder, Ihrer Meinung nach, Zeit gelassen haben, bis er die Frau im Schaufenster in diese Position gebracht hat?«

»Nicht mehr als zwei Stunden nach Eintritt des Todes.«

»Er hat sie erdrosselt ... und sie hat sich nicht gewehrt ... und sie ist nicht gerade schmächtig ...«

»Wollen Sie meinen Eindruck wissen?«

»Aber bitte verschonen Sie mich mit den anatomischen Details ...«

»Sie sind immer so zimperlich! Vom Zustand der Luftröhrenknorpel her würde ich sagen, dass es sich um eine lange Erstickungsphase gehandelt hat und nicht um eine plötzliche, sehr gewaltsame Erdrosselung.«

»Herr Doktor Panzuto, Sie meinen, der Mörder hat sie also langsam umgebracht?«

»Auch wenn ich die Ergebnisse der toxikologischen Untersuchungen noch abwarten muss, habe ich das Gefühl, dass die Frau teilweise sediert gewesen sein muss und dass der Mörder, aus Grausamkeit oder einer anderen angeborenen Eigenschaft, sich Zeit gelassen hat. Er hat jedenfalls keinen übermäßigen Druck angewandt.«

»Ein eher behutsamer Mensch also ...«

»Ach, ich habe noch eine andere Kleinigkeit vergessen: Man hatte ihr Blut abgezapft ... vielleicht vier oder fünf Tage vorher. Ich hätte es gar nicht bemerkt, aber der Blutegel hat einen kleinen Erguss verursacht, und davon war noch eine Spur zu sehen ...«

Sobald der Inspektor wieder an der frischen Luft war, huschte er in eine Bar, weil er dringend einen Espresso brauchte, im Stehen genossen, in Eile, sofort hinuntergeschüttet, nachdem er den Zucker verrührt hatte. Er ließ den mit Kaffeeschaum umrandeten Löffel von der Untertasse auf die Theke fallen, wo er einen Schatten auf den glänzenden Edelstahl warf.

Ganz außen im Bach, in der Strömung, tauchte eine Forelle auf. Auch in diesem Jahr hatte es Stucky nicht geschafft, zu denjenigen zu gehören, die einen Angelschein für den Stadtbereich ergattert hatten, zu den Glücklichen, die ihre zuckenden Köder auf die Wasserfläche warfen und die, während die betriebsamen Leute über den Fischmarkt hasteten oder am Ufer des Canale Cagnan entlangeilten, die Sorgen der Welt vergaßen. Er kannte einige dieser Angler: Sie richteten eine Anfrage an die Lizenz erteilende Behörde, warteten auf die Antwort und bummelten, wenn sie zu den ersten dreihundert gehörten, am Nachmittag oder am Samstagmorgen mit Rute, Netz und Korb durch die Stadt. Wenn sie etwas an Land zogen, gut, sonst gingen sie eben in eine Osteria, lehnten die Angelrute an die Wand neben der Eingangstür oder sie setzten sich an die Tischchen im Freien, um die Leute vorbeigehen zu sehen, die sie fragten: »Und wie ist es heute gelaufen? Und wie haben Sie sich den Angelschein beschafft?« Drunten am Ufer prahlten sie mit ihrem Fang, manche beriefen sich auf ihren Eifer, andere auf das Glück, und alle kamen sich privilegiert vor. Sie saßen da und lächelten, während die Menschen herumrannten und die gegen den Strom schwimmenden Forellen praktisch im Wasser stillstanden.

Der Inspektor kehrte ins Polizeipräsidium zurück, wo er die Akten durchforstete, die sich auf das Opfer bezogen. Alle Informationen, die die verschiedenen Einrichtungen an einem einzigen Tag über diese ihre verstorbene Mitbürgerin hatten zusammenkratzen können. Er studierte die Urkunden, den Krankenversicherungsausweis mit dem Namen des behandelnden Arztes, befasste sich mit dem Schulabschluss, der Arbeitsstelle, dem Lebenslauf des Opfers sowie den Angaben zur Person und zur beruflichen Tätigkeit der nächsten Verwandten.

Er blätterte die neunundfünfzig Zettelchen mit den Baci-Sprüchen durch, die auf der Leiche der jungen Frau verteilt worden waren. Einer war von Rimbaud. Rimbaud hasste er. »Lebe und überlass dem Feuer / das finstere Unglück.«

Stucky knobelte lange herum, bevor er sein Büro verließ.

»Darf ich Sie einladen, Dadà?«

»Lieber nicht.«

»Es ist der Todestag meiner Mutter, Ihrer Schwester Parvaneh, Dadà.«

»Ich weiß, ich weiß.«

Daij Cyrus schüttelte sich und ruckelte einen überaus farbenfrohen Teppich zurecht.

»Ich bitte Sie. Es gibt ein iranisches Restaurant, und man hat mir versichert, dass sie dort *halva* haben, und zwar mit Sorgfalt zubereitet ...«

»Mehl, Butter und Safran. Mir ist das *tarhalva* lieber.«

»Eine Süßigkeit, die die Wehen einer Gebärenden erträglicher macht. Ich verstehe, Dadà. Sie möchten, dass ich und Silvia ...«

»Blick nach vorn!«

»Schon gut. Aber jetzt möchte ich Ihnen nur eines ins Gedächtnis rufen: *Shabe sale mammam Parvaneh*.«

»Es freut mich, dass du dich erinnerst. Es freut mich sehr ...«

»Die einzigen Probleme, mit denen ich mich herumschlagen musste, waren unternehmerische Herausforderungen. Denn mit der richtigen Einstellung bewirken alle Probleme, dass du bestrebt bist, voranzukommen, Lösungen zu finden, sie sind eine Entwicklungskraft, die deine Fähigkeiten verändert und verbessert. Wie die Sache mit dem Cavasin, die mit dem Hausmüll angefangen hat. Tatsächlich werfen die Haushaltsabfälle, die ja organische Stoffe enthalten, Probleme auf, die sich von denen der Inertabfälle und der anderen Abfälle unterscheiden, welche bei der industriellen Verarbeitung anfallen oder von Bitumen verursacht werden. Die Sommerhitze erwies sich als Fluch. Ende Juli wehte der leichte Wind, der über die Deponie strich und dann über das Grundstück der Cavasins hinwegzog, die dank des Friedensabkommens entsprechend gefügig geworden waren, bis hinüber in das in der Luftlinie zwei Kilometer entfernte Dorf. Der Wind kam meistens erst am Abend auf. Als Folge der Temperaturumkehr, wie Filiberto es interpretierte. Die Masse heizte sich während des Tages wieder auf, und am Abend, wenn sich die Luft schneller abkühlte, wehte die Hitze von den Abfallbergen nach draußen und nahm die tagsüber produzierten Gerüche mit sich. Sie fielen dann wie eine Armada chinesischer Textilerzeugnisse über die ersten Häuser des Dorfes her, über die Balkone, die Tische im Freien, auf denen die Wassermelonen aufgeschnitten wurden. Pünktlich, um einundzwanzig Uhr fünfundvierzig. Und nachdem diese Gerüche die Vorposten des Dorfs überrannt hatten, fielen sie in die Lindenallee ein und verästelten sich durch einige Gassen hindurch, nach einer unvorhersehbaren Logik, sodass wir für einige Dorfbewohner die tüchtige Familie blieben, die noch so arbeitete,

wie man früher einmal gearbeitet hat, während wir für andere, die in den vom Gestank bevorzugten Straßen wohnten, zur Wurzel allen Übels wurden. Unbekannte Hände hatten auf eine Mauer an der Piazza unseren Namen verunglimpft. Die Mamma konnte nicht ins Dorf gehen, ohne sich von fürchterlichen Blicken verfolgt zu fühlen. Wir sahen uns gezwungen, in einem Discounter einzukaufen, der ein paar Kilometer entfernt und vor allem billiger war, aber ich kann trotzdem nicht behaupten, dass wir uns finanziell berappelt hätten. Das Pfarrhaus und auch die Kirche waren von der Angelegenheit insofern verschont geblieben, als die Leute in der Zeit, in der die Temperaturumkehr erfolgte, nicht in die Kirche gingen. Don Angelo hatte also keinen Grund zu klagen, und die Tatsache, dass er trotz der an ihn herangetragenen Bitte einiger Dorfbewohner um eine öffentliche Stellungnahme neutral blieb, war entscheidend und erlaubte uns, das Problem anzugehen. Ja, er hielt sogar Messen zum Gedenken an Papà ab, die frecherweise auch von vielen unserer Bekannten boykottiert wurden, welche Verständnis und Liebe für den Nächsten vorschoben, und ich brauchte nicht einmal viele Worte zu machen, als ich die Rechnung bezahlte, die aus Dankbarkeit für das Entgegenkommen des Geistlichen aufgerundet wurde.

Wir haben uns jedenfalls bemüht, unsere Mitbürger von den Belästigungen zu befreien, und das war ein Akt sozialer Sensibilität. So etwas kommt bestimmt nicht oft vor. In unserer Gegend jedenfalls hat man noch nie von einem Unternehmer gehört, der sich so verhalten hat wie wir.

Wir haben einen Partikelfilter installiert, und der war nicht gerade billig, so eine Vorrichtung, die Flüssigkeiten in die Luft sprüht, die die Geruchsmoleküle neutralisieren und die Luft parfümieren. Die Ergebnisse waren ganz gut, und nebenbei wurde auch das Unkraut vernichtet, das in der Deponie wucherte. Die Möwen aber lassen sich von künstlichen

Aromen nicht täuschen. Sie erkennen die Abfälle von oben besser als die Satellitensysteme.

Und sie stürzen herab. Unerbittlich. Scharren wie die Hühner auf den Gipfeln der Müllberge, picken an den faulenden Abfällen herum, nicken zustimmend mit dem Kopf, und nicht einmal mit dem Kompaktor kann man sie vertreiben, weil sie sagenhaft reaktionsschnell sind. Wir haben dafür gesorgt, dass sie aufgescheucht wurden, indem wir so etwas wie kleine Kanonen aufstellten, die Lärm machen. Tatsächlich fliegen die Möwen bei jedem Knall auf, lassen sich aber, keineswegs abgeschreckt, fünf Meter weiter wieder nieder. Ab und zu gebe ich mit der Doppelflinte ein paar Schüsse ab, fünf oder sechs, gezielt auf den Müllhaufen. Wenn ich herausgefunden hätte, wohin sie sich am Abend verziehen, wäre ich in meinen Tarnanzug geschlüpft und hätte sie niedergemäht, aber bei Sonnenuntergang verschwinden sie spurlos, und am nächsten Morgen sind sie wieder da, in ungefähr der gleichen Zahl wie am Tag davor.

Wir haben gelernt, mit den Möwen zu leben. Ich trällere ein Liedchen vor mich hin und versuche, sie zu ignorieren, wenn sie sich auf die vom Kompaktor hinterlassenen Spuren stürzen und das fein zerstampfte Futter verschlingen. Es genügt, wenn sich unsere Blicke kreuzen.

Die Arbeit in der Deponie lässt mir sehr wenig freie Zeit. Aber ich glaube auch nicht, dass ich diese Arbeit ewig machen werde. Die Lebensdauer einer Deponie beträgt etwa fünfzehn Jahre. Mit dem verdienten Geld möchte ich mich dann in Kenia oder in Brasilien niederlassen. Ich habe einen Haufen Verwandte in São Paulo, denen es offensichtlich hervorragend geht. Ich könnte ein Restaurant aufmachen. In Kenia … na ja, ich weiß nicht recht. Ich mag halt die schwarzen Frauen, das ist alles. Ich mag die schwarzen Mädchen, weil sie so pflegeleicht sind wie die Frauen früher bei uns. Du brauchst nicht immer darüber nachzudenken, was für ein

Geschenk du ihnen machen sollst, worüber du mit ihnen reden oder was du anziehen sollst, wenn du mit ihnen ausgehst. Wenn ich mit schwarzen Mädchen gehe, ist alles einfach und schön. Keine Komplikationen. Ein Stündchen am Samstagabend, und alles ist okay.

Die Frauen sind im Laufe der Jahre kompliziert geworden. Das sehe ich an Antonietta, und auch die Mamma ist letzten Endes jemand, der seine eigenen Vorstellungen hat und diese anderen aufzwingen will. Die Nonna, nein, die nicht, die Nonna, die ist aus einem Guss. Für sie ist das Leben klar und gradlinig. Wenn sie nicht das Unglück mit dem Kehlkopfkrebs gehabt hätte, wäre sie die Beste. Auch Papà hat sie vergöttert. Nicht zufällig war sie seine Mutter. Meine eigene hab ich, wenn ich ehrlich sein soll, immer als eingeheiratete Verwandte angesehen, als eine, die wir in die Familie hereingeholt haben, als eine, die nicht von unserem Blut ist, von meinem Blut und vom Blut meines Vaters, meiner Großmutter und von Ginos und Antoniettas Blut. Zum Glück hat sie wenigstens gearbeitet.

Bis das mit dem Unfall passiert ist. Bei dem sie beinahe beide Beine verloren hätte. Tausendmal hatte ich es ihr eingeschärft: Wenn du das Gewicht der ankommenden Lastwagen erfasst, warte, bevor du in dein Büro gehst, um ihnen die Quittung auszustellen, warte ab, bis der Lastwagen weitergefahren ist.

Du meine Güte! Die Mamma brauchte doch nichts anderes zu machen: die Lastwagen auf die Waage winken, aufpassen, dass sie richtig dastanden, in den Waageraum gehen und den Zettel mit dem Messergebnis holen, mit diesem Zettel in ihr Büro, auf der anderen Seite der Straße, gehen, und die Quittung fertig machen, auf der der Betrag steht, den die Leute für die Entladung ihrer Abfälle bezahlen müssen. Mir ist klar, dass das nicht passiert wäre, wenn wir ein Büro mit einer richtigen eingebauten Apparatur gehabt hätten, die das

Gewicht direkt angezeigt hätte. Die Mamma hätte sich dann überhaupt nicht von ihrem Arbeitsplatz entfernen müssen. Aber ich hatte geglaubt, dass sie sich dann isolierter fühlen würde, dass es ihr guttäte, wenn sie die paar Schritte von der Waage bis zum Büro machen müsste. Außerdem haben wir die Waage aus zweiter Hand gekauft, und man hätte sie gar nicht entsprechend umrüsten können. Die einzige Gefahr bei ihrer Aufgabe bestand dann, wenn die Fahrzeuge sich in Bewegung setzten. Da alle in einer Reihe stehen und darauf warten, gewogen zu werden, fährt der Vorderste, sobald er gewogen wird, los, um dem Nachfolgenden Platz zu machen. Die Mamma musste bloß achtgeben, dass sie in ihr Büro lief, solange der Lkw noch stand oder, besser, ihn wegfahren lassen und sich erst danach auf den Weg machen. Doch sie hatte die schlechte Angewohnheit, genau dann vorn an den Fahrzeugen vorbeizulaufen, wenn die Leute gerade den Motor anließen. Die machten brumm, brumm, und sie rannte zack, zack! So hat sie einer aus Bergamo, ein Brummifahrer mit so einer Kappe mit einem Schild, das an die Terrasse eines Viersternehotels erinnerte, überrollt und ihr die Beine zu Brei zerquetscht.«

13. Dezember

Die weiße Bluse mit etwas zugespitztem Kragen hing am Türgriff des Geschäfts für Brautmoden. Die Verkäuferin war entsprechend beunruhigt.

Stucky, der kerzengerade dastand, die Zeitungen unter den Arm geklemmt, plagten zwei Fragen: Was würde auf der ersten Seite stehen, und was hatte die Schepis zwei Tage zuvor angehabt?

Es könnte sich um einen dummen Scherz von Klema handeln, dachte er, während er den Knoten löste, mit dem der Blusenärmel am Griff befestigt war.

Eiligen Schrittes ging er in Richtung Polizeipräsidium, die Zeitungen und die Bluse an sich gepresst.

Unterwegs rief er Signora Veneziani an, die sich angestrengt zu erinnern versuchte, wie die Schepis gekleidet gewesen war, weiße Bluse, ja, auch das Modell würde passen.

Die Zeitungen rutschten ihm davon, und während sie zu Boden segelten, bemühte er sich, blitzschnell wenigstens die Schlagzeilen in Plakatschrift zu erfassen: *Junge Verkäuferin ermordet* und *Frieden des Weihnachtsfests bedroht.*

Erst im Polizeipräsidium konnte er sie dann in Ruhe lesen: Die Tatsache, dass es sich um eine dunkelhäutige Frau gehandelt hatte, wurde kaum erwähnt. Er musste ein paar Gedanken mit dem Polizeipräsidenten austauschen, der beunruhigt war, auch wenn er keinerlei Gefahr witterte, die irgendetwas mit Rassismus zu tun haben könnte.

»Die anderen Verkäuferinnen waren alle Weiße.«

»Aber diese hier war schwarz. Halten Sie das für einen Zufall?«, hatte Stucky eingewandt.

»Sie behandeln diesen Fall bitte wie üblich. Es ist nichts Besonderes daran. Für uns sind die Toten alle gleich.«

»Für uns, ja. Aber für den Mörder?«

Der Polizeipräsident schien zu spüren, wie sein Blutdruck anstieg. Zufrieden verließ Stucky sein Büro.

Der Sekretär des Bischofs hatte den Polizeipräsidenten mehrfach angerufen und erreicht, dass der für die Ermittlungen Verantwortliche persönlich angespornt wurde: »Ein für unsere Gemeinde bedeutender Augenblick rückt näher.«

»Dessen bin ich mir bewusst, Monsignore.«

»Das hochheilige Weihnachtsfest könnte durch Vorkommnisse dieser Art gestört werden ...«

Stucky überlegte, dass Weihnachten schon alles Mögliche überstanden hatte und dass man es daher wohl als krisenfest einstufen konnte.

»Ich wünsche mir, dass das hochheilige Weihnachtsfest so verläuft, wie die Tradition es will, nämlich in friedlicher Atmosphäre.«

»Das ist auch mein Wunsch.«

»Ich weiß, dass Sie Tag und Nacht arbeiten und keine Mühe scheuen werden, sich weiterhin mit aller Tatkraft einzusetzen ...«

Die Art, wie er ihn tadelte, indem er ihn lobte, war unglaublich. Ein echter Profi.

»Monsignore, ich werde mein Möglichstes tun.«

»Ich bin mir sicher, dass das genügen wird.«

Kopfschüttelnd öffnete Stucky den Brief, den ihm der Gerichtsmediziner, Dr. Panzuto, geschickt hatte. Jolanda Schepis hatte, bevor sie ermordet wurde, Wein getrunken und ein Beruhigungsmittel eingenommen. Der Mörder hatte verhindern wollen, dass sie im Augenblick ihres Todes Angst verspürte.

Der Inspektor rief den behandelnden Arzt des Opfers

an. Dieser hatte sie nur einmal untersucht, vor längerer Zeit schon. Kerngesund.

Stucky machte sich auf den Weg. Zu Fuß bis in den Hof hinter dem Laden, in dem Signorina Schepis gearbeitet hatte. Dort versuchte er sich die Szene vorzustellen: Jolanda wartete im Geschäft auf Klema, er hatte eine Flasche bei sich, zwei Gläser und ein Beruhigungsmittel.

Er betrachtete die blinden Mauern, die den Hof umschlossen und auf denen sich Wasserstreifen und allerlei sonstige Flecken abzeichneten, und die beiden Eingänge, von denen der eine zur Vorderseite des Gebäudes und damit zu den wichtigen Straßen führte, während der andere am Nachbarhaus vorbeiführte und in einem weiteren offenen, anonymen Hof endete.

Klema hatte vielleicht den Schlüssel zur hinteren Tür, hatte angeklopft und sich mit leiser Stimme gemeldet.

Stucky steckte sich den Stöpsel des Kopfhörers ins Ohr und schaltete das Tonband ein, um sich den Bericht von Landrulli anzuhören, der den ganzen Samstag Mario De Pol auf den Fersen gewesen war.

> ... *I ga* ... Achtung, Probe ... *I ga igà* ... Neun Uhr dreißig, die Person verlässt das Haus und steigt in ihr Fahrzeug ein, einen roten Ford Focus, leichte Beule an der hinteren Stoßstange, blinkt korrekt und biegt in die Straße ein, ich folge ihm die ganze Umgehungsstraße entlang, er biegt rechts ab. In Richtung Castel... Castelfranco, der Bahnübergang ist geschlossen ... *I ga igà* ... Ich weiß nicht, wie es weitergeht, die Person fährt wieder los, sie fährt vorsichtig und nicht ruckartig, hält sich an die Straßenverkehrsordnung ...

Stucky spulte vor.

> … wir stehen am Bahnübergang … *I ga* … Da, er macht einen Ruck, beschleunigt auf der langen Geraden, überschreitet die Höchstgeschwindigkeit um zwanzig Kilometer, biegt nach links in eine lange Allee ein, ich weiß nicht mehr genau, wo wir sind, dennoch folge ich ihm unauffällig, es gibt immer weniger Häuser und immer mehr Bäume, alle ohne Laub, er hat den Blinker betätigt und bleibt vor einem Holzhaus mit einem Bretterzaun stehen, ich muss weiterfahren und kehre gleich wieder um … *I ga igà igà* … Vielleicht doch nicht, das Auto steht noch immer an derselben Stelle, die Person ist nicht da, jedenfalls sieht man sie nicht, ich steige aus, um nachzuschauen, vor dem Haus ist ein Schild, es ist ein Park …

»Ein Verdächtiger, der die Natur liebt!«, platzte es aus Stucky heraus, der genau wusste, um welchen Ort es sich handelte. Der Mann hatte sich in einen Teil des Parco del Sile begeben, an einem Samstagmorgen, vielleicht um die Erlen zu fotografieren.

Ob er bemerkt hatte, dass Landrulli ihm gefolgt war? Jedenfalls hatte er ihn auf eine Spazierfahrt mitgenommen, die es dem Neuen erlaubt hatte, die Schönheiten der Marca Trevigiana kennenzulernen.

Der Inspektor schaltete das Tonbandgerät wieder ein.

> … ich kann hier nicht stehen bleiben, das fällt zu sehr auf, ich warte auf die Person an der Kreuzung, von der aus wir hineingefahren sind, es ist zehn Uhr zwölf. Es ist zehn Uhr fünfundvierzig, und ich sehe ihn nicht. Es ist elf Uhr zwanzig. Da ist er: elf Uhr siebenundzwanzig, er kommt zurück. Ich folge ihm …

Er rief Landrulli an.

»Ich habe das Tonband abgehört, den Vormittagsteil. Jetzt fass mir mal bitte den Nachmittag zusammen.«

»Er ist nach Hause gefahren. Bis sechzehn Uhr hat er sich nicht gerührt. Dann ist er ins Zentrum gegangen und hat Einkäufe gemacht.«

»Ausgezeichnet! Hast du die Geschäfte notiert, die er aufgesucht hat?«

»Kinderkleidung, Süßigkeiten und dann ein Schuhgeschäft. Er hat Pralinen und Bonbons gekauft und etwas in dem Geschäft für Kindersachen ...«

»Geschenke. Hast du seine familiäre Situation überprüft?«

»Er ist nicht verheiratet, der Vater ist vor drei Jahren gestorben, zwei Brüder, einer arbeitet in Genua. Der andere Bruder wohnt in Feltre, ist seit zwei Jahren verheiratet, hat eine kleine Tochter.«

»Im Schuhgeschäft, was hat er da gemacht?«

»Er hat sich verschiedene Modelle zeigen lassen, aber ... wissen Sie, wo dieser Laden ist?«

»In der Nähe des Geschäfts der armen Signorina Schepis?«

»Gegenüber ... Analogie oder Homologie?«

»Es ist noch zu früh, um das festzustellen. Man muss herausfinden, mit wem die Schepis Umgang hatte ...«

»Signor Inspektor, soll ich nach Triest fahren, zu den Eltern?«

»Ich bezweifele, dass sie in Bezug auf die Freundschaften ihrer Tochter, die so weit weg wohnte, auf dem Laufenden sind. Nein, im Augenblick versuchst du herauszufinden, wem das Gebäude gehört, in dem sich der Arbeitsplatz der Schepis befindet, und dann besorgst du dir den Mietvertrag, die Unterlagen für den Hausmüll-Sammeldienst und die Liste der anderen Mieter im

Wohnhaus des Opfers, während ich noch einmal zu ihrer Nachbarin gehe, natürlich ohne dich, du *teron*.«

»Wie Sie wünschen, Signor Inspektor.«

»Ach, und dann nimmst du noch die Rumänin in die Mangel, die Putzfrau.«

An der Tür der Nachbarin sah Stucky einen an die Haushaltshilfe adressierten Zettel: »Bin auf dem Markt von Borgo Mazzini. Bin gleich wieder zurück.«

Der Inspektor traf die Frau an, als sie an einem Stand gerade einen Stapel alter Postkarten durchsah.

»Guten Tag, Signora!«

»Ach, der Polizist …«

»Sagen Sie ja nicht, dass Sie Ansichtskarten sammeln!«

»Um ehrlich zu sein: Ich suche nur nach einer einzigen.«

»Nach einer ganz bestimmten Karte?«

»Nach einer Karte aus Istrien, aus dem Jahr 1946. Aus Fiume. Eine Karte, die mein Vater an seinen Bruder geschickt hat und auf der er ihm mitteilt, dass wir zurückkehren.«

»Dann stammen Sie also aus Istrien. Ich hatte schon geglaubt, einen besonderen Akzent herauszuhören …«

Die Frau hörte ihm gar nicht zu.

»Dieser Stand ist auf Briefe und Karten aus Istrien spezialisiert. Jede Woche hat er neue. Wenn ich sie hier nicht finde …«

»Ist diese Karte denn so wichtig?«

»Das ist meine Sache!«

»Entschuldigen Sie, Signora …«

»Was wollen Sie eigentlich?«

»Ich habe mich gefragt, ob Sie sich im Zusammenhang mit Signorina Schepis, der Verstorbenen, noch an etwas anderes erinnern …«

»Wir sind uns kaum begegnet.«

»Haben Sie sie nie in Begleitung gesehen?«

»Wie denn?«

»Vielleicht sind Sie ihr einmal im Treppenhaus begegnet, mit jemandem …«

»Bei ihrem Tagesablauf? Nein, nie.«

»Tagesablauf? Gab es denn noch etwas, außer ihrer Arbeit?«

»Also ich darf schon bitten! Ich habe ihr doch nicht nachspioniert!«

»Das fehlte ja noch …«

»Ich habe gehört, wenn sie die Tür zumachte, weil sie fast jeden Abend ausging. Aber ich habe sie nur gesehen, wenn sie mal bei mir anklopfte und um Salz bat oder um ein Glas Milch. Sie war großzügig, hat mir dann gleich ein ganzes Päckchen Salz erstattet oder eine volle Tüte Milch …«

»Ein schönes Mädchen mit dunkler Haut und dazu noch großzügig. Aber eine schöne Frau bleibt kaum allein, immer allein …«

»Warum nicht? Schauen Sie doch mich an!«

»Sie haben recht. Aber …«

»Natürlich habe ich recht! Also, ich weiß nicht, ob das der Sache dient, aber von meinem Fenster aus kann ich nach unten schauen, auf die Piazza. Eines Abends habe ich die Signorina gesehen, wie sie den Arm um einen Mann geschlungen hatte. Ich habe ihn nur von hinten gesehen, er war größer als sie …«

»Von welcher Hautfarbe?«

»Welche Hautfarbe? In der Dunkelheit …!«

»Einer von uns?«

»Ein Weißer, ja. Sonst noch was, *sior polisioto*?«

»Geräusche, Streitereien, Schreie …?«

»Nichts.«

»Alles klar, Signora. Dann also vielen Dank.«

Stucky rief Landrulli an.

»Ist Mario De Pol groß oder klein?«

»Groß, Signor Inspektor.«

»Landrulli, wenn ich dich schon mal an der Strippe habe: Überprüf doch bitte, seit wann Signora Pitzalis in Treviso lebt und wer ihr Vermieter ist.«

Dann ging er bei Signora Veneziani vorbei, um sich zu erkundigen, ob sie die Liste ihrer Kunden bereits zusammengestellt hatte. Da das Geschäft noch beschlagnahmt war, musste er sich zu ihrer Privatadresse bemühen, zu einem an einem Kanal gelegenen Haus; ihre Wohnung lag im zweiten Stock.

Die Frau trat sehr förmlich auf. Sie erwartete ihn an der Tür, die sie nur einen Spalt geöffnet hatte, und überreichte ihm ein akribisch eingeteiltes und mit Schönschrift beschriebenes Blatt. Man sah, dass es ihr schlecht ging und dass sie unruhig war; die verzogenen Lippen hatten Mühe beim Sprechen.

»Sie haben so viele Kunden männlichen Geschlechts?«

»Wir verfügen über ein gewisses Prestige.«

Stucky überflog die Liste, die prominente Namen enthielt: Kommunalpolitiker, Steuerberater, Notare, und er erspähte auch Signor Sartor, den vielfach diplomierten Inhaber des Optikerladens, und den Namen dieses Bankdirektors, der so berühmt war wie ein Orchesterdirigent.

»Sie sind immer noch aufgewühlt?«

»Es ist eine schlimme Geschichte! Ich hätte niemals geglaubt ...«

»Denken Sie nicht daran, Signora, denken Sie nicht daran. Wissen Sie, ob Signorina Schepis ein Handy hatte?«

»Sie hatte eines ...«

»Haben Sie zufällig die Nummer?«

»Selbstverständlich.«

Stucky schob seine Hand in die Tasche und steckte den Zettel mit der Handynummer neben das Blatt, auf dem die Frau die Namen ihrer männlichen Kunden aufgelistet hatte.

Er beschloss, sich erneut eine von den Verkäuferinnen anzuhören, die als Erste belästigt worden waren. Von seinen persönlichen Vorlieben geleitet, entschied er sich für Signorina Bergamin, die er von Kunden belagert antraf. Er fragte sie, ob er sie in der Mittagspause treffen könne.

Während er wartete und ein wenig herumbummelte, hatte er den Eindruck, dass die Nachricht vom Tod der Verkäuferin den Käufern Auftrieb gegeben hatte. Wenn es sich nicht um eine verzerrte Wahrnehmung seinerseits handelte, dann wirkten die Geschäfte wie von einer makabren Neugierde belebt – so, als hätten die Leute im Blick auf die nächste kriminelle Tat eine Wette mit sich selbst abgeschlossen und würden jetzt von Laden zu Laden hasten, in der Hoffnung, noch schnell ein Souvenir zu ergattern, bevor der Mörder erneut zuschlug.

Signorina Bergamin schien über die Aussicht, die Pause mit Stucky zu verbringen, nicht gerade entzückt zu sein, und der Inspektor versuchte, ihre Gemütslage dadurch zu heben, dass er ihr die Qual eines Fast-Food-Lokals ersparte und sie stattdessen in ein kleines Restaurant, wenige Schritte von ihrem Geschäft entfernt, einlud.

»Etwas Warmes, das hilft«, sagte er, während sie Platz nahmen.

»Wir sind verängstigt! Und die Polizei scheint nicht …« Sie hielt sich im letzten Augenblick zurück. »Haben Sie überhaupt eine Vorstellung davon, wie wir uns fühlen? Immer im Schaufenster. Wie ausgestellt …«

»Risotto al radicchio für zwei und gemischten Salat. Geht das so in Ordnung?«

»Sie hören mir ja gar nicht zu! Sie glauben immer noch, unsere Arbeit wäre irgendein mies bezahlter Job. Wenn man nichts kann und nichts weiß, wird man eben Verkäuferin und wartet auf eine richtige Stelle! Sie können sich nicht einmal vorstellen, wie viele Probleme wir dank unserer Einfühlsamkeit lösen, wie viele sich an uns abreagieren und was wir alles mit einem Lächeln auf den Lippen hinunterschlucken müssen. Wenn ich Ihnen ein paar Geschichten über gewisse Persönlichkeiten erzählen würde! Wie viele Familien vor unseren Augen wieder zusammengefunden haben! Ja, essen wir. Das ist besser ...«

»Sie haben recht. Es ist eine komplizierte Sache. Das will ich Ihnen nicht verhehlen. Ihre Angst ist begründet.«

»Wird er weitermachen?«

»Der Mörder? Das weiß ich nicht. Er könnte sein Ziel erreicht haben ...«

»War *sie* das Ziel? Wollen Sie sagen, dass er den ganzen Rest inszeniert haben könnte, obwohl er es einzig auf dieses arme Mädchen abgesehen hatte?«

»Schon möglich. Sie haben mir gesagt, dass Sie Signorina Schepis kaum gekannt haben ...«

»Richtig.«

»Dennoch liegt das Geschäft des Opfers nur wenige hundert Meter von dem Ihren entfernt, und Sie haben mir vor ein paar Tagen erklärt, dass Sie sich fast alle untereinander kennen.«

»*Fast* alle. Sie nicht. Ich wiederhole: Sie muss jemand gewesen sein, der lieber für sich blieb.«

»Aber Sie und die anderen Attackierten, sie kannten sich ...«

Die Frau erstarrte.

»Wir gehören zu demselben Kreis.«

»Es ist also etwas Physiologisches. Ein gewisser … Mario De Pol … kennen Sie den?«

»Mario! Der arbeitet in der Bibliothek …« Das Mädchen schien leicht zu erröten.

»Sie kennen ihn?«

»Ein tüchtiger Bibliothekar, kennt sich mit neuen und alten Büchern aus. Er gibt einem nie einen falschen Rat …«

»Ein tüchtiger Mann also …«

»Soweit ich das beurteilen kann. Er wird doch nicht etwa verdächtigt?«

»Ganz bestimmt nicht. Ich versuche nur, mir ein Bild davon zu machen, wer zu Ihrem Umkreis gehört.«

»Sie glauben, dass der Mörder jemand sein könnte, der uns nahesteht?«

»Noch glaube ich gar nichts, Signorina.«

»Sie wollen es mir nur nicht verraten. Staatsgeheimnisse …«

»Wie Sie meinen …«

Später berichtete ihm Landrulli über den Anruf eines gewissen Signor Springolo, der ihm als Inhaber des Ladenlokals genannt worden war, in dem Jolanda Schepis gearbeitet hatte.

Der Mann war an verschiedenen Geschäften und Immobilien beteiligt, und Signorina Schepis war auf seinen Wunsch eingestellt worden, da er ihren Vater kannte. Die beiden Männer besaßen Anteile an einigen Hotels an der istrischen Küste.

Das Mädchen wollte in eine andere Stadt ziehen, und ihr Vater hatte seinen Partner um Unterstützung gebeten. Eine sehr zurückhaltende junge Frau.

»Sehr gut, Landrulli. Ich gebe dir die Handynummer der Schepis; besorge dir die Ausdrucke der Telefonverbindungen der letzten drei Monate. Und was ist mit der Rumänin?«

»Dazu später, Signor Inspektor. Muss ich De Pol weiter auf den Fersen bleiben?«

»Stell dir folgende Frage: Wie kann ich nachweisen, dass De Pol wahrscheinlich mit zumindest einem der vier attackierten Mädchen eine Beziehung unterhielt, während er auf die übrigen den Reiz des schönen Intellektuellen ausübte und folglich fast mit Sicherheit eine Analogie darstellt?«

»Aber wenn er der Hallodri wäre, wie Sie meinen, dann müsste er sich doch irgendwie verdächtig gemacht haben ...«

»Ist er dir wie ein Idiot vorgekommen?«

»Ich habe ihn nicht aus der Nähe gesehen ...«

»Von Weitem, ist er dir dann von Weitem wie ein Idiot vorgekommen?«

»Wie kann man das von Weitem feststellen ...?«

»Morgen kümmere ich mich selbst um De Pol. Auf dem Rückweg aus Triest.«

»Sie fahren zu den Schepis?«

»In einer halben Stunde.«

Stucky steckte die Akte in seine Tasche. Er würde den Zug um neunzehn Uhr neunzehn nach Venedig nehmen und dort den Anschluss nach Triest. Es war der Zug, mit dem er früher immer gefahren war, als er in Treviso noch auf Wohnungssuche war. Von Treviso nach Venedig, eine ordentliche Strecke, eine ziemlich schnelle Verbindung, die beste Stunde des ganzen Arbeitstages. Zehn Minuten mit geschlossenen Augen bis zum Halt in Mogliano Veneto, eine Pause zur Erfrischung, um dann die grauen Zellen arbeiten zu lassen.

Er kannte Triest, eine Stadt, die ihn ängstigte. Er erinnerte sich an den Hafen und die Fabriken, an die Lichter, die von den runden Hügelkuppen bis hinunter zum Meer anstiegen und wieder abfielen und blinkten und blinkten. Er übernachtete in einem kleinen Hotel in der Nähe des Hauses, in dem die Eheleute Schepis wohnten, mit denen er am nächsten Morgen zusammenkommen würde. Auf dem Weg vom Bahnhof bis zum Hotel sah er nicht mehr die Scharen von Jugoslawen, die er aus den vergangenen Jahren gekannt hatte, diese mobile Diaspora, die tagtäglich in die Grenzstadt strömte, um zu kaufen und zu verkaufen. Jetzt wirkte Triest auf ihn wie eine am Rand gelegene Stadt, der der Rand abhanden gekommen war.

»Alles in allem ist die Mamma nicht schlecht mit der Sache fertiggeworden. Die Ärzte haben zu ihr gesagt: Signora, das ist ein schlimmer Bruch, aber die Hüftknochen weisen nicht die Spur von einer Osteoporose auf, und das ist ein gutes Zeichen für die Zukunft. Sie hat neues Selbstvertrauen geschöpft und sich von dem Gips, der Reha und den Krücken nicht unterkriegen lassen. Im Haushalt hat sie alle anfallenden Arbeiten erledigt. Aber in der Mülldeponie sollte sie für lange Zeit ausfallen. Und da braucht man eine Fixe, eine mit Pfeffer im Hintern. Ich habe Antonietta eine neue Rolle verpasst, weil ich mir gedacht hatte, dass sie wegen dem Ödipuskomplex oder so etwas Ähnlichem bereit wäre, Mammas Stelle einzunehmen. Ihre Zukunft auf dem Denkmal ihrer Erzeugerin aufzubauen. Psychologische Feinheiten eben. Antonietta wirkte so begeistert, wie ich sie seit Monaten nicht mehr erlebt hatte. Ihr spindeldürres Figürchen wieselte zwischen den Lastwagen herum, dass es eine Freude war. Flink, präzise, schlagfertig. Man merkte genau, dass sie was auf dem Kasten hat, denn mit diesen paar Brummifahrern wurde sie spielend fertig. Auch wenn sie versuchten, sie aufs Kreuz zu legen und mit lauter Stimme die aufgerundete Tara ihrer Fahrzeuge hinausposaunten, kontrollierte sie die Kfz-Scheine streng und war geistig einfach mehr auf Zack als die Männer. Ich muss sagen, dass ich neues Vertrauen zu Antonietta fasste. Wer weiß, wo sie Sprüche wie ›Nicht mit mir, Sie Schlaumeier!‹ oder ›Mors tua vita mea‹ herhatte.

Ich wusste, dass sie las. Und dann kam natürlich die Schule dazu, die echt nicht schlecht ist. Im Hotelfach, da müssen sie dir einen Haufen beibringen. Oder es kam aus der Zeit ihres Praktikums, als man die Schüler in die besten Hotels der Stadt schickte, wo sie sich zwischen den Kellnern, den Kellnerinnen und den Portiers bewegten, wo sie sich in den Küchen und den Zimmern umschauten, wo sie die Aufschriften in Englisch und Deutsch, das Aufeinandertreffen so vieler Leute, die Gespräche mitbekamen und außerdem die Illustrierten in den Wartesälen lasen. Es war wohl alles zusammen. Jedenfalls war sie fixer und fröhlicher als die Mamma, und auch die Lkw-Fahrer haben sie schätzen gelernt. Die Sache muss ihr großen Spaß gemacht haben, denn sie zog sich besser an und frisierte sich sorgfältiger. Und sie nahm zu. Am ganzen Körper. Sie machte echt bella figura, und ich glaubte schon, dass wir über den Berg wären. Dass wir das Ende des ersten Jahres erreichen würden, das immer das schwerste ist und das man hinter sich bringen muss, um sagen zu können, ob sich das Schiff von den Klippen entfernt und den Gefahrenbereich verlassen hat.

Ich hatte natürlich auch die Mamma im Hinterkopf. Überlegte, wie ich sie wieder eingliedern könnte. Wie ich sie aus der häuslichen Sklaverei befreien könnte, in der sie infolge des Unfalls zu versinken drohte. Schließlich und endlich war sie auch ein Mensch. Ich habe Filiberto gefragt, ob er eine Assistentin brauche. Ob ihm anstelle der Spezialspülmaschine, um die er mich für die Säuberung der Reagenzgläser gebeten hatte, die wegen der Zunahme der Analysen immer mehr wurden, ob ihm also anstelle der Maschine die Mamma recht wäre, die sich ja mit Glas und Kristall bestens auskannte. Aber wenn es ums Labor ging, ließ Filiberto nicht mit sich reden. Er und sonst keiner.

Da kam mir eine Idee. Wir hatten bereits Oktober. Der ständige Regen hatte die oberste Müllschicht aufgeweicht. Der erste Abschnitt war schon fertig und mit dem Plastikmonster zugedeckt. Über dem Plastikmonster haben wir drei Tage lang Erde verteilt und eine Art kleinen Hügel aufgehäuft, der sich ein paar Meter über das Bodenniveau erhob, weil man berücksichtigen muss, dass die Abfälle im Laufe der Jahre immer kompakter werden und ein gutes Stück absinken. Ich habe auch ein paar Bäume pflanzen lassen, um den Anblick zu verschönern. Der Regen löst einiges auf und lässt das Material zusammensacken, und dann wird dieser Prozess durch viele chemische Reaktionen beschleunigt. So haben sich neue Gerüche gebildet, und ganze Schwärme schwarzer Fliegen fielen bei uns ein. Auch die Möwen wurden in Scharen angelockt. Bei uns im Haus hatte die Schäferhündin im August vier Welpen geworfen, die wir dieses Mal nicht ertränkt haben, denn ich hatte bereits einen Plan im Kopf. Sobald die Mamma eine der beiden Krücken, die rechte, weglassen durfte, habe ich ihr vorgeschlagen, sich im Verein mit der Hundemutter Barbie und ihren Jungen Nero, Scuro, Bruna und Secco der Möwen anzunehmen.

Die Mamma hält also die Barbie an der Leine, und die Welpen rennen wie verrückt auf die Möwen zu, die schon bewiesen haben, wie sehr sie sich vor ihnen fürchten. Die Mamma taumelt mit der einen Krücke, hält sie aber fest. Dann lässt sie die Barbie von der Leine, die ihren Nachwuchs zur Attacke führt, und dann sieht man ganze Wolken aufgescheuchter Möwen vor Angst auffliegen, und danach drehen sie, vorsichtiger geworden, nur noch ihre Kreise über der Deponie. Viel wirksamer als die Vogelscheuchkanonen, die Krach machen und außerdem bei Regen kaputtgehen. Die Mamma ist froh, dass sie wieder mit von der Partie ist, und zieht daneben noch ihr schönes Krankengymnastikprogramm durch.

Das Verfahren wirkt sich auch auf die natürliche Auslese aus, weil die Barbie ab und zu eine übel zugerichtete Möwe erwischt und zwischen den Zähnen zermalmt; so entzieht sie dem Kreislauf die lästigsten Exemplare, die kranken oder solche, die irgendwo in den Teer geraten sind und normalerweise auf den Straßen oder in den Gärten um die Häuser verendet wären.

Ende November durchlebten wir eine schwierige Phase, und das genau in einem Monat, der eigentlich zu Euphorie Anlass gegeben hätte. Man hatte nämlich angefangen, uns aus Turin und Genua pulversierte Autoteile zu liefern. Es handelte sich um eine Art Granulat, hergestellt aus der Innenausstattung von Autos: Sitzen, Plastikteilen, Stoßstangen und vielleicht auch Blechteilen. Wenn sie von den Lastwagen abgeladen wurden, wirbelte ein erstickender, farbiger Staub durch die Luft, und während ich am Lenkrad des Kompaktors saß, war ich gezwungen, eine Atemmaske zu tragen. Das Material ließ sich nur unter großem Geknister komprimieren, wobei winzige Nädelchen gegen das Glas des Führerhauses prasselten. Elektrisch geladenes Material, wie es schien. Die Lkw-Fahrer, die es anlieferten, wiesen uns wiederholt darauf hin, dass es sich ausschließlich um Teile von Unfallautos handelte, dass die Sitze blutverschmiert gewesen waren, die Stoßstangen Menschen zerquetscht hatten und dass die Kunststoffteile hochgiftig seien. Deshalb würden die Firmen, die sie schickten, auch so gut zahlen. Die Leute schafften es, mich ein wenig zu beeindrucken. Nicht dass es den Transporteuren an Legenden gefehlt hätte! Sie erzählten wirklich viel. Aber die Vorstellung, dass das Material mit menschlichem Blut vollgesogen war, löste damals etwas in uns aus.

An den kürzer werdenden Tagen waren wir noch in der Dunkelheit bei der Arbeit; der Kompaktor fuhr mit Scheinwerfern, und Antonietta saß unter einer großen Lampe an ihrem Platz. Und in uns begann es ein wenig zu rumoren. Da hörten wir von den Hügeln Klagelaute herüberwehen. Nichts Genaues, nichts eindeutig Erkennbares. Vielleicht war es nur die typische Herbstluft, die durchzog. Vielleicht waren es die Materialmassen, die tagsüber die Wärme absorbierten und sich ab dem Nachmittag durch die Luftabkühlung wieder zusammenzogen. Vielleicht war es das Material, das beim Absenken ächzte. Der Hügel des ersten, zugedeckten Deponieabschnitts war nach den Regenfällen im Oktober schon um einige Dutzend Zentimeter nach unten gesackt. Wir waren davon ausgegangen, dass das Abfallmaterial durch das Plastikmonster gut abgedichtet sei, stattdessen musste irgendwo Wasser eingesickert sein, oder vielleicht war es nur eine natürliche Senkung. Die Abfälle verwandeln sich halt, und Gott allein weiß, in was. Aber so etwas wie eine fixe Idee brachte uns dazu, diese Geräusche als Gejammer zu interpretieren, als Zähneknirschen mit zusammengepressten Kiefern, und Antonietta hörte schon das Gepolter der zerbrochenen Knochen, des zerfetzten Fleisches.

›Das ist der Wind, Antonietta …‹, versuchte ich sie zu beruhigen.

›Das sind die Toten …‹«

»Haben Sie Angst vor dem Tod?«, fragte Dr. Tarfusser.

»Kein bisschen.«

»Habe ich mir schon gedacht …«

14. Dezember

Steif wie ein Stock erwartete Signor Schepis den Inspektor an der Haustür. Er erklärte, seine Frau sei nicht da, sie sei gebrechlich, und forderte Stucky auf, vor ihm in die Wohnung hinaufzugehen. Er war groß gewachsen, eine vornehme Erscheinung mit offenem Blick. Er ließ sich ein Bärtchen stehen, das sein Kinn einrahmte und ebenso schlohweiß war wie seine Augenbrauen und sein Haar. Nur die Behaarung auf den Fingern war immer noch von einem seidigen Schwarz. Er sei Arzt, sagte er, habe im Militärhospital der Stadt praktiziert. Genauer gesagt, sei er Sanitätsarzt im Rang eines Obersts, also eines Colonello. Zu ihm waren die Infanteristen und Panzergrenadiere gekommen, um sich nach einer Untersuchung einen Urlaubsschein oder in der Folge von Unfällen und Unachtsamkeiten, Saufereien oder einer Blinddarmentzündung eine Bescheinigung für einen Erholungsurlaub zu beschaffen. Während Colonello Schepis die Leute untersucht hatte, hatte er die Pfeife zwischen die Zähne geklemmt gehalten, und ihm hatten ein paar kurze Tatscher auf den Rücken des Mannes genügt und ein rasches Abklopfen des Unterleibs, um sich eine Vorstellung von der jeweiligen Krankheit zu machen. Im Übrigen hatte er im Laufe der Jahre gelernt, die Menschen auf einen Blick zu durchschauen: Er erkannte die Simulanten, die kleinen Schurken, die das Zeug zum Drückeberger hatten, die Pechvögel, die sich vor dem Leben in der Kaserne ebenso fürchteten wie vor dem Tod in der Schlacht, und die fragilen Zwanzigjährigen, denen das Schicksal Körper zugeteilt hatte, die so zart wie von feinstem Glas waren, und die er, ohne Zaudern und Zagen, ins zivile Leben zurückschickte, mit einem Stempel auf dem Entlassungsschein, der ihnen ihre Unzulänglichkeit und Nichttauglichkeit attestierte.

Signor Schepis hatte die Verwaltung des Vermögens seiner Frau übernehmen müssen, eines Immobilienerbes, das ihn dazu verurteilte, sich mit dem Kauf und Verkauf von Häusern in Istrien, in den Vororten von Ljubljana und entlang der friaulischen und venetischen Adriaküste zu befassen. Wider Willen war er zum Experten für Badeanstalten und Sommerhäuser geworden. Aus seiner Stimme hörte man heraus, wie sehr er unter dieser Aufgabe litt, wie groß die Verachtung gegen sich selbst und die Baufirmen war, mit denen er Geschäfte aushandelte, gegen die Handwerker, die Leute von der Gemeindeverwaltung, die die Unterlagen für den Bau besorgten, und wie zuwider ihm alle Auftragsvergaben waren, von den Vermessungsingenieuren und den Architekten ganz zu schweigen. Allesamt Scheusale, seiner Meinung nach.

Und er hätte gern eine ganze Schar Söhne gehabt, der Kontinuität, dem Vaterland und seiner Stadt, Triest, zuliebe. Doch er hatte einsehen müssen, dass seine Frau dafür nicht geschaffen war. Sie hatten es versucht, mit allen Kunstgriffen und den in solchen Fällen angezeigten Behandlungen, mit Untersuchungen in Frankreich und auch in London, einer Stadt, die er nicht leiden konnte, ebenso wenig wie die Engländer an sich. Es war ihm nichts anderes übrig geblieben, als sich in sein Schicksal zu ergeben, und seine Frau hatte ihn gebeten, ein Kind zu adoptieren, ein Wesen, das sie heranwachsen sehen konnten. Viele Jahre hatte er nichts davon wissen wollen, bis er, fast als hätte er eine Erleuchtung gehabt, eine Chance zur Rache sah und ein schwarzes Mädchen, eines aus den ehemaligen italienischen Kolonien, an Kindes statt annehmen wollte. Ihm schien es, als könnte er mit der Adoption eines kleinen Mädchens aus Äthiopien mit dem königlichen Namen Jolanda auf akzeptable Weise die Ironie der Tatsache kompensieren, dass er sein Lebensziel verfehlt hatte.

Am Ende hatte er sogar ein wenig Zuneigung zu ihr gefasst; wie sollte man sich dann, wenn das Leben sich dem Ende zuneigt und das Leben einem keinen weiteren Horizont mehr bietet, nicht für ein Kind erwärmen?

»Warum, Colonello Schepis, ist Jolanda nach Treviso gezogen? Ist sie vor irgendetwas geflüchtet?«

Der Mann starrte lange auf die Anrichte aus dunklem Holz vor ihm, ließ den Blick an den Kanten entlang und über die farbigen Gläser hinweg wandern, die hinter der Scheibe oben undeutlich zu sehen waren. So, als würde er versuchen, sich zu erinnern.

»Sie hat sich bei uns nicht wohlgefühlt. Wir konnten sie nicht mehr hier halten …«

»Hat sie sich nicht als Teil der Familie empfunden?«

»Die Familie! Sie fühlte sich dem Ersticken nahe, ihr fehlte die Freude.«

»Ihr fehlte die Freude …«

»Ich sah, wie sie litt. Ich musste sie loslassen.«

»Signora Pitzalis … haben Sie sie beauftragt, Ihre Tochter zu bewachen?«

»Ich habe ihren Tod nicht gewollt«, sagte er zum Inspektor im Ton eines Feldherrn, der seine Soldaten hatte fallen sehen, weit drunten im Tal.

»Wer würde schon den Tod der eigenen Kinder wollen?«

»Nicht in dieser Weise«, murmelte der Mann.

»Colonello, bringen wir etwas Licht in die …«

Um ein Haar hätte Stucky »Angelegenheit« gesagt, als ginge es um eine Sanktion wegen einer Fristüberschreitung oder wegen irgendeiner vergessenen Stempelmarke. Der Mann schien etwas zu verbergen, was ihn dazu brachte, diesen Tod leichtzunehmen, wie eine Nebensache. Es traf Stucky daher unerwartet, als der Colonello ihm beim Hinausgehen folgenden Befehl erteilte: »Ergreifen Sie ihn und liefern Sie ihn mir aus!«

»Sie wissen, dass das nicht möglich ist.«

Der Mann blickte ihn eindringlich an.

Stucky machte einen Abstecher zum Polizeipräsidium von Triest, aber nur, damit man ihm dort bestätigte, dass gegen Signorina Schepis nichts vorlag. Man einigte sich darauf, abzuwarten, bis man über präzisere Informationen verfügte.

Am späten Vormittag stand er bereits vor der schönen Bibliothek, in der Mario De Pol arbeitete. Stucky beobachtete, wie er sich zwischen den Regalen bewegte, wie er mit einem Stapel Bücher unter dem Arm auftauchte und wieder verschwand.

Fast auf Zehenspitzen begab sich der Inspektor in den Lesesaal, wo ein paar ältere Herrschaften damit beschäftigt waren, die Lokalpresse zu durchstöbern. Er musste zugeben, dass der Raum sehr einladend war; durch die breiten Fenster flutete viel Licht herein, und die Tische waren von solchen Ausmaßen, dass man am eigenen Platz genug Bewegungsspielraum hatte, um den gegenübersitzenden Leser nicht zu stören; auch die Wände waren ansprechend hergerichtet und mit Plakaten geschmückt, die impressionistisch gemalte Seerosenteiche zeigten. Stucky ließ sich auf einem Stuhl nieder, ohne dass die Alten den Blick von den Nachrichten des Tages hoben. Eindeutig gemütlich. Ein Paradies.

Aus den Augenwinkeln sah er De Pol, der sich auf seinen Platz zubewegte, und erhob sich schweren Herzens.

»*Buongiorno,* Ihren Ausweis, bitte«, sprach der Mann Stucky an, bevor dieser den Mund öffnen konnte.

»Ehrlich gesagt, habe ich keinen Ausweis für die Bibliothek.«

»Ach, ein neues Mitglied«, antwortete De Pol und zog ein Anmeldeformular hervor. »Geben Sie mir bitte Ihre persönlichen Daten an …«

Stucky nannte Vor- und Nachnamen.

»Hier wohnhaft?

»Seit drei Jahren, und trotzdem ist es mir noch nicht gelungen, die Lizenz zum Fliegenfischen zu erwerben …«

»Wie schade. Ihr Beruf?«

»Ich bin beim Staat.«

»Geht es noch etwas genauer?«

»Bei der Staatspolizei.«

Ohne die Fassung zu verlieren, füllte der Bibliothekar das Formular aus.

»Bitte unterschreiben Sie hier.«

»Sind Sie auf irgendein literarisches Genre spezialisiert?«

»Signor Stucky, dies hier ist eine öffentliche Bibliothek, es gibt einen geschäftsführenden Ausschuss; die Auswahl der Bücher ist niemals von den persönlichen Präferenzen Einzelner bestimmt.«

»Könnten Sie mir ein gutes Buch empfehlen?«

»Einen Roman oder ein Sachbuch?«

»Etwas, was meiner Freundin gefallen könnte, etwas, was dem weiblichen Geschmack entspricht.«

»O, die Damen lesen von allem etwas. Ich meine, die wirklichen Leseratten.«

»Meine Freundin beschäftigt sich mit Kleidung …«

»Eine Verkäuferin?«

»Genau …«

Einen Moment lag Spannung in der Luft.

»Natürlich wissen Sie darüber Bescheid, was derzeit diesen Ärmsten widerfährt …«

»Ja, ich beschäftige mich damit.«

»Denken Sie sich, was für ein Zufall! Ich kenne einige der Damen, die angefallen wurden.«

»Tatsächlich? Und Signorina Schepis, das Mordopfer?« Der Mann fuhr zusammen. »Ist das ein Verhör?«

»Aber ich bitte Sie! Ich leihe mir ein Buch aus. Wäre ich sonst hierhergekommen?«

»Jede Information kann Ihnen weiterhelfen, nicht wahr? Nein, das arme Mädchen kannte ich nicht. Auch wenn ich sagen muss, dass ich sie gesehen habe, flüchtig, durch das Schaufenster. Der Schuhladen, in dem ich regelmäßig einkaufe, liegt genau gegenüber von ihrem Geschäft. Ich weiß, dass die Verkäuferin in diesem Laden mit ihr verkehrt hat, ich habe sie mehr als einmal miteinander reden sehen. Wissen Sie, die Verkäuferinnen machen die Schaufenster von außen oder die Gehsteige vor den Geschäften sauber, und dabei tauschen sie ein paar Worte miteinander aus …«

»Ja, natürlich. Haben Sie hier auch irgendetwas von Rimbaud?« Das war ihm gerade eingefallen.

»Etwas auf Französisch und *Die Werke* im Original mit nebenstehender Übersetzung.«

»Sie wollen doch nicht etwa behaupten, dass es hier jemanden gibt, der Rimbaud im Original liest?«

»Mal der eine oder andere Schüler …«, antwortete der verunsicherte Bibliothekar, während er das Ausleihregister studierte.

»Sie, der Sie ein Fachmann sind – wie schätzen Sie Rimbaud ein?«

»Als Kaugummi für Pubertierende.«

»Vielleicht nehme ich ihn mit«, sagte der Inspektor.

Stucky musste nachdenken; er brauchte eine Pause. Er nahm sich einen Wagen vom Polizeipräsidium und fuhr los, in eine seiner Lieblingsecken der Stadt, wo es direkt am Sile-Ufer eine Trattoria gab. Die Straße endete dort; sie mündete in den offenen Platz vor dem Lokal, das auch noch Tischchen im Freien stehen hatte. Es war ein kalter, aber heller Tag; die Sonne war, wenn man regungslos stehen blieb, fast schon lästig, und es war ein Vergnügen, zuzusehen, wie das Wasser blitzschnell dahinrauschte und die Wasservögel sich ohne klares Ziel von der Strömung treiben ließen. Vorn machte der Fluss eine Biegung, aber Stucky wusste, wie er von dort aus weiterfloss zwischen den Dämmen; es folgten weitere Schleifen, alte Schleppkähne, die an den Ufern versenkt waren, die Lehmgruben und in der Ferne schließlich die Ziegeleien. Ein interessantes Land mit Vergangenheit. Sein Vater hatte in Treviso gewohnt, Jahrzehnte zuvor, und hatte gerade noch die letzten Momente eines besonderen sozialen Gefüges erlebt: die Lastkähne, den Hafen von Fiera, den Verkehr auf dem Fluss, die sonntäglichen Ausflüge auf dem Sile bis hinein in die Lagune, bis zu den Schleusen, die den Blick auf Venedig und sein Meer öffneten.

»Darf's ein kleiner Prosecco sein, Signor Inspektor?«

»Aber nur so viel, dass ich nicht unhöflich erscheine ...«

Er erinnerte sich an seinen Großvater, der mit Wein gehandelt hatte, den er auch über den Fluss transportierte, und an seine Erzählungen von den Reisen mit den Fährleuten an feuchten Novembertagen, wenn er am Bug des Schiffes saß und an den Ufern die Büchsen knallen hörte, die auf Enten und Rallen zielten.

Aristide, der Besitzer der Trattoria, brachte ihm das Glas Prosecco und dazu Oliven, Sardellen und hart gekochte halbierte Eier.

»Bleiben Sie zum Mittagessen?«

»Sie bringen mich in Versuchung ...«

»Dann bleiben Sie doch!«

»Nur einen Salat ...«

»Sie wissen nicht, was Ihnen entgeht!«

Vom Tisch aus konnte Stucky zu dem Mann hinüberschielen, der schon in den Siebzigern war, und er sah, wie er sich daranmachte, die Tische zu decken, unterstützt von seiner frisch angetrauten Frau, einer Brasilianerin. Einer von vielen, die schuften und schuften und dann, kurz vor dem Ende, noch schnell eine Ausländerin ehelichen.

Der Inspektor hob das Glas und kostete den prickelnden Wein. Dann zog er aus der Manteltasche das Büchlein mit den Rimbaudschen Werken hervor und blätterte es durch. Er bemerkte, dass es einen Index gab. Als würde er Klemas, des Halunken, Gedanken ticken hören, hielt er seinen Finger auf den Gedichten mit dem Titel *Letzte Verse* an, und dann lag für ihn keine Wahl näher als die Überschrift *Das Goldene Zeitalter*. Er hörte diese Gedanken, aber sie belustigten ihn. Gespannt schwenkte er das Glas in einer Hand, mit der anderen schlug er die Seite auf, die er suchte. Er ließ eine Zeile nach der anderen auf sich wirken: *Vis et laisse au feu / l'obscure infortune*. Da waren sie, diese Worte. Er las das ganze Gedicht. Nichts Besonderes. Der Mörder erlaubte sich ein Spielchen.

Zwei verschiedene Geschichten, sagte sich der Inspektor. Die der Attacken und die der Signorina Schepis. Möglicherweise hatte die erste den Anstoß zur zweiten gegeben. Durchaus möglich. Aber es war nicht dieselbe Hand, da war er sich sicher. Nur oberflächlich betrachtet gab es hier eine Kontinuität.

Er rief Landrulli an.

»Nimm die Zettelchen, die man auf dem Körper von Signorina Schepis gefunden hat, bring sie ins Labor und lass sie Stück für Stück überprüfen. Dann musst du mir für halb vier Signorina Ricci einbestellen. Sie ist vor drei Tagen aus dem Krankenhaus entlassen worden. Eine offizielle Einbestellung, wenn ich bitten darf! Als Kennerin der Fakten.«

Das Gespräch mit der Ricci bildete den Schlussstrich unter die erste Geschichte. Man musste einen Punkt setzen und ein anderes Kapitel aufschlagen.

Nach dem Mittagessen vertrat sich Stucky in der Umgebung des alten Wasserkraftwerks ein wenig die Beine. Er überquerte die Brücke und bog nach ein paar hundert Metern bei den »Restere«, den alten Treidelwegen, ein; dort waren die Dämme, auf denen sich die Tiere fortbewegt hatten, wenn sie die Schleppkähne gegen die Strömung zogen. Von einem langen hölzernen Landungssteg aus warf er das zerkrümelte Brot, das er mitgenommen hatte, ins Wasser. Die Enten kamen aus dem Röhricht hervor, und sogar ein majestätischer Schwan ließ sich vom Futter anlocken.

Elena Ricci war von ihren Eltern ins Polizeipräsidium begleitet worden, und die Mutter fragte sofort, ob sie einen Anwalt bräuchte, sie habe eine Telefonnummer dabei.

»Aber nein, Signora. Es handelt sich nur um ein harmloses Gespräch ...«

»Darf ich meine Tochter hineinbegleiten?«

»Das ist nicht nötig. Sie wird allein bestens zurechtkommen.«

Stucky und Landrulli gingen zum Büro und ließen die Eltern in der Obhut von Agente Sbrogiò zurück.

»Ich sehe, dass Sie fast wiederhergestellt sind. Die Narben im Gesicht sind kaum noch erkennbar.«

»Ich habe Glück gehabt«, sagte das Mädchen, das sich sichtlich unwohl fühlte.

»Der Angreifer hat nicht sehr fest zugeschlagen ... fast so, als hätte er Angst gehabt, Ihnen wehzutun.«

»Es kann sein, dass er das ursprünglich beabsichtigt hatte, es aber nicht geschafft hat ...«

»Sie haben niemals irgendwelche Drohungen erhalten, Sie haben keine Bekannten mit zweifelhafter Moral, Sie führen kein unvernünftiges Leben. Warum also ausgerechnet Sie?«

»Und warum ausgerechnet die anderen?«

»Weil ihr alle unter einer Decke steckt und dieses Spiel – wie soll ich es nennen? –, dieses Vorweihnachtsspiel inszeniert habt …«

Die Frau verstummte.

»Irre ich mich? Irre ich mich, wenn ich sage, dass es überhaupt keinen Angreifer gegeben hat? Dass Sie einen ganz normalen Unfall hatten? Und dass Signorina Callegari schlicht und ergreifend ausgerutscht ist und sich dabei die Hand verletzt hat, also im Eifer des inszenierten Gefechts und nicht weil sie vom Missetäter zu Boden gestoßen wurde?«

Signorina Ricci rang heftig die Hände. Die Blässe war ihrer Schönheit abträglich. Ein Tränenbächlein rann ihr über das Gesicht, und ihre Augen röteten sich.

»Ich verlange einen Anwalt«, flüsterte sie.

»Aber warum denn? Wegen so einer Kinderei? Wegen einer Inszenierung, die uns tagelang beschäftigt hat? Die uns von der Langeweile befreit hat? Nein, Sie gehen jetzt nach Hause und geben Ruhe. Das ist für alle das Beste.«

Landrulli klappte der Unterkiefer herunter. Total verblüfft begleitete er das Mädchen zu seinen Eltern zurück.

»Wie sind Sie denn daraufgekommen, Signor Inspektor?«

Ohne ihm zu antworten, begab sich Stucky zu Kommissar Leonardi.

»Bläst Ihre Nichte zurzeit eigentlich Trübsal?«

»Ja, sie ist bekümmert …«

»Und vor der Attacke, wie haben Sie sie da gefunden?«

»Wie meinen Sie das, Signor Inspektor …?«

»Nervös, deprimiert, euphorisch, sonderbar …?«

»Sie hatte ein schlechtes Jahr, so viel steht fest. Ich habe sie müde und niedergeschlagen erlebt. Aber vor der Attacke, nein, da dachte ich, dass die Vorweihnachtszeit ihr neuen Mut geben würde.«

»Dass Weihnachten ihr das Herz erwärmen würde.«

»Genau.«

»Wie werden Sie denn Weihnachten verbringen? Mit der Familie?«

»Alle zusammen. Wie jedes Jahr. Stucky, worauf wollen Sie hinaus …?«

»Grüßen Sie mir bitte Ihre Nichte, Signor Kommissar.«

Nachdem er seufzend das Büro verlassen hatte, sagte er: »Begleite mich auf einen Espresso, Landrulli.«

»Aber auf einen anständigen! Zumindest auf so einen wie den von Goppion, Signor Inspektor.«

Auf der Piazza Borsa wimmelte es nur so vor Verkaufsständen, die im Lichterglanz erstrahlten. Es herrschte emsiges Treiben, allerdings ohne die Dudelsackpfeifer aus Molise, die Musikanten von anno dazumal, die in den Geschäften ein- und ausgegangen waren, ein weihnachtliches Liedchen angestimmt und von den Kunden einen Obolus erhalten hatten.

Während sie dicht nebeneinander zwischen den vielen Leuten an der Theke standen, vor den imposanten Espressomaschinen, genoss Stucky das Schweigen, in dem er den neugierigen Landrulli zappeln ließ. Dieser tat, als würde er am Kaffee schnuppern und sich für die durchsichtigen Säulen voller Kaffeebohnen interessieren, die darauf warteten, gemahlen zu werden.

»Welcher Gedankengang mich zu dem geführt hat, was ich Signorina Ricci gesagt habe, ist nicht wichtig. Wichtig ist, was wir jetzt machen. Hör mir gut zu: Der Mörder kommt nicht aus dem Umkreis der attackierten Verkäuferinnen. Fast mit Sicherheit hat er nur die Gunst der Stunde genutzt.«

»Ja, und?«

»Der Mörder hat eindeutig Signorina Schepis umbringen wollen und sich nur das Durcheinander zunutze gemacht.«

»Also kein Krieg gegen die Symbole?«

»Landrulli, dieses Land hier ist absolut pragmatisch. Nicht einmal ein Mörder verschwendet seine Zeit wegen eines einfachen Symbols.«

»Mag sein …«

»Und die Rumänin?«

Landrulli rückte mit einer Adresse in Timişoara heraus, einer abenteuerlichen Familiengeschichte, einem Liebhaber im Dienste Ceauşescus, mit Geheimdiensten, aber dann habe es den Aufstand gegeben, die Toten, und man habe ihren Mann ermordet, vielleicht war der Mörder sogar ihr Liebhaber, und dann kamen die Flucht, ein neuer Partner, ein Italiener, der sie dreimal die Woche zum Geschlechtsverkehr auf dem Sofa zwingt, die Rückenschmerzen, die Freundin, die sie unter tausend Entschuldigungen am Samstagabend zum Tanzen in die Diskothek abschleppt.

»Und was soll das alles mit unseren Ermittlungen zu tun haben?«

»Das frage ich mich auch.«

»Könnte sie deiner Meinung nach dem Mörder den Schlüssel gegeben oder es zugelassen haben, dass er sich eine Kopie anfertigen lässt?«

»Das habe ich sie gefragt! Sie hat mir bei den Märtyrern von Timişoara geschworen, nichts dergleichen gemacht zu haben.«

»Landrulli, wir gehen noch mal in die Wohnung des getöteten Mädchens.«

»Morgen?«

»Noch heute Abend.«

»Na toll ...«

Zur Piazzetta San Parisio gelangten sie über den Fischmarkt. Sie sahen die beleuchteten Brücken und lauschten in die Stille hinein, die zwischen den Palazzi der kleinen Insel, dem dunklen Wasser und den Mühlrädern schwebte, welche vergebens auf Arbeit warteten.

»An einem hübschen Plätzchen hat die Signorina gewohnt ...«

»Und ob! Wenn wir mit den Ermittlungen fertig sind, könntest du dich hier eigentlich einmieten, Landrulli.«

»Nein, nicht in die Wohnung einer Toten ...«

»Was ist schon dabei? Die Hälfte aller Mietwohnungen wird wohl schon einige Tote überlebt haben.«

»Es ist in Ordnung, wenn man eine Wohnung erbt. In diesem Fall aber geht es um einen unnatürlichen Tod ...«

»Gleich werden wir das Haus betreten. Sobald wir die Schwelle überschreiten, stellen wir uns vor, wir wären die Schepis: Wir steigen die Treppe hoch, stecken den Schlüssel ins Schloss, hängen unsere Mäntel auf und gehen ins Bad, alles so, als wären wir sie. Einverstanden?«

»Ich werde mir alles notieren, Signor Inspektor.«

Dritter Stock, zwei Wohnungen pro Etage, sauberes Treppenhaus, Geländer und Stufen in ordentlichem Zustand, die Wohnungstür neu, ohne Spion; in der Tür gegenüber ist dagegen einer angebracht.

»Gehen wir hinein.«

Sicherheitsschloss, also gegen Diebstahl gesichert.

»Soll ich das Licht anmachen, Signor Inspektor?«

Im Wohnzimmer ein Sofa mit hellem Lederbezug, ein

schwarzer, leichter Tisch mit quadratischer Platte, sehr modern. »Fühlst du dich wie die Schepis?« – »Hundertprozentig, Signor Inspektor!« Nur ein einziges Bild im Wohnzimmer, eine große Mohnblüte, Kleiderhaken neben der Tür, beim Eingang.

»Das Mädchen kommt von der Arbeit nach Hause«, sagte Stucky, »hängt den Mantel auf, weil sie, wie man sieht, sehr ordentlich ist. Sie geht ins kleine Bad mit der Dusche, Duschgel aus dem Biomarkt, Naturbalsam aus dem Reformhaus, Seife aus Marseille. Dann geht sie sich umziehen. Das Schlafzimmer ist nicht übel. Das Bett ist niedrig, im orientalischen Stil, darüber ist ein farbenfroher Kelim gebreitet, kein Nachtkästchen, ein Stapel Bücher rechts und ein Stapel links, das Bett hat natürlich Überbreite, ein Schrank mit Schiebetüren, neu, die Schepis macht es sich bequem, legt die Tageskleider auf das Bett, zieht einen Pyjama oder einen leichten Hausanzug an, die Wohnung ist sehr warm, sie fühlt sich wohl, so leicht bekleidet. Mach du mal weiter, Landrulli.«

»Tja, sie wird wohl was essen, Signor Inspektor …«

»Und du siehst sie wirklich essen, die Schepis? Vielleicht in der Mittagspause. Aber am Abend? Siehst du sie in die Küche gehen, Mikrowelle, Anrichte mit einem Minimum an Geschirr, siehst du, wie sie ein Tiefkühlgericht aus dem Kühlfach holt? Siehst du sie am Abend, wie sie den Tisch deckt, ein Set aus Bambus, eine gelbe Serviette, Teller und Glas und das Besteck mit den geblümten Plastikgriffen? So sehe ich sie nicht«, sagte Stucky und schüttelte energisch den Kopf. »Signorina Schepis achtet sehr auf ihr Gewicht, die Waage im Bad ist schon ganz glatt poliert. Sie hört Musik, es gibt keinen Fernseher, vielleicht hat sie auch einen Kimono zwischen ihren Wäschestücken. Schau doch mal nach, Landrulli.«

»Der Kimono ist hier, Signor Inspektor! Wie haben Sie das bloß erraten?«

»Die Wahrscheinlichkeit lag bei fünfzig Prozent.«

»Eine interessante junge Frau.«

»Interessant vor allem für den Mörder ...«

»Dann zieht sie sich an, keine übertriebene Garderobe, lauter geschmackvolle Kleider, von erlesener Eleganz, sie macht sich ausgehfertig ...«

»Und dann?«

»Geht sie aus ... Sie hat ein paar Accessoires angelegt, unter den Schmuckstücken ausgewählt, die sich in dieser Schatulle auf dieser kleinen Kommode befinden; unten, in der Schublade, liegen Schlüpfer, Strümpfe, Unterhemden, Taschentücher, Foulards. Sie liest Kundera, Chatwin, das Übliche, Anaïs Nin, sie lenkt sich ab: *Promiscuity: An Evolutionary History of Sperm Competition.* Wissbegierig, mit Sicherheit führt sie kein Tagebuch ...«

»Was für ein Bild machen Sie sich denn von ihr, Signor Inspektor?«

»Man kann nachvollziehen, dass sie aus einem Grenzland stammt – zu viele Interessen. Sie hat sich hier nicht wohlgefühlt ...«

»Und?«

»Sie hat auch noch anderswo gewohnt. Sie muss irgendwo ein anderes Nest haben. Hast du nachgeprüft, seit wie vielen Jahren Signora Pitzalis hier wohnt?«

»Donnerwetter! Beinahe hätte ich es vergessen! Es sind genau achtzehn Jahre ...«

»Sie wurde aus Istrien evakuiert, und bevor sie hierher nach Treviso kam, hat sie in Triest gewohnt, oder? Hast du die Aufzeichnungen mit den Handygesprächen der Schepis erhalten?«

»Hm, man hat mir gesagt, dass das ein paar Tage dauern wird ...«

»Und die Analyse der Zettelchen?«

»Alle, die man auf dem Körper des Opfers gefunden hat, sind Originale …«

»Bis auf …?«

»Das mit dem Rimbaud-Zitat.«

»Das war's dann, Landrulli … !«

Als er die Wohnungstür zugeschlossen hatte, verspürte Stucky den Drang, sich den Bauch vollzuschlagen, etwas, was er sonst nie tat. Das Bild, das er sich inzwischen von dem Opfer machte, irritierte ihn. Er musste etwas zu sich nehmen, etwas hinunterschlucken und verdauen, und es gab ein gutes Restaurant in San Parisio, genau gegenüber vom Fischmarkt, auf seinem Lieblingsinselchen, einen Steinwurf von der Casa del Baccalà, dem Tempel des gemächlichen Speisens, entfernt.

»Risotto und davor der übliche Salat, Signor Inspektor?«, fragte die Kellnerin.

»Nein, das komplette Menü einschließlich Dessert.«

»Heute Abend gibt es Tiramisu. Ich weiß nicht, ob Sie das mögen …?«

»Wenn nicht heute Abend – wann dann? Eine großzügige Portion bitte!«

Wenn die arme Schepis aus Motiven umgebracht worden wäre, die nichts mit ihrer persönlichen Geschichte zu tun hatten, worauf er gewettet hätte, dann wäre die Angelegenheit vielleicht noch komplizierter gewesen.

In einem Meer von Menschen, das durch die Stadt rauscht, nach einem Verrückten zu suchen, der die Verkäuferinnen hasst, wäre eine Herkulesaufgabe gewesen. Aber die Vorstellung, die sich Stucky seit den ersten Attacken gemacht hatte, und alles, was er über das Opfer in Erfahrung gebracht hatte, hatten ihn davon überzeugt, dass dies nicht der richtige Ansatz war.

Ohne sich im Mindesten dafür zu schämen, gestand er sich ein, dass Signorina Schepis eine Frau gewesen war, die ihm gefallen hätte. Mit verschränkten Armen sah er zu, wie sich das Lokal leerte, wie die Gäste, auch die, die nach ihm gekommen waren, nach und nach gingen. Er fühlte die Blicke des Personals auf sich ruhen, das darauf wartete, Feierabend machen und die Kasse und die Küche schließen zu dürfen, und fühlte sich auf theatralische Weise erschöpft.

»Alles in Ordnung, Signor Inspektor?«

»Schließt ihr mich hier ein?«

»Nein, keine Sorge …«

»Bringen Sie mir noch einen Brandy? Als Abschiedstrunk?«

»Einen Cardinal Mendoza, wie immer?«

Einen Kardinal zu schlürfen! Was für ein Vergnügen! Mehr als der Geschmack und die Wärme war es der Sinngehalt des Wortes, der ihm buchstäblich durch die Kehle glitt. Antimama! Er fuhr zusammen. Die Blutprobe! Und er murmelte vor sich hin: … der Hausarzt, ein Spezialist, aber wer, aber wo …

Schwerfällig erhob er sich von seinem Platz, draußen lehnte er sich an die Bögen, und dort erschien ihm, in einer plötzlichen Vision, dieser Winkel der Stadt, sein Winkel, in dieser kalten Nacht, und er sagte sich, dass es nun mal Leute gab, die eine Gallenblase entfernten, und solche, die ein Verbrechen aufklärten. Also eine Arbeitsteilung aufgrund von Kompetenzen, angeborenen und erworbenen.

Und würde es ihm gelingen, die Angelegenheit aufzuklären, ohne die Verkäuferinnen direkt einzubeziehen?

Die Verkäuferinnen …

»›Gottlob, wir leben noch!‹, rief ich jeden Morgen und jeden Abend, wenn ich die Tore schloss und die Flügel schlagen hörte, vielleicht waren es Möwen oder Käuze, und die üblen Rauchschwaden sah. Bis eines Tages – ich hatte schon das Schloss in der Hand – am Grund der Deponie ein Licht aufschimmert und dann noch eines. Die Seelen der Toten! Ich mache einen Satz rückwärts und stolpere. Dann nimmt der Lichtschein die Konturen eines Feuers an. Es sind Flammen, die an der Basis des zweiten Deponieabschnitts, der inzwischen schon fast aufgefüllt ist, entlanglaufen.

Es ist ein Feuer. Und weder die Cavasins noch sonst irgendjemand hatte etwas damit zu tun. Etwas brannte. Und natürlich durfte nichts brennen, Deponien dürfen nicht brennen. Hitze gibt es, das ist klar. Im Bauch der Hügel ist es heiß. Mindestens vierzig oder fünfzig Grad. Vielleicht sogar sechzig. Doch es ist nicht heiß genug, um ein Feuer zu entfachen. Vielleicht erhöht sich auf diese Weise die Anzahl der Mikroben, aber für das Entstehen eines Feuers reicht diese Hitze nicht aus. Ich habe gleich an all diese aluminiumhaltigen Scheußlichkeiten gedacht, die man uns just an diesem Tag angeliefert hatte und von denen einem natürlich kein Mensch sagt, dass sie gefährlich sein könnten. Ein Haufen Qualm, ein unerträglicher Gestank. Ich habe die Feuerwehr gerufen, die mir nur mit einem ›Schon wieder …!‹ geantwortet hat, als hätten die Feuerwehrmänner Wichtigeres zu tun, als eine Deponie zu retten. Sie sind dann auch recht gemächlich angerückt. Oder so ist es mir zumindest vorgekommen, weil ich die schwarzen Wolken in den Himmel aufsteigen und still und leise ins Dorf ziehen sah, wo alle in der Bar im Zentrum saßen, versunken in eine Partie Scopone oder Tresette. Jetzt mussten sie alle dort weg, auch die Bewohner *der umstehenden Häuser. Eine Katastrophe, aus ihrer Sicht. Alle die Tabakvergifteten, die am Abend ohnehin von ihren Kippen durchgeräuchert gewesen wären oder am Fernseher geklebt hätten, vor irgendeinem blöden Quiz. Wenigstens haben sie sich die Beine ein bisschen vertreten!*

Am nächsten Tag hat sich eine Bürgerinitiative gegen die Deponie formiert, und die Leute sind mit ihren Transparenten bis vor unsere Tore gekommen, ungefähr fünfzig Spinner unterschiedlichster Herkunft, Kinder und Frauen in vorderster Front, die gut sichtbar auf ihre Transparente geschrieben hatten: ›Pierini gleich Bhopal‹ und ›Pierini gleich Tschernobyl‹.«

»Pierini, dann heißen Sie also Pierini mit Nachnamen!«

»Du lieber Himmel, ich habe mich verraten!

›Was ist Bhopal? Und was ist Tschernobyl?‹, habe ich Filiberto gefragt, der bloß mit den Schultern zuckte und sich wieder ins Labor verzog. Waren das etwa Beleidigungen in russischer Sprache?

›Die Pierinis sind mit niemandem gleichzusetzen!‹, rief ich, während die Leute sich vor die Tore hockten und hinter ihnen sich eine Schlange hupender Lastwagen bildete.

Sinnlos, irgendwelche Zeichen zu machen, dass sie wenigstens die Lkws vorbeilassen sollten, deren Fahrer von auswärts kamen. Solche Aktionen bargen ja das Risiko in sich, dass die Vorurteile in Bezug auf unsere Gastfreundlichkeit neue Nahrung erhielten. Ich wurde zur Zielscheibe von Pfiffen und Gebrüll. Antonietta saß mit bleicher Miene an ihrem Platz. Die Nonna, die die Situation erfasst hatte, ging hin, um ein paar Begrüßungen loszuwerden, weil sie sich an fast alle erinnerte und die Protestler schon kannte, als sie kleine Kinder waren und kurze Hosen und Röckchen trugen.

Auch sie hat ihre Portion Beleidigungen abbekommen.

Ich habe mir die Leute genau angeschaut: Unter den Män-

nern waren einige in meinem Alter und andere, die ein bisschen älter waren. Nur ein Glück, dass es in unserer Gegend nicht so viele Arbeitslose gibt, wer weiß wie groß der Auflauf sonst gewesen wäre! Die Frauen waren in der Überzahl, wie üblich. Hausfrauen. Die Männer sind um diese Zeit bei der Arbeit. Die Frauen haben wohl das Frühstücksgeschirr beiseitegestellt und sich gefragt: Gehe ich einkaufen oder lieber zur Deponie demonstrieren? Die Hausfrau weiß eben nicht, was sie mit ihrem Leben anfangen soll.

Ich kann sie verstehen. Den ganzen Tag immer die gleichen Handgriffe. Und dann kommt irgendein Armleuchter daher, und sie stellen fest, dass es mehr Spaß macht, Plakate zu beschriften oder ein Ehrenamt auszuüben, als sich um den eigenen Nachwuchs zu kümmern oder etwas zu unternehmen, um die Aufmerksamkeit ihrer Männer zu erregen. Und dann beklagen sie sich, dass ihre Göttergatten zu den Nutten gehen, die aus Verona zu denen in Treviso, und die aus Treviso zu denen in Padua. Kunststück! Du kommst nach einem Tag Schufterei nach Hause und stellst fest, dass sie demonstrieren war, dass sie plötzlich für irgendetwas sensibilisiert wurde. Zieh dir doch Strapse an, das ist besser! Mit den Familien geht es auf diese Weise natürlich steil den Bach runter. Die Frauen verführen dich bis genau fünf Monate nach der Hochzeit, pünktlich wie das Plastikband einer Schweizeruhr kaputtgeht, schütteln sie dich dann ab wie einen ekelhaften Parasiten im Ehebett. Sie schauen dich mit anderen Augen an. Mit bösen Augen. Sobald sie können, tun sie alles, um ja nicht zu Hause zu bleiben. Von wegen Hausfrauen! Gymnastik, ganze Vormittage im Supermarkt, beim Friseur und was sonst noch alles.

Nicht dass die vier anwesenden Männer besser gewesen wären. Ich kannte jeden einzelnen. Einer hatte eine Familie gegründet, einfach nur, um irgendetwas zu machen. Sie finden eine Frau vier Straßen weiter und heiraten sie, wi-

ckeln sie ein, wie den Samen, den man bei der landwirtschaftlichen Genossenschaft in Tüten kauft. Sie legen sich ins Zeug, um ein Kind zu machen, und wenn man sie fragt, in der Bar, können sie einem nicht einmal sagen, warum. Warum machst du ein Kind? Sie haben keinen blassen Schimmer von Genetik oder so was. Der Fortpflanzungstrieb spielt überhaupt keine Rolle. Sonntags fährt man mit dem Rennrad durch die Hügellandschaft und macht Kinder, und das war's schon. Die, die nicht geheiratet haben, sind die Junggesellen, die in der Bar rumhängen, eine Spezies, die alles andere als schlau ist. Es gibt Junggesellen und Junggesellen. Die aus der Bar unten im Dorf haben nicht einmal versucht, eine Frau aufzugabeln. Für sie gibt es keine Frauen. Sie sind Unpaarige und völlig überflüssig. Wie einzelne Handschuhe. Mit einem einzelnen Handschuh kann man auch nichts anfangen. Sie haben nur aufs Geratewohl ein bisschen rumgeschäkert. Mal hier, mal da.

Diejenigen, die sich schlau vorkamen, haben sich in der großen weiten Welt umgesehen. Weil in der Ferne die Frauen besser sind. Alles besser ist. Das steht zweifelsfrei fest. Es gibt Länder, die davon leben, dass sie Dinge exportieren, die besser sind als in anderen Ländern. Wenn solche Leute nach Hause zurückkehren, hängen sie einen ganzen Monat in der Bar herum und erzählen, was für tolle Sachen es auf der Welt gibt. Und warum kommst du dann zurück?

Aber sie wissen es nicht genau. Sie können nur die Seiten der Gazzetta dello Sport durchblättern, lauter Fußballer, lauter Schiris, lauter Trainer. Alle mit den richtigen Freunden, mit der richtigen Arbeit; sie verkehren ausschließlich in den richtigen Lokalen und machen natürlich einen Haufen richtiger Sachen. Wenn sie ihre freien Monate haben und wieder Bürger dieses Dorfes werden, bleibt ihnen eine Menge Freizeit, und deshalb stellen sie sich vor den Deponien auf, aber warum, das wissen sie nicht.

›Es ist wegen dem Gestank, Pierini …‹, haben sie mir zugerufen. Sie sind nicht wirklich auf mich oder meine Familie böse, sondern auf den Gestank.

›Und die Autos?‹, habe ich gesagt. ›Ihr macht euch Sorgen wegen meinem Gestank, aber es ist euch piepschnurzegal, was ihr esst und was ihr trinkt, um die Zigaretten und den Alkohol macht ihr euch keine Gedanken oder darum, ob eure Kinder die Straße überqueren, ohne nach rechts und links zu schauen, um die Krankheiten, die es gibt, und die Krankenhäuser, die nicht funktionieren, und plötzlich reagiert ihr ausgerechnet auf meinen Gestank empfindlich …‹

›Mit irgendwas muss man anfangen.‹

›Und ausgerechnet bei mir?‹

›Schließlich richtet ihr Schaden an …‹

Ach, ja! Lauter Studierte! Sie haben alle das Doktorat in Polenta und Kaninchenbraten! Sie haben wohl irgendwas über Umweltverschmutzung gelesen, und nichts wie los, wirf den Pierinis den Fehdehandschuh hin. Aber was werden sie schon gelesen haben? Artikel im Gazzettino*? Vier Zeilen, von denen man nicht weiß, worauf sie hinauswollen. Und außerdem – was sagen sie aus? Es scheint so, als ob …; es sieht so aus, wie …, meint der und der. Aber wo sind die Beweise? Um eine sakrosankte Tätigkeit zu sabotieren, braucht es Beweise. Objektive Beweise! Wo steht geschrieben, dass die Deponie der Pierinis die Umwelt verschmutzt? Sie stinkt. Aber nun mal sachte: Wir Menschen haben eine Geruchsempfindlichkeit ersten Ranges, wir riechen ein stinkendes Partikelchen aus Millionen heraus, und es ist nicht gesagt, dass das, was stinkt, auch schädlich ist. Klammern wir uns doch nicht an solche Gemeinplätze! Die wirklich gefährlichen Dinge sind geruchlos und unsichtbar. Wie die Strahlungen, oder?*

Dann, als alle Blicke schon auf mich gerichtet waren, habe ich Mut gefunden, Folgendes zu sagen:

›Es ist an der Zeit, dass ihr eine wichtige Sache begreift:

Die Mülldeponien existieren, weil ihr wollt, dass sie existieren. Wir hier sind diejenigen, die am besten mit euren Abfällen umgehen. Jawohl, meine Herrschaften: Es sind eure Abfälle! Wenn es sich um meine handeln würde – ich hätte genügend Platz, um sie hier bei mir zu behalten. Aber ihr? Wo würdet ihr die Windeln eurer Babys lassen? Wohin mit den Damenbinden in einer Familie, die aus fünf Frauen besteht? Wohin mit den ganzen Verpackungen von Pasta und Knabberzeug? Den Thunfischdosen? O ja: Ihr würdet sie in den Mülleimer werfen, und dann würdet ihr eine Woche lang die Mülltonnen hinaus auf den Balkon oder in den Garten stellen und nach einem Monat in den Nachbargarten kippen, der inzwischen auch schon von den eigenen Abfällen überquillt. Dann wäret ihr gezwungen, euren Dreck nachts durch die Gegend zu fahren, vielleicht sogar in andere Dörfer zu bringen. Und das jede Nacht. Ihr würdet am nächsten Morgen übermüdet aufstehen. Und schließlich würdet ihr in einer Nacht patrouillierenden Bürgerwachen in die Arme laufen, die verhindern, dass Leute aus den anderen Dörfern ihre Gärten verseuchen. Sie würden euch eine tüchtige Tracht Prügel versetzen. Die Folge wäre eine Vendetta ohne Ende. Zu Hause würden die Kinder in ihren Exkrementen liegen und krank werden. Mäuse würden durchs Haus flitzen. Fliegen kämen. Kakerlaken. Eure Kleider würden stinken. Und ihr könntet sie nicht in die Wäscherei bringen, weil die Wäschereien nicht wüssten, wo sie euren Plunder hinschmeißen sollten. Und ihr könntet euch keine neuen Kleider kaufen, weil die Textilfabriken verstopft wären mit Resten und Stoffschnipseln. Die Färbereien würden in gelbem und grünem Teer ersaufen. Ihr müsstet nackt auf die Straße gehen. Und das wäre ein großes Problem. Alle würden euch dort sehen, überall. Schwäger, die ihre Schwägerinnen anschauen, und Schwiegermütter, die ihre Schwiegersöhne anschauen. Ihr würdet euch schämen. Ihr würdet nicht mehr aus dem Haus gehen wollen, aber das könnt ihr nicht. Ihr könnt nicht, weil die Abfälle verrotten, ein unerträglicher Gestank umgibt eure Behausungen; der ganze Ort ächzt unter einer öligen und fauligen Glocke; die Möwen kreisen in der Luft und stürzen sich auf die Trümmer, und ihr müsst die Flucht ergreifen, könnt aber nirgendwohin. Ohne Deponien ist die ganze Welt ein einziger entsetzlicher Gestank. Die Deponie ist der Nabel unserer Welt. Wenn wir sie schließen, bedeutet das das Ende des Lebens …‹

Sie waren abgezogen, bevor ich fertig war. Die Plakate lagen am Boden. Ich weiß nicht, ob ich sie überzeugt oder erschreckt hatte. Ich hatte gehofft, dass Filiberto mich in seinem Loch hören konnte. Er hätte mich eigentlich für meine zivile Rhetorik loben müssen. Ich selbst war richtig aufgewühlt. Ich wusste nicht, woher diese Worte gekommen waren. Aus dem Herzen.«

15. Dezember

Klema verteilte die Kleider der armen Schepis über die ganze Stadt. Er hatte die Jacke und die schwarze Hose auf einen Kleiderbügel gehängt und diesen mit einer Schnur am Ponte di San Francesco, auf der Seite zum Wasser hin, befestigt.

Diese Vogelscheuche aus kostbarer Wolle, inhaltslos und gespenstisch, hatte eine ganze Schar Nonnen in Panik versetzt, und innerhalb weniger Minuten hatte sich rund um die alte Brücke eine beunruhigte Menge versammelt.

Stucky hatte die langen Beine der Hose betrachtet, die nach unten hin schmaler wurden.

Er marschierte zum Geschäft von Signora Veneziani und verrenkte sich beinahe den Hals, um auf den weiten schwarzen Mantel mit Knöpfen aus glänzendem Perlmutt zu schielen, der in der Auslage zu sehen war, genau an der Stelle, an der die Leiche der armen Schepis gelegen hatte.

Der Tag war neblig, einer von der unangenehmsten Sorte, so ein Tag, der die Alten mit schwachen Herzen oder Lungen umbringt und den Jüngeren die Luft zum Atmen nimmt und sie in einer Unruhe erstickt, wie sie nur an solchen sonnenlosen Wintertagen entstehen kann.

Das Geschäft öffnete wieder, und in der Zurschaustellung der unifarbenen Kleider, hauptsächlich in Weiß und Schwarz, spiegelte sich vielleicht ein schmerzliches Bedürfnis wider.

Der Inspektor postierte sich am Tisch eines Cafés, von dem aus er den Eingang des Geschäfts im Auge behalten konnte, und schon bald sah er Signora Veneziani, ganz allein; sie blieb einen Augenblick vor dem Schaufenster stehen, öffnete die Tür und trat ohne weiteres Zögern ein.

Er bestellte sich ein Frühstück und ging den Bericht mit den Analysen des Staubsaugerbeutelinhalts der Rumänin durch, die die Leiche entdeckt hatte, nachdem sie den Laden gewissenhaft geputzt hatte. Es war eine Liste, auf der Stucky etwas von Stäuben, Erdkrümeln, Haaren, Plastikteilchen, Fingernägeln, Bröseln von Brot und Schokoladenkuchen las.

Antimama, seufzte er, wie überaus nützlich.

Er lag in einem Café auf der Lauer, dessen Wände mit dem Riesenfoto eines Ferrari und einem halben Dutzend zerknitterter Fußballertrikots geschmückt waren und das Betongebäck im Angebot hatte. Stucky hatte noch nicht einmal versucht, in das Ricottagebäck hineinzubeißen, als er ein paar Kundinnen ankommen sah. Und dann schien, wie auf ein stummes Signal hin, der Kundinnenfluss von Minute zu Minute anzuschwellen. Beine in Stiefeln, niedliche Hausfrauen, in Pelze eingemummelt wie die Pioniere von Montana, mit neckischen und federbewehrten Hüten, klimperndem Goldschmuck und vielen, vielen Mascara-Akzenten – so, als müssten sich die Damen einem Verhör durch den Gott Amor stellen. Stucky sah, wie einige Köpfe sich zum Schaufenster neigten, einige Finger auf etwas zeigten. Die Kundinnen, im kritischen Zustand der Enthaltsamkeit, warteten; sie standen Schlange und hielten Wache auf dem Gehsteig, jederzeit bereit, über ihre Telefonketten die große Neuigkeit unter die Leute zu bringen. Möglicherweise gab es einen Zusammenhang zwischen der Geschwindigkeit, mit der der Staatsanwalt die Aufhebung der Beschlagnahme des Geschäfts verfügt hatte, und der Tatsache, dass eine der ersten Kundinnen, die zur Wiedereröffnung des Tatorts eintrafen, ausgerechnet die Frau des Staatsanwalts war, offensichtlich eine treue Kundin.

Der Inspektor klopfte an die Tür, bevor er eintrat. Er

sah, wie Signora Veneziani die Augen aufriss, diese magischen Augen. Sie hatte bereits eine neue Verkäuferin gefunden, eine Blondine, vielleicht eine Polin aus Krakau, die an ihrem Platz stehen blieb, weil sie wohl ahnte, dass dieser Mann nicht wegen irgendeines außergewöhnlichen Kleidungsstück hereingekommen war.

»Wie geht es Ihnen, Signora?«

»Wie soll's schon gehen?«, murmelte die Frau, deren Gesicht vom Kummer gezeichnet war.

»Probleme?«

»Einen Tod steckt man nicht so leicht weg, das wissen Sie doch selbst.«

Er zeigte ihr die Hose, und sie nickte traurig.

»Glauben Sie, dass Signorina Schepis bei irgendeinem Spezialisten in medizinischer Behandlung war?«

»Nicht dass ich wüsste. Warum?«

»Sie hat Analysen vornehmen lassen.«

»Da hat es sich wohl um eine Routineuntersuchung gehandelt. Auch ich gehe einmal im Jahr …«

»Verstehe.«

Sobald Stucky draußen war, rief er Landrulli an.

»Bestell mir alle attackierten Frauen zu einem offiziellen Termin ein«, sagte er zum Agente, der sich gerade in seinem Büro aufhielt, wo er die von ihm zusammengetragenen Informationen sortierte.

»Jetzt gleich?«

»Vor dem Mittagessen, dann kannst du das Bild vervollständigen, um das ich dich gebeten habe.«

»Zu Ihren Diensten, Signor Inspektor!«

»Gehen eigentlich deine Lektionen über die Geschichte der indigenen Bevölkerung noch weiter?«

»Der Maler, dem Sie mich ans Herz gelegt haben, behauptet, ich würde große Fortschritte machen.«

»In Bezug auf dein Verständnis für die Geschichte dieser Gegend?«

»Ich habe eine Antenne für die Mentalität.«

»Gut so.«

»Signor Inspektor, mit den Informationen bin ich ein ordentliches Stück vorangekommen …«

»Ich bin gleich im Polizeipräsidium«, entgegnete Stucky.

Während der Inspektor die Nummer des Arztes der Schepis wählte, hoffte er, dass er nicht gerade in eine Untersuchung hineinplatzte.

»Dottore, hier spricht Inspektor Stucky, der Sie noch einmal stören muss. Ich bräuchte eine kleine Information in Bezug auf die arme Signorina Schepis. Wissen Sie, ob sie bei einem Gynäkologen in Behandlung war?«

Der Arzt schien darüber erleichtert, dass er das bestätigen konnte, und nannte ihm den Namen einer geschätzten Kollegin in Conegliano, die er selbst der Schepis empfohlen hatte. Vielleicht hatte ihn Stuckys Anruf vom Abtasten einer Leber, der Messung des Blutdrucks eines älteren Herzpatienten oder von der x-ten Begutachtung lästiger Krampfadern abgelenkt.

»Frau Dr. Angelin? Hier spricht Inspektor Stucky. Ich rufe Sie wegen einer Patientin von Ihnen an, Jolanda Schepis.«

»Eine entsetzliche Geschichte, die mich tief erschüttert hat, zumal ich die Signorina ja erst am Montag davor untersucht hatte.«

»Irgendetwas Besonderes?«

»Am Montagmorgen hat sie sich in unserer Poliklinik einer Untersuchung unterzogen, unter anderem wegen einer möglichen Schwangerschaft. Ich darf Ihnen nicht viel mehr sagen, nur, dass der Befund negativ war.«

»Verstehe. Mehr können Sie mir nicht verraten?«

Es folgte ein kurzes Schweigen.

»Ich dürfte nicht … aber diese Tragödie … Untersuchungen, die in den vorhergehenden Monaten gemacht wurden, haben mich davon überzeugt, dass Signorina Schepis niemals Kinder hätte bekommen können. Sie wollte das nicht wahrhaben, aber …«

Antimama …

Er sah sich das Material an, das Landrulli über Jolanda Schepis gesammelt hatte, darunter Angaben über ihr Girokonto und die Kontobewegungen der letzten drei Monate, eine Kopie des Mietvertrags sowie Belege über die Zahlung der kommunalen Gebühren.

Ihre Familie versorgte Jolanda per Überweisung mit einer Art monatlichen Leibrente. Das Übrige waren normale Kontobewegungen, Abhebungen am Geldautomaten und die Ausstellung eines einzigen Schecks, und zwar zugunsten des Hotels Cipriani in Asolo. Die monatliche Überweisung eines Fixbetrags legte den Gedanken an eine Mietzahlung nahe. Der Eigentümer der Immobilie war derselbe Signor Springolo, der – wie sich nach einer gründlicheren Recherche herausgestellt hatte – aber nur der Miteigentümer des Ladens war, in dem die Schepis gearbeitet hatte. Die andere Hälfte des Betriebs gehörte Signora Veneziani. Der noble Herr hatte der Schepis eine Wohnung überlassen und ihr geholfen, eine Arbeit zu finden. Er schien großzügig gewesen zu sein bei der Festlegung des Mietpreises oder hatte möglicherweise einen Teil davon persönlich entgegengenommen. Als Privatangelegenheit, von der niemand etwas erfuhr.

Es war gerade zehn vorbei. Stucky dachte, das sei eine gute Zeit, um ein paar Worte mit dem Haus- und Grundbesitzer zu wechseln.

»Signor Springolo, hier spricht Inspektor Stucky. Störe ich Sie?«

Die Stimme am anderen Ende der Leitung klang leise.

»Ist es wegen des Mädchens?«

»Ja, genau, es geht um Signorina Schepis. Kann ich in einer Dreiviertelstunde bei Ihnen im Büro vorbeikommen?«

»Ich bin soeben im Begriff, mit zwei Kunden in die Bar Borsa zu gehen.«

»Dann treffe ich Sie in der Bar, das ist auch bequemer …«

Obwohl der Inspektor Signor Springolo noch nie gesehen hatte, fiel es ihm nicht schwer, ihn zu identifizieren; er saß im hintersten Teil der Bar mit seinen beiden Kunden. Er war ein beeindruckender Mann, der über sämtliche Merkmale eines Immobilienbesitzers, ja, eines wirklichen Baulöwen, verfügte: den blauen Mantel aus Kaschmir, den Seidenschal mit Paisleymuster, den grauen Hut, der vor den Kunden auf dem Tisch lag, und einen besonders majestätischen Kopf. Er rauchte, wie nur Geschäftemacher rauchen: Er blies den Rauch nach oben, den Kopf nach hinten gebeugt, sodass er mit seinen hellen, halb geschlossenen Augen das abzuschließende Geschäft in seiner Gesamtheit besser abwägen konnte.

Stucky setzte sich höflich, wie er war, an den Tisch gegenüber und begrüßte mit einem Kopfnicken den Mann, der ebenfalls sofort begriff, um wen es sich handelte.

Signor Springolo fühlte sich keineswegs verpflichtet, seine Besprechung zu beschleunigen, und murmelte, erklärte und ließ sich seinerseits eine halbe Stunde lang obskure Immobilienschnäppchen innerhalb irgendeines Bauleitplans erläutern, die den Haien der lokalen Bauindustrie möglicherweise entgangen waren. Erst nachdem die beiden Männer die Bar verlassen hatten und Signor Springolo den Inspektor lange genug fixiert hatte, richtete er sich in seiner ganzen majestätischen Beleibtheit auf, um sich dann an Stuckys Tisch niederzulassen.

»Sie möchten mich also etwas im Zusammenhang mit dem Mädchen fragen«, sagte er mit öliger Stimme.

»Warum sagen Sie ›Mädchen‹?«

»Für einen älteren Herrn wie mich sind die eben Mädchen.«

»Wen meinen Sie mit ›die‹?«

»Die.«

Klare Augen, buschige Augenbrauen. Vielleicht war er einmal ein attraktiver Mann gewesen, gewiss kein Familienvater, zumindest nicht Vater in einer eigenen Familie, und mit Sicherheit hatte er keine Zeit zu verplempern.

»Sie war ein tüchtiges Mädchen. Nicht dass ich mich näher mit ihr befasst hätte. Sie war eine, die nie Probleme gemacht hat. Dafür garantierte im Übrigen ihr Vater.«

»Was ist das für eine Familie?«

»Auf jeden Fall eine wenig gebärfreudige. Es muss an der Frau liegen, denn aufseiten des Mannes gibt es kinderreiche Familien. Die Frau ist dahingewelkt, traurig, traurig von innen heraus, meine ich. Kranke Frauen, solche gibt es. Ich habe die Familie Schepis vor vielen Jahren kennengelernt, zu der Zeit, als unsere Strände parzelliert wurden. Signor Schepis ist couragiert und zuverlässig. Er kauft und verkauft, sachlich, schnell, und hat einen guten Riecher für günstige Gelegenheiten.«

»Und die Eheleute Schepis haben, nachdem sie Ihnen viele Geschäfte anvertraut hatten, ihre Tochter zu Ihnen geschickt. Das Mädchen hat sich in Triest nicht wohlgefühlt?«

»Triest ist eine alte Stadt. Und außerdem wollen junge Leute von zu Hause weg, daran ist nichts Ungewöhnliches.«

»Probleme mit der Familie oder im privaten Bereich?«

»Sie hat ein Studium an der Universität begonnen.

Meeresbiologie, so ein Fach für Denker, große Ideen, aber nichts Handfestes. Sie hatte dann irgendwann genug ...«

»Wie viel Miete haben Sie von ihr verlangt?«

»Miete? Wer hat Ihnen gesagt, dass sie Miete gezahlt hat?«

»Ihre Eltern ließen ihr einen monatlichen Betrag zukommen ... Das bedeutet wohl, dass der Lohn einer Verkäuferin nicht für ihren Lebensunterhalt ausreichte. Vielleicht war die Miete zu hoch ...«

»Die Familie Schepis kann es sich leisten, ihre Tochter hier zu unterhalten. Und mich verbinden so viele Geschäfte mit Signor Schepis, dass eine höhere Miete, die mir eine Wohnung wie diese einbringen könnte, im Vergleich dazu wirklich nur Peanuts wäre.«

»Und dieser Betrag, der regelmäßig auf den Kontoauszügen des Opfers erscheint?«

Signor Springolo schielte auf das Blatt hinunter, das der Inspektor ihm zeigte, und brach in Gelächter aus.

»Die Wohnung, die ich dem Mädchen aufgrund meiner Beziehungen zu ihrer Familie angeboten habe, könnte mir das Doppelte einbringen.«

»Und das Gehalt?«

»Der Geschäftsbetrieb liegt in der Hand von Signora Veneziani. Fragen Sie sie.«

»Signora Pitzalis, die Nachbarin, hat das Opfer kontrolliert. Haben Sie dafür gesorgt? Erstattete Signora Pitzalis auch Ihnen Bericht oder nur dem alten Herrn Schepis?«

Signor Springolo tat, als hätte er nichts gehört, und blickte Stucky vielmehr direkt in die Augen, als würde er auf eine wirkliche Frage warten.

Da klingelte das Handy des Inspektors.

»Signor Inspektor? Ich habe sie alle hier, in Ihrem Büro. Sie sind nervös ...«

»Die Verkäuferinnen? Ich komme ...«

Stucky dankte Signor Springolo für das Gespräch und ließ ihn, mit gleichmütiger Miene am Tisch sitzend, zurück.

Landrulli hatte die Stühle perfekt aneinandergereiht und so weit vom Schreibtisch entfernt aufgestellt, dass der Inspektor die Mädchen, sobald er es sich seinerseits bequem gemacht haben würde, alle im Blick hatte, während sie sich, von den Fußsohlen bis zu den Haarspitzen, unter Beobachtung fühlen mussten.

»Rückt näher zu mir!«, sagte dagegen Stucky. »Dies ist eine vertrauliche Angelegenheit ...«

Erstaunt schoben die Verkäuferinnen die Stühle einen Meter weiter nach vorn, ganz dicht zu seinem Schreibtisch.

»Ich weiß, dass ihr die Sache mit den Attacken inszeniert habt«, sagte der Inspektor fast im Flüsterton.

Schweigen. Er ging davon aus, dass die Ricci sie bereits vorgewarnt hatte. Mit noch leiserer Stimme fuhr er fort: »Womöglich hattet ihr eure Gründe. Zum Beispiel um gegen die Öffnung der Geschäfte an den Feiertagen oder gegen die Verlängerung der Öffnungszeiten zu protestieren. Oder ihr seid Menschen, die sich sehr stark mit ihrer Arbeit identifizieren, ihr seid besorgt, dass die Geschäftstätigkeit eurer Läden ins Stocken geraten könnte, und habt geglaubt, dass ihr auf ein etwas makabres Interesse bauen und auf diese Weise einen Aufschwung bewirken könntet. Das hat zweifellos geklappt. Niemals sind so viele Leute im Zentrum unterwegs gewesen wie in diesen Tagen. Doch jemand hat sich die Unruhe, die ihr provoziert habt, zunutze gemacht, und nun weilt Signorina Schepis nicht mehr unter uns.«

Die Spannung war mit Händen zu greifen; eines der

Mädchen schluchzte nervös auf und verschmierte mit einer unkontrollierten Handbewegung das sorgfältige Make-up um das rechte Auge. Nur Signorina Bergamin blickte Stucky direkt an.

»Und, wenn ihr erlaubt, möchte ich dem hier anwesenden Agente Landrulli gern erzählen, wie die Sache gelaufen ist. Ich gehe davon aus, dass ihr alle darüber informiert seid ... Signorina Leonardi, die eine gewisse – übrigens auf Gegenseitigkeit beruhende – Sympathie für meinen Kollegen Martini hegte, hatte bei einem der Besuche, die sie ihrem Onkel, dem Kommissar, abstattete, vertrauliche Mitteilungen über anonyme Anrufe aufgeschnappt. Unser Martini selig hat die Sache nicht ernst genommen, die Anzeigen in eine kleine Mappe abgelegt und gehofft, dass die Angelegenheit bald vergessen würde.

In gewisser Hinsicht hatte er recht: Wahrscheinlich sind alle telefonischen Belästigungen dem heißblütigen Magister Manzoni zuzuschreiben, und es ist klar, dass der alte Herr niemandem, wirklich niemandem, durch die Laubengänge und Gassen der Stadt hätte folgen können. An diesem Punkt nun, lieber Landrulli, ist etwas Merkwürdiges passiert: Signorina Bergamin hatte ebenfalls so einen lästigen Anruf erhalten, und als sie sich mit Signorina Leonardi darüber unterhielt, kam ihr eine hübsche Idee. Die Versuchung muss tatsächlich groß gewesen sein! Jemand erhitzt sich so sehr, dass er den Belästiger spielt, und damit bietet sich eine Gelegenheit auf dem Silbertablett dar: So könnte man ein bisschen Wirbel um eine noble Tätigkeit machen und sie dadurch aufwerten. Signorina Bergamin, der ich auch große Träume zutraue, hat mithilfe ihres Bibliothekar-Freundes und dieser kleinen sympathischen Gruppe miteinander befreundeter Kolleginnen eine regelrechte Weihnachtsaufführung geplant: eine Serie vorgetäuschter Attacken durch sportliche Delinquenten, die so gut trainiert waren wie der Läufer und Olympiasieger Pietro Mennea zu seinen besten Zeiten. Ein Riesenspaß das Ganze! Wer weiß, wie oft ihr euch hinter dem Rücken des armen Inspektor Stucky amüsiert habt! Euch all diese Dinge auszudenken: eine Praline in der rechten Tasche und eine in der linken Tasche; ein Turnschuh und ein Militärstiefel ....«

Er hielt inne, um Atem zu schöpfen.

»Wer ist eigentlich auf die fantastische Idee mit den Pralinen gekommen?«, fragte er schließlich.

Signorina Ricci hob den Finger.

»Bravo, Signorina Ricci! Das war eine Finesse, die uns viel Hirnschmalz gekostet hat! Wäre da nur nicht die Sache mit der Schepis gewesen. Bekanntlich eröffnen manche Vorfälle auch ungeahnte Chancen. Natürlich wisst ihr genau, dass die Vortäuschung einer Aggression als Straftat gewertet wird. Aber jetzt besteht die Möglichkeit, dass ihr die Gesellschaft entschädigt. Deshalb bitte ich euch um Folgendes ...«

»Sind Sie sicher, dass das funktionieren wird?«, fragte Landrulli nach Beendigung des langen Gesprächs.

»Sie werden sich wie Schülerinnen benehmen, du wirst schon sehen. Besorge dir bitte die Ausdrucke mit den Telefonverbindungen der Schepis. Und ...«

»Ja?«

»Ich bin immer mehr davon überzeugt, dass die Schepis noch eine andere Wohnung hatte. Prüf nach, wer der Empfänger dieser monatlichen Zahlung war.«

Er fragte sich auch, aus welchem Grund eine junge Frau eine Rechnung des Hotel Cipriani beglichen haben sollte. Eine Frau, die eine Hotelrechnung selbst bezahlte, war etwas Neues für ihn. Vielleicht eine Generationenfrage.

Bis Asolo würde er weniger als eine Stunde brauchen.

Stucky fuhr gemächlich mit dem Auto in Richtung Possagno und gelangte dann, zwischen sanften Hängen und über kurvenreiche Straßen, sozusagen durch den Hintereingang nach Asolo. Wenn es in dieser Gegend einen Ort gab, in dem der Rest einer zauberhaften Landschaft und das Gefühl stehen gebliebener Zeit überlebt hatten, dann war es wohl am ehesten Asolo – ein Städtchen, eingebettet in eine Umgebung, in die sich die sklerotischen Verkehrsadern der Ebene noch nicht hineingefressen hatten.

Er stellte den Wagen an einer Auffahrt ab und ging mit Genuss bis zum Ortseingang zu Fuß weiter. Villen und Parks säumten die Straße, und in der Luft lag eine Stille, die nur von den Rennradfahrern unterbrochen wurde, die, die Schwerkraft nutzend, die Straße hinunterschossen. Und bald darauf tauchten die alten Bauten auf, die wuchtigen Palazzi, verziert mit Balkonen, Firstbalken und all jenen Details, die das Auge auch jener Betrachter erfreuen, die nichts von Architektur verstehen.

Sobald er links in eine kleine Straße eingebogen war, bemerkte er das Schild des Hotels Cipriani, und auch der Luxusschlitten, der hier abgestellt war, bewies, dass er an der richtigen Adresse war. Stucky zog es vor, nur einen kurzen Blick auf den Eingang zu werfen und sich zunächst ein Bild von der Umgebung zu machen.

Er war seit einigen Jahren nicht mehr in Asolo gewesen, nämlich seit er in seiner Freizeit den Routen der wandernden Antiquitätenmärkte gefolgt und von einer Ausstellung zur anderen gezogen war. Die Gemeinde hatte viel unternommen, um sich vor gierigen Baulöwen zu schützen, vor Abbruchfirmen, Architekten und Landvermessern, vor all diesen Vasallen im Dienst der modernen Macht des Betons. Ruhig und unbeirrt beharrte sie auf ihrer althergebrachten Ordnung und gab den eindringenden Immobilienleuten nur in homöopathischen Dosen nach. So fand Stucky an der Ecke immer noch denselben stilvollen Laden mit Füllfederhaltern und kostbaren Papieren vor, weiter unten den Brunnen, oben die Piazza mit dem Parkplatz, den Bäumen, den Arkaden und den Fassaden einiger herrschaftlicher Palazzi.

Man begriff sofort, dass das städtische Gefüge von standhaften Grundbesitzern verteidigt wurde, die den eigenen exklusiven Geschäften nachgingen und die nie, höchstens einmal im Ausnahmefall, die eigenen Schätze einer Schar entlohnter Verkäuferinnen anvertrauten. Ob Juwelen oder Textilien, Möbel oder sonstige Kostbarkeiten zu verkaufen waren – in jedem Laden war das Gesicht eines Inhabers zu sehen, der sich des Privilegs dieses Standorts vollauf bewusst war.

Die Eisdiele vor dem Brunnen auf dem Platz hatte noch Tischchen im Freien stehen; dort saßen, in der Wintersonne, Herren mit Hut und exquisit gekleidete Damen, Engländer, Amerikaner und vermögende Deutsche. Alle entzückt von diesem Kleinod, dieser Stadt zwischen den Hügeln.

Stucky setzte sich, genoss einen mild schmeckenden Espresso und die sichtliche Ruhe. Eine normale Verkäuferin hätte einen Aufenthalt im Cipriani nicht einmal in Betracht ziehen, geschweige denn eine Rechnung des Hotels bezahlen können. Dennoch ließ diese Tatsache seine Wertschätzung für Signorina Schepis weiter wachsen, weil sie sie noch in ein anderes Licht rückte und ihn in seiner Überzeugung bestärkte, dass diese Frau mit einem ganz besonderen ästhetischen Sensorium ausgestattet gewesen war.

Er ließ sich Zeit, fast so, als erwarte er sich vom Cipriani nur schlechte Nachrichten. Doch schließlich musste er sich, bevor die Sonne sich zu weit senkte, in sein Schicksal fügen und die Rezeption des prestigereichen Hotels, einer Dependance einer Kette von Luxusunterkünften für gut betuchte Touristen, betreten.

Stucky löste eine unmerkliche Welle des Staunens aus, als er die Schwelle ohne jegliches Gepäckstück überschritt, ohne Begleitung eines *Chaperon* oder irgendeines anderen Symbols, das den Geist eines Menschen, der die Länder Europas zu seinem Vergnügen bereist, verkörpert hätte.

»Inspektor Stucky«, stellte er sich dem Betressten hinter dem Tresen vor.

»Wie kann ich Ihnen behilflich sein?«

»Ich möchte mit einem Verantwortlichen sprechen.«

»Verantwortlich wofür?«

»Für alles ...«

»Dann also Signor Maestrali.«

»Signor Maestrali klingt perfekt.«

Stucky wurde durch ein prachtvolles Atrium in den Bereich geführt, der den administrativen Funktionen diente, und aufgefordert, in einem herrlichen Sessel im Stil des 18. Jahrhunderts Platz zu nehmen. Die vornehmste Wartegelegenheit seiner ganzen bisherigen Existenz.

Signor Maestrali war, wie er so aus der Bürotür heraustrat, tatsächlich eine perfekte Erscheinung. Man hätte ihn sich niemals in Pantoffeln vorstellen können. Kerzengerade Haltung, sicherer Blick und absolut nicht verärgert über die Aussicht, nun einen kleinen Teil seiner Zeit einem Polizisten widmen zu müssen. Mit verständnisvoller und einladender Miene winkte er ihn in sein Büro. Dieses war, was den Einrichtungsstil und die Ausstattung anging, erstaunlich modern.

»Wir stehen mit der Welt in Verbindung«, sagte er,

während er zusah, wie Stucky den Bildschirm und andere IT-Geräte begutachtete. »Ich entschuldige mich dafür, dass ich Ihnen nur begrenzte Zeit zur Verfügung stehe. Aber ich werde alles in meiner Macht Stehende …«

»Es geht um einen auf Ihr Haus ausgestellten Scheck. Unterschrieben von einer Signorina Schepis.«

»Der jungen Dame, die vor ein paar Tagen ermordet wurde.«

»Erinnern Sie sich an sie?«

»Ich erinnere mich an alle unsere Gäste! Die Nachricht von ihrem unglückseligen Tod löste große Trauer in mir aus …«

»Ich meine: Erinnern Sie sich auch daran, wie sie aussah?«

»Eine dunkelhäutige, faszinierende Frau.«

»Der Betrag auf dem Scheck …«

»Ich sehe gleich nach. Ich nehme an, es ging um einen kurzen Aufenthalt in unserer Hotelanlage.«

Er setzte sich an den Tisch, an den Computer.

»Richtig. Zwei Übernachtungen, am 4. und am 5. Dezember.«

»War sie in Begleitung?«

»Nein. Sie war die ganze Zeit über allein. Sie ist am Samstagabend angekommen und den ganzen Sonntag geblieben. Am Montagmorgen ist sie abgereist.«

»Merkwürdig …«

»Es kommt vor, dass sich ein Gast den Komfort eines Doppelbettes gönnen möchte …«

»Ihre Einzelzimmer sind nicht komfortabel?«

»Wir haben gar keine Einzelzimmer, Signor Inspektor.«

»Das ist aber eine beträchtliche Ausgabe. Und Signorina Schepis war Verkäuferin. Wie viele Verkäuferinnen logieren denn im Jahr bei Ihnen?«

»Das ist eine Frage, die uns in Verlegenheit bringt. Wir stellen nämlich keine Nachforschungen über die Berufe unserer Gäste an.«

»Zwei ... drei?«

»Überhaupt keine, nehme ich an. Mit Ausnahme von Signorina Schepis, wenn zutrifft, was Sie behaupten ...«

»Hat sie auch bestimmt niemand vom Personal in Begleitung gesehen? Mit einem Freund, einer Freundin ...«

»Ich glaube, nein.«

»Aber woher wollen Sie das wissen? Sie werden doch nicht hinter jedem Gast herlaufen, hoffe ich ...«

»Wir sind diskret. Das heißt aber nicht, dass wir blind sind.«

»Mit anderen Worten: Ihnen entgeht nichts.«

»Nichts. Auch wenn wir – und das muss ich noch einmal betonen – die strikteste Diskretion wahren ...«

»Könnte ich bitte – natürlich unter Wahrung der striktesten Diskretion – das Zimmer sehen, in dem die arme Signorina Schepis gewohnt hat?«

Über Signor Maestralis Gesicht huschte ein Lächeln. Stucky hatte den Eindruck, dass er nicht den geringsten Anstoß an seiner Frechheit nahm, und erlaubte sich deshalb, noch die Frage hinterherzuschieben, ob sich die Schepis während ihres Aufenthalts elegant gekleidet habe und ob sie ihm nervös oder einfach nur glücklich vorgekommen sei.

»Wie hätte sie sich sonst kleiden sollen?«

»Leger ...«

»Sie wirkte irritiert, das schon.«

»Eine verpasste Chance ...«

Das Zimmer lag im zweiten Stock, am Ende eines geräumigen Flurs, der mit einem weichen, die Schritte dämpfenden Teppich ausgelegt war. Die Zimmernummer war makellos vergoldet, die Tür mit Zierleisten versehen. Signor Maestrali öffnete sie so routiniert, als hätte er sich auf ein Fingerschnipsen beschränkt. Stucky hatte noch nie ein Hotelzimmer dieser Art gesehen und blieb verwirrt auf der Schwelle stehen.

»*Complimenti*!«, brachte er gerade noch über die Lippen, und der Mann freute sich über die Wirkung.

»Besten Dank, Signor Inspektor.«

»Signor Maestrali … Wenn dieses Zimmer frei ist, würde ich es gern für diese Nacht beziehen.«

»Kreditkarte?«

»Mit Quittung?«

»Selbstverständlich.«

Nicht dass er die Gewohnheit gehabt hätte, sich wegen eines so großen Luxus in Unkosten zu stürzen. Er musste sich aber eingestehen, dass diese Signorina Schepis ihn über die Maßen neugierig gemacht hatte.

Er glaubte, dass er sich zumindest eine Zahnbürste und ein bisschen Zahnpasta besorgen müsse. Aber fast, als hätte es seine Gedanken gelesen, klopfte ein Zimmermädchen an der Tür und überreichte ihm mit der Bemerkung, dass Signor Maestrali sie um eine eilige Übergabe gebeten habe, ein Etui aus dunklem Leder, das bis zum Rand gefüllt war mit Gegenständen für die persönliche Toilette, einschließlich eines fantastischen Rasierpinsels, eines duftenden Rasierschaums und eines Rasiermessers mit Horngriff.

Dinge aus einer anderen Zeit. Er bedankte sich bei dem Zimmermädchen.

»Sind Sie auf diesem Stockwerk tätig?«, fragte er sie.

»Ja, Signore.«

»Haben Sie jemals diese junge Frau gesehen?« Er zeigte ihr das Foto der Schepis.

»Ja, Signore. Vor ungefähr zehn Tagen.«

»Genau. Erinnern Sie sich, ob Sie sie mit jemandem zusammen gesehen haben?«

»Nein, Signore. Ich weiß, dass sie hier zu Abend gegessen hat. Allein.«

»Ist sie danach ausgegangen?«

»Das weiß ich nicht, Signore.«

»Welcher Schicht sind Sie zugeteilt?«

»Ich bin bis dreiundzwanzig Uhr hier, Signore.«

»Sie haben sie nicht weggehen sehen. Aber nach dreiundzwanzig Uhr …«

»Am Abend gehen alle aus, Signore.«

Stucky legte sich auf das Bett und betrachtete die Decke so, wie sie die Schepis betrachtet haben musste, die eine besondere Begegnung geplant hatte, zu der es vermutlich nicht gekommen war. Er ließ seinen Gedanken freien Lauf. Warum ist eine Verkäuferin an diesen Ort gekommen, an dem reiche Weltenbummler aus England und Amerika und Schöngeister aus Deutschland und Ungarn Station machten? Ein reicher Liebhaber? Ein Liebhaber, der sie versetzt hat? Der alte Springolo?

Gab es einen besonderen Anlass, um irgendetwas Wichtiges zu feiern?

Er ging in den Salon hinunter und freute sich, die Herrschaften aus der Welt des Luxus ein klein wenig ausspionieren zu können. Sie unterschieden sich tatsächlich von den Normalsterblichen, den Alltagsmenschen. Paare, in erlesene Stoffe gekleidet, dazu passendes edles Leder und farblich abgestimmte Accessoires. Sie waren, um sie mit einem Wort zu charakterisieren, perfekt. Die untadelig frisierte Frau, die Dame mit dem funkelnden Blick, ein hoch aufgeschossener Mann, der locker ein Bein über das andere schlug und das obere ein wenig wippen ließ. Zu zweit auftretende Geschäftspartner, zwei Banker, ein Reeder, dem der Fahrtwind noch durchs Haar zu blasen schien, drei junge Teilhaber eigener Firmen. Die Reichen und die Schönen. Und alle mit diesem seligen Gesichtsausdruck, grundlos nachdenklich, aber entspannt und entzückt, in diesem kleinen Hafen inmitten der Hügel gelandet zu sein.

Der Kellner schlug von Berufs wegen einen abendlichen Aperitif vor. Manche schwebten schon in Richtung Speisesaal, wenn man den der Nahrungsaufnahme dienenden Raum hier überhaupt so nennen durfte, denn Tafel- oder Bankettsaal wäre, angesichts der glänzenden Gläser und Silberbestecke, wohl die angemessenere Bezeichnung.

Stucky überlegte, dass er wahrscheinlich der erste Polizist war, der im Cipriani zu Abend speiste, und das auch nur, weil die einzige Verkäuferin, die sich hier aufgehalten hatte, einem Mord zum Opfer gefallen war.

Und wenn es Signor Maestrali gewesen wäre? Bei diesem Gedanken musste er vor sich hin kichern.

Auch die Schepis war bedient und mit Respekt behandelt worden. Sie wird mit dem gleichen Appetit gegessen haben, angesichts des hier gebotenen Niveaus. Und nicht nur das: Sie wird die ästhetische Qualität der Tischdekoration geschätzt haben, die den Eindruck von Sorgfalt und Erfindergeist vermittelte. Große Vermittler auch die Leute in der Küche. Qualität statt Quantität. Er zögerte wegen des Weins; hier war Vorsicht geboten.

Trotz der winterlichen Kälte war im Ort am Abend allerhand los. Stucky stellte fest, dass es in den Lokalen viele Stammgäste gab, und vom Besitzer einer Bar, der in seinem früheren Leben Önologe gewesen war, erfuhr er, dass in den Villen häufig Begegnungen zwischen Einheimischen und *foresti* stattfanden, die hier nicht als solche betrachtet wurden. Und dass diese Zusammenkünfte die Grundlage für Freundschaften, Gedankenaustausch und Diskussionen bildeten, genau wie in den großen Salons früherer Zeiten.

Die Schepis hätte in einem dieser Salons ein- und ausgehen, einen *rentier* bezirzen und ihn dann sitzen lassen können, woraufhin dieser sich vor Eifersucht verzehrt hätte.

Stucky saß auf einem zu einer Sitzgelegenheit umfunktionierten Weinfass, knabberte an geröstetem Gebäck, kostete von einem köstlichen rubinroten Wein und fühlte sich unwiderstehlich zu amourösen Hypothesen hingezogen, zu Geschichten emotionaler und erotischer Intrigen, und er schämte sich dafür. Und je mehr er von dem Wein kostete, desto mehr schämte er sich.

Als er beschloss, ins Hotel zurückzukehren, und in den oberen Etagen der Palazzi die Lampen brennen und andere Lichter am undeutlich erkennbaren Hang blinken sah, war seine Stimmung bereits von leichter Bitterkeit getrübt.

Unerwartet überreichte ihm der Mann an der Rezeption einen Brief von Signor Maestrali, der sich zu dieser späten Stunde bereits in seine Gemächer zurückgezogen hatte.

Ich möchte Sie noch auf eine Kleinigkeit aufmerksam machen, die ich vorhin außer Acht gelassen habe. Signorina Schepis hatte einen Autodienst vom Bahnhof in Mestre bis zum Hotel vorbestellt. Für genau neun Uhr dreißig am Sonntagmorgen. Die Fahrt kam nicht zustande, da sich kein Kunde meldete. Ich hoffe, Ihnen hiermit gedient zu haben.

Stucky ging unter den diskreten Blicken des Personals in sein Zimmer hinauf und wich auf den Fluren manch stummer Gestalt aus, die hier sicher nicht rein zufällig herumschlich.

Er schlief auf derselben Matratze ein, auf der Jolanda Schepis in ihrer Einsamkeit geschlafen hatte.

»Wir haben das erste Weihnachten seit Aufnahme unseres Betriebs gefeiert. Für unsere Familie ist Weihnachten das wichtigste Fest des Jahres, für alle mit viel Gefühl beladen. Mit sehr viel Gefühl. Finanziell standen wir gut da, kein Grund, das zu leugnen. Besser als mit der Kiesgrube. Besser als Zahnarzt zu sein, sagte die Großmutter. Ich habe einen Trinkspruch ausgebracht.

Am Donnerstag, dem 9. Januar, haben wir dann vierhundert Meter von unserem Grundstück entfernt, auf dem der Cavasins, eine große Unruhe bemerkt. Dort waren Autos, ein paar Lastwagen und ein Bagger aufgefahren, und man sah einen ganzen Trupp Arbeiter und, was das Schlimmste war, einen Herrn mit einem aufgefalteten Plan in den Händen. Ich war gerade unterwegs, um die Deponie in Betrieb zu setzen, da sehe ich diese Prozession und dazu diesen Mann, der wie ein Ingenieur auftrat. Ich bremste ab. Einer der Lkws trug die Aufschrift ›Baufirma Foltran‹. Mir lief es kalt den Rücken hinunter. Kaum war die Mamma da, habe ich sie ins Rathaus geschickt, um herauszufinden, ob die dort irgendeine Baugenehmigung erteilt hatten.

Keine Eigentumswohnungen, sagte die Mamma beruhigend. Sie errichten eine Verbrennungsanlage.

Ach gut, habe ich mir gesagt. Dann vertreten wir zwei unterschiedliche Sektoren der Entsorgungsindustrie, und während ich dieses Wort, Industrie, noch im Ohr hatte, begriff ich, was das Problem war, und habe meine Deponie angeschaut, die Fläche mit den Hügeln, die an die sanften Abhänge von Ruanda erinnerten, die offenen Fronten verrotteter Abfälle, die Fumarolen, die Schornsteine, die rauchten, das Gärungsgas, und habe kapiert, worum es ging: Wir wa-

ren nichts anderes als ein Loch, in das wir den in Plastikfolie gewickelten Müll hineinwarfen. Ein Riesenloch. Und dort, praktisch neben uns, errichtete man jetzt ein technisches Ungeheuer, einen ganzen Wald aus Röhren, Kesseln und Kaminen, mit Manometern, elektrischen Drähten, Schalttafeln, Kontrolllampen und Sensoren; mit elektronischer Kontrolle, Tabellierung von Daten, spektrofotometrischen Analysen und anderem Teufelszeug. Teufelszeug, jawohl! Wie ein Höllenschlund, der an der Oberfläche auftaucht, an der völlig falschen Stelle.

Diese Hölle würde erst einmal die leicht entflammbaren Dinge verbrennen, die Kartoffelsäcke, die Omnibusfahrkarten, Schalen von Orangen und Haselnüssen. Dann würden sie expandieren: Plastik, Holz und wer weiß, vielleicht auch Keramikscherben und Mörtelstücke würden in diesem Brennofen landen, möglicherweise auch Autowracks; die Metallteile würden in separate Container geschüttet, zusammengepresst und an die Industrie zurückgeschickt. Die Leute von der Industrie würden sich freuen, sie würden ihnen den ›Cavaliere‹-Titel verleihen und sie mit Huldigungen und Artikeln in den Zeitungen überschütten. Denn warum den Müll zerkleinern und ihn zu guter Letzt auf eine Deponie werfen? Warum sollte man ihn nicht gleich in die Hölle schicken, eine Stichflamme und, zack!, weg ist er, und alles geht zurück auf null, alles wird getrennt und wiedergewonnen …

Ein Albtraum!

Ich beobachtete die Schnelligkeit, mit der die Konkurrenz vorging. Lastwagen luden Materialien ab, Rohre und Blechteile. Das Grundstück wurde eingezäunt, Schilder wurden aufgestellt. Die Fundamente wurden an einem Vormittag gegossen, die ersten Mauern am Tag darauf hochgezogen, dann der Schornstein, der sich wie eine Riesenzigarre in die Höhe reckte. Die Arbeiter, nimmermüde, liefen von einem Teil zum anderen, unter der Leitung jenes distinguierten Herrn, der wie ein Ingenieur aussah. Immer derselbe. Tag und Nacht. Er mit seinen Plänen, sorgfältig auseinander- und zusammengefaltet. Mit aufgeschlagenen Plänen, mit Plänen unter dem Arm, mit Plänen, die Richtung Himmel oder irgendwo in die Ferne deuteten – in die Zukunft.

Zum Teufel mit ihm, dachte ich. Dieses ganze Getümmel lenkte mich ab. Die Lastwagen mit den Abfällen fuhren direkt an meiner Nase vorbei, und ich sah sie nicht einmal. Ich rollte wie gelähmt und abgestumpft mit meinem Kompaktor auf meinen Hügeln herum, wie in einem Karussell, beschallt von Musikgedudel. Um ein Haar hätte ich die Mamma und ihre Hunde untergepflügt, die sich immer noch mit den Möwen beschäftigten. Ich wich ihnen aus, und die Mamma schrie. Immer diese Schreierei, typisch Frau. Nie kapieren sie, welche Gedanken sich im Kopf eines Mannes einnisten, der als Unternehmer die Verantwortung trägt.

Von oben, vom Hügel herunter, sah ich das unaufhaltsame Fortschreiten der Arbeiten an der Verbrennungsanlage. Schon waren sie dabei, den Platz und die Zufahrt zu asphaltieren, die an die Landstraße angeschlossen werden sollte. Ihre Lkws würden sich unter unsere mischen. Das würde ein unbeschreibliches Tohuwabohu geben. Ich schrieb an den Stadt- und Straßenbaudezernenten: Haben Sie an den Verkehr gedacht, der entstehen wird, wenn aufgrund der Verbrennungsanlage die Zahl der Fahrzeuge zunimmt?

Selbstverständlich, hat dieser geantwortet, und wir haben beschlossen, Ihnen an jedem zweiten Tag, mit Ausnahme von Sonntag, Zugang zum Gemeindegebiet zu gewähren.

Es war, als hätte sich ein planetarischer Möwenschwarm auf unsere Mülldeponie gestürzt.

Zu dieser Frage musste ich eine Familienkonferenz einberufen.

Die Sache ist die, habe ich gesagt, dass sie die Spielregeln ändern: Es könnten harte Zeiten auf uns zukommen. Dann verbrennen wir die Brennöfen, hat die Nonna gesagt, durch ihre Sprechkanüle. So zumindest habe ich sie verstanden. Nein, wir sind noch nicht im Krieg. Bewahren wir die Ruhe. Reagieren wir erst dann aggressiv, wenn die von der Verbrennungsanlage uns das Geschäft versauen. Dann bekommen sie eine vor den Latz. Alles klar?

Mit großem Pomp haben sie dann die Müllverbrennungsanlage eingeweiht. Die Vertreter der Behörden von Kommune und Provinz waren da, Abgeordnete, Unternehmer und gut gekleidete Leute, und irgendwann haben sie etwas in den Verbrennungsofen getan, und man hat die erste Rauchfahne aus dem Schornstein aufsteigen sehen.

›Und der soll die Umwelt vielleicht nicht verpesten?‹, habe ich gesagt und am nächsten Tag einen Brief an das Umweltdezernat geschrieben und dargelegt, dass ich mich als Bürger von den Gasemissionen bedroht fühlte, die die Verbrennungsanlage in die Atmosphäre stieß. Der Mann hat mir dann geantwortet, dass es sich um einen Testlauf gehandelt habe, sie hätten nur Lumpen verbrannt, und, um mich zu beruhigen, ließ er mich wissen, dass rigorose Kontrollsysteme vorgesehen seien. Er ergriff außerdem die Gelegenheit beim Schopf, um mich zu warnen, dass das örtliche Gesundheitsamt seinem Dezernat mitgeteilt habe, dass die von unserem Labor eingesandten Analyseergebnisse nicht sehr vertrauenswürdig erschienen.

Dann bin ich zu Filiberto gelaufen und bin, im Gegensatz zu sonst, nicht auf der Schwelle stehen geblieben, sondern habe die Tür zu seinem Kabuff aufgerissen, bin hinein und gleich wieder heraus, um nach Luft zu schnappen, denn im Analysebüro war überhaupt kein Labor, nur Regale vol-

ler Bücher, ein Schreibtisch, ein Schaukelstuhl, und Filiberto saß da, in ein Buch vertieft. Und was war mit den Analyseresultaten?

Er hatte zehn Variationen, für die verschiedenen Abfallarten, und die hatte er dann jeweils fotokopiert, Dutzende von Fotokopien, unter die er lediglich das Datum und seine Unterschrift gesetzt hatte. Seit über einem Jahr schickte er dem örtlichen Gesundheitsamt also Fotokopien von Gutachten, die alle gleich waren.

›Warum hast du keine Analysen gemacht?‹ Ich brachte gerade noch die Kraft auf, ihm diese Frage an den Kopf zu werfen.

›Weil Analysen zu machen so ist, als würde man versuchen, in der Geschichte einen Sinn zu finden, und einen Sinn in der Geschichte zu finden ist, als würde man versuchen, zwischen den Wolken Figuren auszumachen …‹

›Du bist gar kein Chemiker …‹

›Universitätsabschluss in Philosophie.‹

›Aber wenn wir doch in einer Krise stecken!‹

›Eben.‹

›Wir sind ruiniert!‹

Ein Abgrund. Wir standen am Rande des Abgrunds. Die Konkurrenz erhob sich wie ein Ungeheuer aus dem Meer, und mein Labortechniker hatte, ohne mein Wissen, das örtliche Gesundheitsamt betrogen, und zwangsläufig wäre jetzt eine Inspektion fällig, und unser Betrieb würde durch eine gewaltige Geldstrafe in den Ruin getrieben.

Ich geriet in Versuchung, Filiberto zu packen und in einer der Parzellen der Deponie zu versenken, aber mir fiel ein, dass er vielleicht Familie hatte. Möglicherweise würde jemand Verdacht schöpfen. Also dann Entlassung. Aber warum eigentlich?, überlegte ich. Er war zuverlässig gewesen, in gewisser Hinsicht jedenfalls. Für das Geld, das er verlangt hatte, hatte er nur die Fotokopien gemacht. Und den Rest wahrscheinlich einfach behalten. Aber sein Budget hatte er nie überzogen. Alles in allem also ein korrekter Typ.

Ich ließ den Blick zum Horizont schweifen, innerlich bereit, jederzeit das Dienstauto der Inspektoren des Gesundheitsamts auftauchen zu sehen, und gleichzeitig beobachtete ich die schwarze Silhouette der Müllverbrennungsanlage, die die aufgehende Sonne verdeckte und seit dem ersten Morgengrauen eine dünne Rauchfahne ausstieß. Ich folgte mit dem Blick dem Verlauf dieser bösartigen Emission, die hoch und höher stieg, sich immer weiter verdünnte, um sich schließlich in der Luft zu verlieren und manchmal seltsame Formen anzunehmen, sie kräuselte sich, verästelte sich plötzlich, zerfiel in gerade Abschnitte, die mal parallel zum Boden dahinzogen, mal senkrecht in den Himmel aufstiegen wie ein Überschalljet. Da ist mir die Idee gekommen, dass es zwischen dem, was verbrannt wurde, und der Form, die der Rauch bildete, einen Zusammenhang geben könnte. Ich habe Antonietta gesagt, dass sie sich Notizen über den Rauch machen sollte: Wir werden die Konkurrenz unter Druck setzen. Mit einem Skizzenheft habe ich sie auf einem Stuhl vor dem Tor der Deponie Posten beziehen lassen, damit sie die verschiedenen Formen des Rauchs aufzeichnete. Die Mamma habe ich wieder mit dem Wiegen und dem Kassieren der Gebühren beauftragt, zumal die Hündin inzwischen alles allein schaffte und die Welpen längst groß waren. Während Antonietta den Himmel betrachtete, vergaß sie sich aber und dachte, die Nase in der Luft, an wer weiß was. Der Hintergrund verführte sie zum Fantasieren. Innerhalb von zwei ganzen Tagen hatte sie kein einziges Wölkchen hingekritzelt, während die Verbrennungsanlage in dieser Zeit zentnerweise Dreck in die Luft gepafft hatte.

Dann habe ich Antonietta wieder an die Waage gesetzt,

die Mamma zum Waschen der Lkw-Reifen und die Nonna zum Rauchzeichnen abkommandiert. Ich wusste ja, dass sie eine künstlerische Ader hatte. Manchmal frage ich mich, ob heute überhaupt noch Frauen dieses Schlags auf die Welt kommen beziehungsweise was aus ihr hätte werden können, wenn sie von adliger Geburt oder zumindest eine wirklich reiche Frau gewesen wäre. Sie hätte sich durch Stählung zum Herrschertyp entwickelt, zu einer Frau, die keine Zeit damit verplempert hätte, die Wäsche anderer Leute zu waschen, und sich nicht damit begnügt hätte, am Fenster zu sitzen und den Kutschen und den Automobilen zuzuschauen; eine, die dem Herrn des Hauses nicht die Unterhosen gewaschen oder den Brandy in den Kaffee gegossen hätte. In ihrem Fall schaffe ich es, eine solche Natur zu tolerieren. Sie hat etwas im Blick, eine besondere Kraft in den Händen, wenn sie dich packt und an sich zieht, um dir irgendetwas zu sagen, fast, als würde sie deine ganze Aufmerksamkeit für sich beanspruchen. Sie erzählt von ihrer Zeit, die davongeflogen ist, von ihrer Jugend, die sie auf dem Acker verbracht hat, mit Feldarbeiten, und von ihren Brüdern, vom Staub der Mühle und vom frischen Wasser, aber das alles sind Kulissen wie in einem Theater. Hinter diesen Erinnerungen verbirgt sich eine Nostalgie, ein schemenhaftes Leben; sie war woanders und hat uns nie gesagt, wo. Dann hat sie diesen Krebs in der Kehle entwickelt, ist operiert worden und spricht nur von Zeit zu Zeit, wobei sie die Finger auf diesen Stöpsel legt, den man ihr am Hals angebracht hat. Aber ihre Hand ist immer noch fest. Sie beobachtet den Rauch der Verbrennungsanlage und hält ihn mit wenigen Strichen fest, schreibt mit ihrer Schönschrift von anno dazumal, die gerundet ist und voller Schnörkel, das Datum der Zeichnung dazu.

Ich bin dann zur Konkurrenz, um denen meine Reverenz zu erweisen. Ein taktischer Zug, und ein wenig wollte ich auch einen noblen Willkommensgruß anbringen. Ich habe ein paar Flaschen Incrocio Manzoni mitgenommen, einen guten Weißwein, der sich für große Anlässe eignet. Dort waren fünf Verantwortliche, ein Angestellter und ein Wachmann. Der Angestellte und der Wachmann stammten nicht aus unserer Gegend. Ich habe herausgefunden, dass die Firma aus Mailand war, aus dem Westen also. Sie haben höflich getrunken, ohne große Begeisterung, und sind dann wieder zu ihrer Arbeit gelaufen, zu den Lastwagen, und der Angestellte im dunklen Anzug mit Krawatte hat zu mir gesagt: ›Es war mir ein Vergnügen, Signor Pierini‹, und das mit einem so spöttischen, so spitzen Unterton, der mir überhaupt nicht behagt hat. Er hat mir auch die Hand gegeben, eine kalte, teilnahmslose Hand, und auch während des Händedrucks hat er sich mir nicht angenähert, sondern ist eher zurückgewichen.

Sie waren also Mailänder. Für Mailand hatte ich noch nie was übrig. Dreckig und auf dem Bahnhof geht es zu wie im Tollhaus. Ich bin ein einziges Mal in Mailand gewesen, bei Verwandten. Sie waren in die Einöden der Lombardei ausgewandert und hatten unsere Gegend und ihre Wasserläufe, die Pappelwälder und den Hechtfang hinter sich gelassen, um in grauenhaften Möbelfabriken oder in großen Wurstfabriken mit angeschlossenen Schlachthäusern zu landen, wo sie Scheiße und Blut schippten, ein Ende, das für reinrassige Halbpächter mit Traktoren und Melonenfeldern ein unwürdiges Ende war. Nur mein Vater ist auf seiner Scholle geblieben, auch wenn er nicht lange brauchte, bis er begriff, dass der Boden nichts anderes war als eine Schicht Erde und dass sich darunter ein Haufen Kies befand und dass man zum Bau von Straßen und Häusern Kies brauchte, der viel begehrter war als der Ertrag eines wenige Hektar großen Maisfelds.

Den Kies haben die Flüsse auf ihrer Wanderung in die

Ebene mitgeführt. Der Kies ist etwas Natürliches. Aber er hinterlässt ein Loch, was konnte ich daran ändern?

Sie waren also Mailänder. Das erklärte auch die ganze Technik. Diesen Aufbau von Schornsteinen und Maschinen. Das liegt ihnen im Blut: Schornsteine und Maschinen bauen. Für das Land haben sie nichts übrig, im Gegensatz zu unseren Leuten hier. Sie sind für die Maschinen. Alle Leute aus dem Westen sind für die Maschinen. Die Mailänder und die Turiner: Maschinen. Der Angestellte, ein Mailänder, ein Spötter: Das ist seine Natur. Die Mailänder haben einfach dieses großherrschaftliche Gehabe. Als hätten sie das große Los gezogen und wir bloß Nieten. Außerdem kostet bei ihnen die Technik weniger, sie haben die Taschen voll mit Technik. Und das reiben sie uns unter die Nase.

Tja, das alles habe ich dann eines Abends in der Bar erzählt. Am Schluss war ich wirklich auf Hochtouren. Es war so lange her, dass ich ins Dorf hinunter, in die Bar, gegangen bin. Ich habe andere Laster. Und schließlich war die Sympathie zwischen mir und dem Dorf nicht mehr allzu groß. Aber ich konnte doch nicht einfach schweigend zusehen, wie wir uns in eine Mailänder Kolonie verwandelten. Die vier Stammgäste haben mir recht gegeben und gesagt, dass der Gestank der Deponie besser sei als der Rauch aus der Verbrennungsanlage. Der Barista hat mich, an die Theke gelehnt, aus der Ferne beobachtet. Er hat den Kopf geschüttelt. Man müsste etwas tun, habe ich vorgeschlagen. Aber was?

Direkt exponieren konnte ich mich nicht. Also war hier ein kleiner Appell an das moralische Empfinden vonnöten. Antonietta ist eine, die studiert hat und sich ausdrücken kann, und dann ist es auch Sache der jungen Leute, ihre Zukunft zu verteidigen. So haben sie und eine Freundin, zusammen mit deren Mamma, einer Katechetin, beschlossen, ein Plakat zu beschriften und ans Schwarze Brett der Pfarr-

gemeinde zu hängen, um die Umweltverschmutzungen anzuprangern.

›Wie? Etwa alle Umweltverschmutzungen?‹, habe ich Antonietta gefragt.

›Anders geht es nicht …‹

›Aber du stellst uns und die Mailänder auf ein und dieselbe Stufe? Wie lautete doch gleich dieser Satz? Hier: Es gibt Verschmutzungen, die wiegen schwer wie Berge, und andere, die sind leicht wie Federn.‹

›Wir werden eine Bürgerversammlung zu dem Thema befragen. Der Pfarrer wird die Initiative unterstützen.‹

›Mal eine angemessene Einmischung der Kirche!‹

Der Pfarrer hat sich gewaltig ins Zeug gelegt, um die Versammlung zu organisieren, und wer weiß welcher Engel ihn inspiriert hat. Die Ministranten sind von Haus zu Haus gezogen mit einem Zettel, auf dem das Problem dargelegt und das Datum des Treffens bekannt gegeben wurde: Freitag, 12. April, 20:30. Der Freitag nach Ostern.

Ein Treffen mit der Bevölkerung, mit dringlicher Einladung sowohl an die Betreiber der Deponie als auch an die der Verbrennungsanlage. Persönliche Konfrontation inklusive.

Am Karfreitag hat es die abendliche Prozession gegeben, und wir sind hingegangen, die ganze Familie wie ein Mann. Während wir durch das festlich beleuchtete Dorf zogen, ist mir eingefallen, wie ich mich als kleines Kind bei der Karfreitagsprozession amüsiert und mir mit meinen Altersgenossen einen Spaß daraus gemacht hatte, ganze Hände voll mit Steinen auf die Kerzen zu werfen, die reihenweise auf den Bürgersteigen aufgestellt waren, und sogar auf die Balkone, immer in der Hoffnung, dass jemand sich umdrehen und Feuer fangen würde. Aber jetzt waren wir hier, um die Mitbürger aufzustacheln. Kurzum, um unsere Sache zu vertreten und den Anlass zur Feier Unseres Herrn Jesus dafür zu nutzen. Jeder von uns hat sich um eine kleine Gruppe gekümmert, und als die Messe zu Ende war, haben wir in Grüppchen immer noch weiter unseren Standpunkt verteidigt, und die Gespräche haben sich lange hingezogen.«

»Hören Sie … kann ich Sie jetzt, nachdem ich Ihren wirklichen Nachnamen kenne, immer noch mit Ihrem Künstlernamen anreden?«

»Selbstverständlich, Dottore.«

16. Dezember

Das Telefon schaffte es tatsächlich, ihn aus dem Tiefschlaf zu reißen. Wie benommen knipste er die Lampe an und schaute auf die Uhr.

Viertel nach vier.

»Ja …«, brummte er.

»Entschuldigen Sie bitte, Signor Inspektor, dass ich Sie um diese Zeit störe.«

»Landrulli!«

»Das Krankenhaus hat angerufen. Ein Agente hat die Meldung entgegengenommen, aber weil er weiß, dass Sie nachts nicht gestört werden wollen … hat er mich angerufen. Ich bin auf dem Weg zum Krankenhaus. Aber angesichts der Situation habe ich gedacht …«

»Was ist passiert?«

»Schon wieder eine …«

»Bitte drück dich klarer aus!«

»Ich sage Ihnen das, was ich weiß: In der Notaufnahme ist gegen Mitternacht eine Frau in einem schlimmen Zustand eingeliefert worden. Wahrscheinlich von einem Auto angefahren, der Fahrer beging Fahrerflucht. Ein Mann hat, ohne Angaben zu seiner Person zu machen, das Krankenhaus verständigt, und das hat dann die Polizei informiert …«

»Ist sie tot?«

»Nein. Aber ich glaube nicht, dass es sich um einen Unfall handelt. Bei der Überprüfung der Dokumente des Opfers hat man festgestellt, dass sie im Handel tätig ist; im Krankenhaus befand sich ein Journalist, und der hat zwei und zwei zusammengezählt. Morgen kommt das auf die erste Seite …«

»Es gibt da doch noch etwas anderes, oder?«

»Wollen Sie wissen, wie die Frau heißt?«

»Signora Veneziani! Antimama hoch drei! Und ich bin in Asolo, und es dauert, bis ich zurück bin ...«

Die Hügellandschaft präsentierte sich bei der Abfahrt noch schöner als bei der Ankunft, wenn das überhaupt möglich war. Trotz seiner Gemütslage und der Eile, mit der er über die kurvenreichen kleinen Straßen brauste, sah Stucky, dass es am Himmel vor Sternen nur so wimmelte, und die Hecken, die Bäume, die Fassaden der Häuser strahlten eine reine Stille aus. Eine ungewöhnliche Nostalgie bemächtigte sich seiner.

Als er in Treviso eintraf, lag die Stadt größtenteils noch im Schlaf. Der Wachtposten am Polizeipräsidium zuckte zusammen, als er den Inspektor mit Riesenschritten hereinstürmen sah. Der arme Landrulli war bereits im Büro.

»Versuch bitte nicht, mir zu erklären, dass wir uns geirrt haben!«

»Signor Inspektor, was soll ich nun glauben?«

»Dass es eine Analogie ist. Ein Unfall, dessen Opfer zufällig eine Geschäftsinhaberin ist ...«

»Aber ausgerechnet die ...? Ausgerechnet die Kollegin der Schepis?«

»Das wäre schon möglich.«

»Und wenn der Mörder ihr den Mund versiegeln wollte? Weil sie zu viel wusste?«

»Auch das wäre möglich.«

»Und wenn es eine Folge der Wachsamkeit in der Stadt wäre? Der Mörder kann sich nicht erlauben, hier zuzuschlagen, also passt er sie an der Peripherie ab ...«

»Und fährt sie mit dem Auto an? Die Signorina Schepis legt er schön ordentlich ins Schaufenster, und die andere lässt er gegen seine Stoßstangen prallen? Also weißt du, Landrulli ...«

»Signor Inspektor, ich bin allmählich ganz wirr im Kopf.«

In Erwartung der Schlagzeilen hatte er sich schon vor dem Kiosk postiert, bevor dieser öffnete; die zusammengebündelten Zeitungsstapel lagen vor den Rollläden. Vom Serienkiller der Verkäuferinnen zu reden würde den Schreibern wohl verlogen vorkommen. Trotzdem mussten sie in diesen letzten ruhigen Tagen, ohne einen großen Knüller, regelrecht gelitten haben.

»Signor Inspektor, die werden dafür sorgen, dass Sie auch über Weihnachten Überstunden machen müssen!«, sagte der Kioskbesitzer, als er ihm die Lokalzeitungen überreichte.

Verwundete Stadt, Die Ermittlungen der Polizei kommen nicht voran, Vorweihnachtliche Stimmung getrübt lauteten die Schlagzeilen, und Alessi spekulierte in seiner Zeitung über die geisterhaften Erscheinungen der Schepis-Kleider, über einen reumütigen Mörder, der den wahnwitzigen Versuch unternahm, sein Opfer dadurch wieder zum Leben zu erwecken, dass er dessen äußeres Bild wiederherstellte.

Selbstverständlich kein Kommentar seitens des Polizeipräsidenten.

Kein Kommentar. Den würde er aber zu hören bekommen. Und wie! Sobald der Kommissar wach war.

Stucky brauchte dringend einen Espresso, bevor es losging. Die Stadt schlief mitsamt ihren Bars, und auch die Espressomaschinen, denen der nötige Druck fehlte, schlummerten vor sich hin. Untröstlich ging er zum Bahnhof, zu einem Büfett mit heißen Getränken. Dann begab er sich zu einem Automaten, der Fahrplanauskünfte ausspuckte, und gab das ein, was er wissen wollte: Um neun Uhr vierundzwanzig trafen zwei Züge in

Mestre ein. Einer aus Mailand und der andere aus Triest. Sein vernachlässigter Bart juckte. Weihnachten stand vor der Tür.

Er verbrachte den Tag damit, die Telefonate aller möglichen Dienststellen entgegenzunehmen. Niemand war geneigt, an einen zufälligen Unfall zu glauben, und Stucky bemühte sich auch nicht, die Leute vom Gegenteil zu überzeugen. Der Sekretär des Bischofs war, wie zu erwarten, wieder einmal brillant: »Die Macht des Bösen setzt uns jeden Tag mehr in Erstaunen.«

»Da haben Sie recht, Monsignore.«

»Wir haben gebetet, dass es zu keiner weiteren Tragödie kommen möge.«

»Vielleicht nicht mit der gebotenen Intensität, Monsignore ...«

Stucky bemerkte sofort, dass er in die Falle getappt war.

»Womöglich haben wir nicht richtig eingeschätzt, worum wir den Herrn in unseren Gebeten bitten sollten. Vielleicht hat es nicht ausgereicht, ihn zu bitten, die Gesetzeshüter bei ihrem Tun zu erleuchten ...«

»O, ich verstehe ...«

»Vielleicht sollten wir darum beten, dass die Gesetzeshüter Schritt für Schritt von Unserem Herrn Jesus geführt werden ....«

»Das wäre wohl besser...«

»Wir werden das korrigieren.«

Er überlegte, dass er den Sekretär des Bischofs später einmal gern persönlich treffen würde.

Am Abend breitete ihm Landrulli die medizinischen Gutachten auf dem Schreibtisch aus, die den Ernst des Zustands von Signora Veneziani bestätigten, und die ersten Informationen, die er über das neue Opfer hatte einholen können. Stucky ging sie durch. Nichts Entscheidendes. Eine Handelstätigkeit in einer Immobilie, die zur Hälfte ihr selbst gehörte – das gefiel ihm nicht. Zumal sich die andere Hälfte im Besitz von Signor Springolo befand. Der Inspektor blieb, wenn auch nur mit Bauchgrimmen, bei der Vorstellung, dass es sich doch um einen Unfall gehandelt hatte. Ein unfallflüchtiger Fahrer, unterwegs auf vorweihnachtlicher Straße.

Landrulli hatte auch ermittelt, bei wem der Fixbetrag gelandet war, den die Schepis jeden Monat von ihrem Konto überwiesen hatte, nämlich bei einem Mann aus Belluno, der in der Stadt vier kleine Wohnungen besaß und eine davon an sie vermietet hatte.

»Ich hab's doch gleich gesagt!«, rief Stucky aus. Er zupfte an seinem linken Ohrläppchen herum und fragte sich, ob er sofort hingehen und nachsehen oder doch lieber erst die polizeitechnische Untersuchungsstelle mobilisieren sollte. Er selbst fühlte sich inzwischen viel zu befangen.

»Landrulli, warum hatte Signorina Schepis zwei Wohnungen? Um sich nicht von der alten Pitzalis kontrollieren zu lassen?«

»Na klar! Sie wollte ihre Privatangelegenheiten doch nicht vor dieser alten Rassistin ausbreiten. Signor Inspektor, meiner Meinung nach hatte sie einen …«

»Ach, einen Zweitjob …?«

»Signor Inspektor, auch sie hat sich hier akklimatisiert … Aber wollen Sie nicht selbst hingehen und sich gleich einen Eindruck verschaffen?«, murmelte Landrulli verzagt.

»Antimama! Bist du verrückt? Willst du, dass der Staatsanwalt und der Polizeipräsident mich dazu verdammen, vor einem Supermarkt Werbezettel für irgendwelche Handys zu verteilen? Landrulli, lass dir das gesagt sein: Handle niemals, aber wirklich niemals, außerhalb des Verfahrens! Morgen werden wir alle hingehen, und zwar ganz ordnungsgemäß.«

Aber sobald Landrulli gegangen war, holte Stucky seine alte Moto Morini und dann auch Helm, Handschuhe und Motorradjacke hervor, die er seit der ersten Kältewelle im November nicht mehr getragen hatte. Die Zweitwohnung der Schepis befand sich in einer kleinen Anlage mit Eigentumswohnungen an der Strada Ovest, im Gewühl der Peripherie, dort, wo sich Handel, Lagerhäuser und Kurzzeit-Wohngelegenheiten zusammendrängten. Tatsächlich sah das Gebäude von außen recht anständig aus; sechzehn Wohnungen über vier Stockwerke verteilt und im dritten Stock, gut getarnt, die Nummer 10, die der Schepis.

Das also war jenes Haus, das bewohnte Nest. Stucky hantierte am Schloss herum, und sobald die Tür offen war, mischte sich in seine Spannung der Duft von Räucherstäbchen, von dem die Luft erfüllt war. Eine in Eile aufgehängte dicke Jacke auf der langen Stange aus schwarzem Holz, die als Garderobe diente, und Hauspantoffeln aus grober Wolle. Der farbenfrohe Kelim bedeckte fast vollständig den Boden des Eingangsbereichs; der Flur führte geradeaus in ein kleines Bad, rechts in die Küche und links in ein Zimmer, das einzige, das etwas geräumiger war und als Schlafzimmer diente. Über dem Bett, an der Decke, waren farbige Schleier befestigt, die wie die Blätter einer Riesenblume geöffnet werden konnten. Der Bettwäsche entströmte ein feiner Geruch. Der Inspektor beugte sich vor: holzige Aromen. Im Kästchen neben dem Bett standen reihenweise Flakons mit Ölen und Essenzen und kleine Geräte aus Holz, die zur Durchführung von Massagen an bestimmten Stellen des Körpers dienten. Im Schrank, ordentlich aufgereiht, ihre Freizeitkleidung, weniger streng, eher sogar etwas poppig. Er ging zurück in das Zimmer neben dem Eingang, auch hier ein Teppich, ein breiter, gelb bezogener Diwan, in die Wand eingelassene Regale, auf denen Bücher und Döschen standen, und ein schmaler Tisch, der beinahe so lang war wie die Wand. Auf dem Tisch lagen, schön nebeneinander, mit einer säuberlichen, eleganten Gymnasiastinnenkalligrafie beschriebene Blätter. Zitate aus Opern, Romanzen, Gedichten, berühmten Büchern. Jedes mit einer eigenen Nummer und einem Namen versehen: zwölf Namen, weibliche Namen. Daneben buntes Papier und sechs Gegenstände, bereit, verpackt zu werden.

»Geschenke ...«, murmelte Stucky. Für wen sie bestimmt waren, war nirgends ersichtlich.

In der Küche roch es nach Essen und nach den Düften, die den Schränken entströmten: Reis, Kurkuma, Curry. Im Mülleimer befanden sich noch die organischen Abfälle, die stinkend vor sich hin faulten. Im Restmüllsack Servietten, eine Zahnpastatube, eine leere Thunfischdose, Papierfetzchen, aber keine Präservative.

Er legte die Schnipsel auf den Küchentisch und fügte sie zusammen. Es war eine Einkaufsliste: Milch, Salz, rote Servietten, Mehl, fünf Eier, Mandeln, Schmelzschokolade.

Zwischen den organischen Abfällen fand er die Schalen der Eier, exakt fünf.

Der Inspektor betrachtete der Reihe nach die Geschenke, die auf dem Tisch lagen. Im ersten, einem Schächtelchen, fand er vier Scheine der Nationalen Lotterie; das zweite war eine Ein-Liter-Glaskaraffe von der Art, wie sie früher in den Osterien verwendet wurden; sie war mit einem gelben Pulver gefüllt und sorgfältig zugekorkt. Beim dritten handelte es sich um einen weißen

Büstenhalter und beim vierten um eine kleine Digitalkamera, beim fünften um Tütchen, die Gewürze enthielten. Das sechste Geschenk lag in einem Kästchen, das mit blauem Samt ausgekleidet war – ein Paar Manschettenknöpfe.

Bevor er ging, schaltete der Inspektor den CD-Player ein und ließ die Musik der darin liegenden Disc durch die Wohnung klingen. Geräusche von Wasser, Regen und Wind. Glockengeläut, ganz fein und aus weiter Ferne.

Als er die Tür hinter sich zuzog, blutete ihm das Herz bei dem Gedanken, dass die Leute von der polizeidienstlichen Spurensicherung dieses kleine Refugium durchwühlen würden. Zwangsläufig.

Er rief Landrulli an.

»Agente, bist du schon im Bett?«

»Ich befinde mich auf der Couch, Signor Inspektor, und denke über den Fall nach.«

»Ich habe eine Frage: Aus Mehl, Eiern, Mandeln und Schokolade, was kann man daraus machen?«

»Wie viele Eier, Signor Inspektor?«

»Fünf.«

»Eine *Torta Caprese*, Signor Inspektor! Einen Schokoladenkuchen, ursprünglich aus Capri.«

Stucky erinnerte sich an die Brösel, die im Staubsaugerbeutel der Rumänin gefunden worden waren.

»Aber … Dadà …! Alle Geschäfte sind schon geschlossen, und Sie sind noch …«

»Hast du schon einmal versucht, auf einem Stapel Teppiche zu schlafen?«

»O ja, meine Mutter hat, als ich klein war, einen großen Teppich viermal zusammengefaltet und mich daraufgelegt, damit ich mein Nachmittagsschläfchen halten konnte.«

»Und wie ist es so?«

»Gut ...«

»Der Teppich verbindet dich mit der Erde, trennt dich nicht von ihr ...«

»Das stimmt ...«

»Wie geht es mit deiner Arbeit?« Der Ältere lehnte sich an das Schaufenster und studierte eingehend die Silhouette der Brücke und das dunkle Wasser, das, den Ecken der Häuser ausweichend, dahinfloss.

»Es geht schon besser ....«

»Der kluge Mensch kann auch einen Hintern aus Kupfer haben, sein Kopf bleibt trotzdem immer aus Gold.«

»Lieber Dottore, ich hätte wissen müssen, dass die Mailänder Feiglinge sind, man kennt das ja aus der Geschichte der Serenissima. So ist nicht etwa ein Besitzer gekommen, ja, nicht einmal ein Verwandter des Besitzers. Nein. Gekommen ist der bevollmächtigte Ingenieur, ein Glatzkopf mit flaumigem Haarkranz, Brille mit Goldrand, gepflegtem Bärtchen und kariertem Anzug. Die Brillenkette hing ihm um den Hals wie ein Brustbeutel, und die Pfeife stellte er zur Schau, rauchte sie aber nicht, weil er keine Zeit zu verlieren hatte. Er hat gleich das Heft in die Hand genommen. Prozesswärme, Oberflächenfilter, und er brannte so ein ganzes Wortfeuerwerk ab, um uns zu blenden, und schließlich haben auch die Nonna und die Mamma gefragt, ob bei der Verbrennungsanlage, unserer strahlenden Zukunft, noch Stellen frei wären. Und alle die Trottel sind darauf hereingefallen, weil die Müllverbrennungsanlage Technik ist und Technik Sicherheit bedeutet, und weil es besser ist, die Abfälle zu verbrennen und daraus Energie zu gewinnen, weil wir so den Arabern eins auswischen; der Ingenieur hat das natürlich nicht so gesagt, aber es war schon klar, und der Toni, der aus der ersten Reihe, der schrie: ›Den Arabern eins auswischen!‹, und alle klatschten Beifall, dass es nur so eine Freude war. Schon träumten alle von der Spülmaschine, die ihnen dank Haselnussschalen und Sardinendosen das Geschirr abwäscht. Ich hab Antonietta angeschaut und gesehen, wie verzückt sie war, eine Verzückte unter lauter Verzückten, der Zauber des Ingenieurs und seiner erloschenen Pfeife wirkte, und sie starrte tatsächlich auf diesen ungenutzten Gegenstand, als es bei mir plötzlich klingelte. Mir kam tatsächlich eine Idee. Ja, aus mir platzte ein Argument heraus, als ich zu ihm sagte: ›Wie kommt es, dass

Sie dann, wenn die Anlage doch so sicher ist, in Portogruaro wohnen und sich lieber aufreiben und die sechzig Kilometer hin- und zurückfahren, als in das Häuschen neben der Verbrennungsanlage zu ziehen?‹

Die ganze Versammlung hielt den Atem an, man hörte das Mikrofon aus dem Besitz der Pfarrgemeinde brummen und noch ein paar Handys im Hintergrund vergeblich klingeln. Der Ingenieur schwitzte und schwieg. Dann sagte er, er habe zwei Kinder im schulpflichtigen Alter, und daraufhin dachten alle, er wolle damit sagen, dass unsere Schule nicht dem Niveau der Ingenieurskinder entspreche, und die Lehrerin, die mitten in dem Haufen saß, pfiff ihn aus.

›Tatsache ist‹, wendete ich mich an alle, ›dass es für uns gesund und für die Ingenieure und die Mailänder ungesund ist, die diese Dinger nicht in Mailand und Umgebung bauen. Sie bauen sie hier, auf unseren Feldern, auf unserem Land, auf Grund und Boden, der für Kies und Maiskolben bestimmt ist!‹

Ich wusste, dass es zu Rangeleien kommen würde; es waren auch einige Gebirgsjäger da, mit Federn an den Hüten, und als ich sah, dass sie aus Wut die Hüte absetzten, was sie sonst nicht einmal auf dem Friedhof taten, habe ich gedacht: Geschafft! Und außerdem waren da noch all die Bauern mit den Simmentalern und den Friesischen im Stall, denen es ganz recht ist, wenn sie sauberen Regen und einwandfreies Futter haben. Sie haben den Ingenieur angeschrien, aber der hat, zu meiner Überraschung, angefangen, vor sich hin zu lachen, in seinen Bart hinein, als wüsste er besser Bescheid und würde uns nur nicht klipp und klar sagen, wie die Dinge tatsächlich standen. Während die Mamma, die Nonna und Antonietta mich zu meiner Ansprache beglückwünschten, war mir bereits klar, dass die Sache damit nicht ausgestanden war. Ich, der ich nichts von Politik verstehe, habe mir vorgestellt, dass die Mailänder ihren Safranrisotto nicht dem

Bürgermeister und den Gemeinderäten serviert haben, sondern größere Fische in der Provinz- und Regionalverwaltung damit gefüttert haben, also dort, wo die wahren Risottokenner sitzen. Wäre ja nichts Neues.

Wie hatten wir Naivlinge bloß glauben können, dass die von einer Kooperative albanischer Bauarbeiter hochgezogenen Mauern aufgrund einer gesittet vorgetragenen Rede eingerissen würden? Diese Mauern waren risikobehaftet, schon allein wegen der trapezförmigen Fenster, denn die Albaner schuften zwar wie die Pferde, haben aber keinen blassen Schimmer davon, was eine Parallele ist, doch dann ist der Testlauf glatt vonstattengegangen, und die Ingenieure, die für die Berechnungen zuständig waren, haben nur gefeixt. Und schließlich waren auch die Anlaufphase und die Zeit des Experimentierens vorbei. Die Müllverbrennungsanlage wurde auf volle Leistung hochgefahren, und ein Lastwagen nach dem anderen traf bei denen ein, während unsere Lkw-Fahrer sich dafür schämten, dass sie zur Deponie fuhren, und sie sagten, dass sie, sobald es möglich sei, mit der Verbrennungsanlage ins Geschäft kommen würden. Antonietta hatte heimlich, still und leise einen Brief an den Direktor der Konkurrenz geschickt und wegen einer Stelle angefragt, und eines Morgens ist auch Filiberto nicht mehr erschienen, und tags darauf habe ich einen Kerl gesehen, der ihm ähnelte, sich aber die Mütze ins Gesicht und den Schal über Mund und Nase gezogen hatte und zur Verbrennungsanlage stapfte, um dort seine Stelle anzutreten. Die Truppe ging also von der Fahne. Es war ein schwieriger Moment, schwierig aber nur für den ehrlichen Unternehmer. Ich bin auf die Füße gefallen und brauchte keine Knieprothesen. Die Mamma und die Nonna haben durchgehalten, auch dank Radio Bella Monella, *das einen morgens weckt und mit Energie auflädt, und dank der Solidarität, die uns über das Radio erreicht hat; es gab keinen Morgen, an dem ich das Radio einschaltete, und sie nicht dem lieben Max Grüße sandten, einen Gruß an Max und Gottes Segen. Man muss schon sagen, dass einem der Glaube wieder lieb und teuer wird, dass einem die alten Gebete wieder einfallen, und gleich sieht alles weniger düster und trist aus; auch die Möwen auf den Abfällen nerven dich weniger, ja, das gilt selbst für die Konkurrenz: Wenn sie eine Müllverbrennungsanlage haben wollen, bitte sehr! Halt ihnen die andere Wange hin und weiter geht's! Sicher, weniger Profit, Gewinnrückgang, kaum noch etwas da, um in die freiwillige Rentenversicherung einzuzahlen, um ein bisschen für das Alter vorzusorgen, ich glaube, dass ich nicht so ein Glück wie die Großmutter haben werde, die jetzt im Alter eine Familie hinter sich wusste.*

Ich hätte gern eine eigene Familie gegründet, das muss ich gestehen. Eine Frau ganz für mich, die glücklich über das Deponiegelände läuft, und dann vier oder fünf Kinder, drei Jungen und zwei Mädchen, die ich in dieses Geschäft, in dem es rau zugeht, einführen könnte. Es ist nur so, dass man keine Mädchen mehr findet, die eine Familie wollen, alle denken ans Arbeiten und nicht an Kinder, zuerst die Karriere und dann erst der Schnuller. Es ist wohl unsere Schuld, sage ich, wir Männer sind schuld, die wir sie so weit gebracht haben, dass sie uns nachahmen, obwohl wir gewusst haben, dass das ein unredlicher Anreiz war, eine falsche Herausforderung, und mehr sage ich dazu nicht. Leider sind die Frauen darauf hereingefallen, nicht unbedingt aus Naivität, sondern aus Rachegelüsten. Eben weil sie gewusst haben, dass die Herausforderung falsch war, haben sie gesagt: Jetzt biegen wir euch zu unserem Vorteil zurecht! Auch wenn wir niemals so werden können wie ihr, weil das unmöglich ist, werden wir unsere Haut teuer zu Markte tragen, und sie haben uns die Lust zur Nachkommenschaft genommen und die Erbfolge so geschwächt, dass man begreift, warum die Notare die Frauen nicht mögen. Und unterdessen reißen sie sich alles, aber wirklich alles, unter den Nagel und okkupieren den Platz, den wir ihnen eingeräumt haben …«

»Ich habe den Eindruck, dass sie die Frauen hassen …«

»Das trifft mehr oder weniger zu.«

17. Dezember

Landrulli verbrachte den ganzen Vormittag auf den Korridoren des Polizeipräsidiums.

Ein Agente hatte ihm ein Paar tropfnasse schwarze Strümpfe gebracht, die um eine Wasserzapfsäule geknotet waren, und Stucky hatte sich, nachdem er die Leute von der Spurensicherung in die Zweitwohnung der Schepis geschickt hatte, ungnädig gestimmt, in seinem Büro wie in einer mittelalterlichen Klause verkrochen.

»Er kommt nicht heraus!«, hatte Landrulli, der mit seinem Latein am Ende war, zu den Kollegen gesagt, denen er bei seinem Hin und Her begegnete, und versucht, sich dieses Verhalten von den älteren Polizisten erklären zu lassen, die den Inspektor besser kannten.

»Er lädt sich mit der Energie irgendeines Amuletts auf«, meinten sie.

»Der denkt nicht nach, der hat einfach Dusel!«

»Ist das wegen des Falls Barbisan?«, fragte Landrulli, ein wenig verängstigt.

»Ein innerhalb von zwei Tagen aufgeklärter Mord! Schlichtweg Dusel!«

Dann erzählten sie ihm von zwei anderen Fällen, Raubüberfällen, die in null Komma nichts gelöst waren: Dusel!

Vom Glück verfolgt zu sein, wie schön! dachte Landrulli und beschloss, an die Tür des Inspektors zu klopfen.

»Wie wär's mit einem Espresso?«

»Nein«, antwortete Stucky durch die Tür.

»Was soll ich machen, Signor Inspektor?«

»Dich abregen!«

»Ich werde mich bemühen.«

Landrulli begab sich zum Maler Serena, um in den Genuss einer weiteren Lektion über die Besonderheiten des Lebens in Treviso zu kommen. Er traf ihn wie üblich in der Osteria Da Secondo an, an einem großen Holztisch, umringt von einer kleinen Traube Ruheständler, die sich dort die Zeit vertrieben.

»Da ist ja unser *bon teron*!«

»*Buongiorno*, Signor Serena ...«

»Sag mir noch mal, was eine *bisata* ist ...«, forderte der betagte Maler ihn auf und stieß gleich mal seinem Nachbarn in die Rippen.

»Die *bisata* ist ...«

»*Vedemo*, los ...«

»Ich weiß es nicht mehr, Signor Serena.«

»Das ist der Flussaal! Du gibst dir einfach keine Mühe, *teron mio*. Und wie wird die *bisata* zubereitet?«

»Daran erinnere ich mich noch: in Stücke geschnitten und geröstet. Oder gebraten oder geschmort.«

»Bravo, du lernst es noch, allerdings nur Schritt für Schritt. Aber immerhin. Also spendier mir jetzt den üblichen *tranquillo*!«

Als Landrulli wieder im Polizeipräsidium war, berichtete man ihm, dass der Inspektor sich in einer Unterredung mit den Verkäuferinnen befinde. Er schlüpfte ins Büro. Dort sah es aus, als wäre eine Verschwörung im Gange. Stucky machte sich im Stehen Notizen, während die Mädchen darin wetteiferten, ihm immer weitere Details zu liefern.

»Setz dich, Landrulli. Wo warst du?«

Ohne eine Antwort abzuwarten, wandte er sich wieder mit gespitzten Ohren den Verkäuferinnen zu.

»Signor Springolo mag junge Frauen«, sagte eine, »aber nur die von hier, für Exotinnen kann er sich gar nicht erwärmen, in dieser Richtung war nichts zu machen, und die Schepis war reserviert, so eine, die nicht leicht Anschluss findet. Sicher, sie hatte ein paar Freundinnen, auch hier im Zentrum, und ihre Freundinnen haben nur Gutes über sie gesagt, vor allem über ihre Intelligenz, die fiel jedem auf …«

»Und Freunde?«

»Wenige, wie es scheint. In Gesellschaft von Männern zeigte sie sich selten, doch einige Freundschaften mit Männern gab es schon, unter anderem einen Schmuckwarenvertreter, der sie angeschmachtet hat, einen sympathischen Barista, den Blinden, der auf der Piazza dei Signori bettelt …«

»Checo Malaga?«

»Genau der.«

»Und welche Art von Freundschaft war das?«

»Sie haben sich immer begrüßt, standen miteinander auf vertrautem Fuß. Die Schepis war sehr freundlich zu ihm, hat ihm auch das eine oder andere Geschenk gebracht …«

»Woher wisst ihr das?«

»Eine Kollegin hat sie durch das Schaufenster ihres Geschäfts beobachtet.«

»Kurzum, dieses schöne und intelligente Mädchen, das so eindeutig aus dem Rahmen fiel, unterhielt eine besondere Beziehung zu einem Blinden …« Irgendwie musste Stucky sie provozieren. Die entsprechenden Reaktionen blieben nicht aus.

Ja, schön war sie tatsächlich, aber die Stadt quillt über vor schönen Mädchen, und sie kam von außerhalb, war aus Triest, aber auch keine wirkliche Triestinerin. Ja, eine gewisse Extravaganz ist üblich, du kommst von außerhalb und behauptest von dir, du seiest anders, und musst es beweisen, kurzum, auch der äußere Schein mag eine Rolle gespielt haben, wer weiß schon, wie sie wirklich war, ohne einen festen Freund, von der Familie getrennt, nicht einmal ein Auto hatte sie, und …

»Und …?«

Ja, zu viele extravagante Freundschaften, etwa mit Giovanin *el tetàro*, dem Duo Barabissi, der alten Tonia, dem Zwerg Bebo, also mit den schrägen Vögeln von Treviso. Sie hätte gut nach Sant'Artemio gepasst, vielleicht wäre sie lieber Irrenärztin als Verkäuferin geworden.

»Kurz zusammengefasst: Eurer Meinung nach ist der Mörder also unter diesen Randexistenzen zu suchen …«

»Aber nein, Signor Inspektor. Es ist doch nur so, dass die Abgedrehten im Allgemeinen Leute anziehen, die ihrerseits nicht ganz normal sind.«

»Richtig.«

Sie hatten sich mächtig ins Zeug gelegt, die Verkäuferinnen. Stucky war mit ihnen zufrieden, weil sie wie eine Ermittlungskommission vorgingen.

Er beauftragte Landrulli, mit der alten Tonia, die in der Nähe des Busbahnhofs Maronen röstete, ein kleines Schwätzchen zu halten, während er selbst sich Checo Malaga widmen würde.

Er traf ihn an der üblichen Stelle an, nämlich auf den Stufen der Piazza sitzend, während der kleine Ali durch die Menge schlenderte.

»Signor Malaga, *buongiorno*.«

»Signor Inspektor …«

»Ich müsste Ihnen ein paar Fragen im Zusammenhang mit Signorina Schepis stellen …«

»Das ist jetzt gar keine gute Zeit! Es kommen Unmengen von Leuten vorbei. Oder wollen Sie mir den Tag verderben …?«

»Es ist wichtig, Signor Malaga!«

»Wenn es sich um etwas Ernstes handelt, nennen Sie mich Signor Farina oder Francesco.«

»Also, Signor Farina, Sie kannten doch Signorina Schepis. Gab es zwischen Ihnen beiden so etwas wie Vertraulichkeit?«

»Vertraulichkeit … das ist ein großes Wort. Vertraulichkeit zwischen einem blinden Alten und einem schönen Mädchen …«

»Hat Ihnen Ali gesagt, wenn schöne Mädchen vorbeikamen?«

»Machen Sie Witze? Ich kann die schönen Frauen spüren!«

»Und die Schepis, wie haben Sie die gespürt?«

»Da waren ihr Gang, von einmaliger Harmonie, der Klang ihrer Stimme, die Textur ihrer Haut … wenn sie mir die Hand gab. Sie können so etwas nicht wissen. Sie können nicht wissen, wie ihre Hände schmeichelten. Wie Balsam, wie ein göttlicher Hauch. Man fühlte die Menschlichkeit, eine Persönlichkeit mit Tiefgang …«

»Hat sie je mit Ihnen über sich selbst gesprochen? Ob sie einen festen Freund hatte … einen Liebhaber …«

»Sie hat sich über die Liebe lustig gemacht …«

»Was hat sie Ihnen denn gesagt?«

»Die Liebe ist nur eine Gelegenheit, nicht allein zu sein.«

»Oho!«

»Und sie meinte, dass Gott die billigste Medizin gegen die Angst sei …«

»Also weder Liebe noch Gott …«

»Im Gegenteil: Sie war gläubig und behauptete, sich in jeden schönen Menschen zu verlieben, dem sie begegnete.«

»Also hatte sie oft Gelegenheit, nicht allein zu sein, und genoss den Schutz eines Heilmittels gegen die Angst …«

»Wie wir alle, oder?«

»Ali wird sie wohl fotografiert haben, oder?«

Ali hielt sich vorsichtshalber hinter einer Säule versteckt.

»Ali macht das, was ich ihm sage. Er ist ein braver Junge.«

»Könnte ich die Fotos von der Schepis sehen?«

Fröstelnd zog der Mann seinen Mantel noch enger um sich.

»Ich schicke Ali morgen früh ins Polizeipräsidium. Geht das in Ordnung?«

Im Büro traf Stucky Landrulli Maronen schälend an.

»Die habe ich ihr abkaufen müssen.«

»Was hast du von der alten Tonia erfahren?«

»Sie hat mich gesegnet, weil ich ein *teron* bin, und sich erkundigt, ob es stimmt, dass die Chinesen bei der Handelskammer einen Antrag gestellt hätten, künftig auch Maronen verkaufen zu dürfen.«

»Und über die Schepis?«

»Nichts Sachdienliches. Sie hat ihr Geld gegeben ...«

»Die Schepis ihr?«

»Nein, die Alte der Schepis! Damit sie für sie Lotto spielt. Es scheint, dass das Mädchen ein glückliches Händchen hatte und der Frau zu ein paar Gewinnen verholfen hat ...«

»Kaum zu glauben!«

»Warum? Auch von Ihnen, Signor Inspektor, heißt es, Sie seien ein Polizist mit einem glücklichen Händchen.«

»Immer noch diese alte Geschichte! Landrulli, jetzt schicke ich dich zu Giovanin *el tetàro,* zumal du ihn leicht findest.«

»Was bedeutet *tetàro* eigentlich?«

»Das wirst du gleich merken.«

»Kann ich nicht zum Duo Barabissi gehen?«

»Ich weiß nicht, ob du bei denen heil davonkämst …«

Beim Duo Barabissi handelte es sich in Wirklichkeit um zwei Männer, die mit Unterwäsche handelten, für Damen und für Herren, und gemeinsam Inhaber eines schönen Ladens in Domnähe waren.

Die beiden verfügten über einen gewissen Bekanntheitsgrad, nicht nur, weil sie seit Jahrzehnten ein gut aufeinander eingespieltes Team waren, sondern auch, weil sie gern als Wohltäter und Mäzene auftraten.

In ihrem Haus fanden Künstler und Pechvögel, Plaudertaschen und Subversive, Rastlose und verlorene Seelen Trost und Zuflucht.

Ein Freihafen, ein Sanssouci, in dem keine Gegenleistung erwartet wurde.

Der Laden verfügte noch über einen langen Ladentisch aus unbearbeitetem, schon ziemlich abgeriebenem Holz, der über und über mit Schachteln bedeckt war. Seitlich des Tisches befanden sich zwei Behälter aus Plexiglas, bis obenhin gefüllt mit Slips, der eine mit Damen-, der andere mit Herrenunterhosen, in allen Nuancen der Farbe Rot, wie es die Tradition der bevorstehenden Festtage gebot.

In den Regalen standen große Glasvasen, die randvoll waren mit anderen Schlüpfern, alle jeweils in einer Farbe: gelbe, weiße, schwarze, blaue.

Die beiden Geschäftspartner waren umgeben von einer Gruppe Frauen, die sich lebhaft über Größen, allerlei Kinkerlitzchen und andere Intimitäten austauschten. Als sie den regungslos am Eingang stehenden Mann bemerkten, machten sie ihm ein Zeichen, an der kleinen, geballten Ladung Weiblichkeit vorbeizugehen und gleich zu ihnen zu kommen.

»Hierher bitte. Hier ist der Zugang für die Herren.«

»Ich bin Inspektor Stucky«, stellte er sich im Flüsterton vor.

»Schwarze Socken und dazu passende Slips?«

»Nein, nein ... es geht um eine heikle Angelegenheit. Ich weiß nicht, ob ...«

»Wir haben keine Geheimnisse vor unseren Kundinnen«, sagte der Korpulentere der beiden und bezog mit einer Handbewegung die anwesenden Damen in diese Feststellung ein.

»Es geht um den Mord an Signorina Schepis.«

Im Laden trat schlagartig Stille ein. Hochgehobene Schlüpfer und Korsetts erstarrten in der Luft.

»Befass du dich damit, Giuseppe«, sagte derjenige von den beiden, der über die größere Autorität verfügte, und der andere, der Beleibte mit dem jovialen Gesicht und den forschenden Augen, begleitete den Inspektor in eine Ecke des Geschäfts.

»Die Ärmste ...«, hob Giuseppe an und presste sich beide Hände an die Wangen, während er Stucky fest im Blick behielt.

»Ich habe gehört, dass zwischen Ihnen und dem Opfer eine freundschaftliche Beziehung bestand.«

»Sie war Kundin bei uns. Eine faszinierende Frau. Mit Geschmack, Manieren und Feingefühl. Eine perfekte Kundin.«

»Hatten Sie auch privaten Kontakt?«

»Mein Lieber, vielleicht kennen Sie unsere persönliche Geschichte nicht.«

»Ich meinte, ob Sie sich auch außerhalb dieses Ladens trafen ...«

»Sie hat ein paarmal bei uns zu Hause vorbeigeschaut. Ein Gruß, eine Plauderei, ein Häppchen ...«

»Hat sie jemand ... Besonderen kennengelernt?«

»Wer, glauben Sie, kommt zu uns ins Haus? Der Kommunalbeamte?«

»Jemand, mit dem sie eine Beziehung eingegangen ist, mit dem sie Freundschaft geschlossen hat …«

»Sie war zu allen herzlich und wirkte auf andere Menschen wie ein Magnet.«

»Hat sie hier bei Ihnen etwas Spezielles gekauft?«

»Ach so. Jetzt verstehe ich, worauf Sie hinauswollen: BH Größe 75 A, ausschließlich weiße Unterwäsche. Elegante Sachen. Und als Nächstes fragen Sie mich, ob sie irgendwelche ungewöhnlichen Dessous brauchte, um ihren Rendezvous mehr Pep zu geben. Haben Sie sie denn einmal gesehen? So etwas hatte sie nicht nötig!«

»Aber Sie als Kenner, wie haben Sie die Schepis gesehen? Was Männer anbelangt?«

»Männer? Die hat sie sich vom Hals gehalten. Sie war eine, die ihren Wert kannte. Die wählen konnte.«

»Jetzt aber mal nicht durch die Blume: Hatte sie was mit Frauen?«

»Und ich? Glauben Sie, ich bin einer, der was mit Frauen hat?«

»Darüber könnten wir diskutieren …«

»Eben. Werdet ihr den Verkäuferinnen-Killer fassen?«

»Daran arbeiten wir noch.«

Landrulli hatte Giovanin *el tetàro* gefunden. In dem kleinen Hof vor dem Haus der Zignoli, zu dem man durch eine Passage namens Galleria della Strada Romana gelangte, stand die Bronzestatue einer barbusigen jungen Frau. Hier kam Giovanin auf seinem Bummel durch die Stadt mehrmals am Tag vorbei und berührte diese beruhigenden Rundungen. Er tat dies mit der gebührenden Diskretion und ohne irgendjemanden zu belästigen.

»Giovanin denkt sich nichts dabei, Landrulli, er glaubt

nur, dass sich in der Statue seine Tante befindet, die beim Luftangriff der Amerikaner auf die Stadt ums Leben kam.«

»Wie bitte, Signor Inspektor? Die Amerikaner haben auch Treviso bombardiert?«

»Nur im Vorbeiflug, Landrulli, nur im Vorbeiflug.«

Die Detektei Condor befasste sich mit fremdgehenden Ehepartnern, mit Joints und Ecstasy konsumierenden minderjährigen Söhnen und Töchtern sowie mit unlauterem Wettbewerb und Verrat zwischen Geschäftspartnern.

Diese Geschäftsfelder brachten dem Detektivbüro unterschiedlich hohe Gewinne ein: Jahrelang war es die eheliche Untreue, die das meiste Geld in die Kasse spülte, dann waren es die ausgeflippten Kinder, und nun waren es die Geschäftspartner, denen am häufigsten nachspioniert wurde.

Die Krise der Paarbeziehung hatte dafür gesorgt, dass die Untreue zwar ein häufig auftretendes Phänomen war, aber toleriert wurde; die Krise der Familie machte den pubertären Trip unvermeidlich, jedenfalls taugte sie zur Begründung. Aber die fortschreitende wirtschaftliche Entwicklung hatte eine starke Loyalität von Unternehmern und Firmen erforderlich gemacht. Und jetzt, da hier ebenfalls die Krise angekommen war und viele das sinkende Schiff verlassen, vielleicht sogar mit den Betriebsgeheimnissen im Gepäck in andere Länder auswandern wollten, musste man wachsam sein.

Kuto Tarfusser hatte das Tor der Strickwarenfabrik observiert: Dahinter hatte sich, vielleicht in den Büros, der Sohn von Signor Bianchin eingenistet. Der Erbe hatte der Konkurrenz seine Beratung angeboten; zuvor hatte es in der Familie Krach gegeben, und Bianchin junior suchte nun immer häufiger den Betrieb der Montinis, der historischen Feinde der Bianchins, auf.

Bianchin senior wollte einen Nachweis für den Verrat, unanfechtbare Beweise für die Unlauterkeit des Erben, ihn dann aus der Firma werfen und zwingen, das letzte Studienjahr als Vermessungsingenieur zu wiederholen.

Beweise! Tarfusser hatte das Auto in der Nähe einer Bar abgestellt und war an der Umzäunung, einer Art Lorbeerhecke, entlanggeschlichen, in der Hoffnung, einen Hintereingang zu finden. Vergebens. Er hatte sich damit begnügen müssen, so lange vorhandene Lücken zwischen den Pflanzen zu vergrößern, bis er den offenen Platz mit den Büros, den Parkplatz für die Fahrzeuge und den Produktionsbereich erspäht hatte. Dann hatte er mit dem Teleobjektiv den Mercedes des jungen Verräters fotografiert. Beweise! Einen Tritt in den Hintern von Bianchin junior! Dein Vater zieht dich auf, finanziert dir ein Studium, du schmeißt die Ausbildung zum Vermessungsingenieur im fünften Studienjahr, könntest eine Reihe kleiner Häuschen projektieren, stattdessen gehst du zur Konkurrenz und erzählst denen, wie man am besten mit den Webmaschinen, den Wollsorten und dem Vertriebsnetz umgeht.

Den ganzen Hintergrund hatte ihm Comandante Di Nolfo dargelegt und gesagt: »Finde die Beweise und zertrete diesen Wurm! Lass ihn die Krallen der Firma Condor spüren!«

Kuto Tarfusser hatte die Bianchins nie zuvor gesehen, weder den Junior noch den Senior. Jedenfalls nicht leibhaftig. Er hatte Fotos bekommen, Daten zum Personenstand, Adressen, nützliche Telefonnummern und eine Liste mit den Orten, die zu überprüfen waren. Alles, was er machen musste, war, Beweise herbeizuschaffen, wie ebendieses Foto, das er nun mit dem Teleobjektiv aufgenommen hatte. Er selbst hätte es für keinen hieb- und stichfesten Beweis gehalten, denn Bianchin junior hätte sich ja damit herausreden können, dass er nur einen Höflichkeitsbesuch oder aus purer Neugier eine Stippvisite gemacht habe.

Nicht einmal sein Vater hätte ihm verbieten können, sich einmal das Werk der Arbeiterinnen der Montinis anzuschauen. Tarfusser war zum Auto zurückgegangen und war-

tete in geduckter Haltung darauf, dass der Mercedes aus dem Tor herausfuhr.

Am späten Nachmittag war dann das schwarze Auto vom Gelände der Strickwarenfabrik gebraust, in die Kommunalstraße eingebogen und war, wenige Hunderte Meter weiter, so in die Haarnadelkurve geprescht, als ginge es um die ultimative Mutprobe.

Der überrumpelte Tarfusser hatte das Auto im Verkehr der Staatsstraße verschwinden sehen. Glücklicherweise hatte Bianchin junior seinen Überschwang inmitten einer Fahrzeugkolonne bezähmen müssen, die sich vor einer Baustelle gebildet hatte, in der er nun feststeckte. Tarfusser war ihm dann gut zehn Kilometer gefolgt, hatte gesehen, wie er auf den Parkplatz des Hotels Alle Palme fuhr, eines Zweisternehauses, das ihm Zuflucht und eine bescheidene Übernachtungsgelegenheit bot und das die Ehre hatte, wegen seines Baustils und seiner Moral fast allwöchentlich in der Predigt von Padre Dussin als besonders abschreckendes Beispiel zitiert zu werden.

Auf dem Parkplatz standen zehn Autos. Wenn man von den beiden mit polnischem Kennzeichen absah – niemand würde aus Warschau anreisen, nur um den Spross der Familie Bianchin zu treffen – und – aus ähnlichem Grund – auch den Wagen mit dem österreichischen Kennzeichen sowie den Mercedes ausklammerte – in diesem Fall lag der Grund auf der Hand –, blieben sechs Nummernschilder, die Tarfusser gewissenhaft notierte.

Er hatte noch kurz einen Blick ins Hotelinnere geworfen und nichts Interessantes entdeckt, bis auf die altmodischen Korbstühle, die vor der Rezeption standen.

Eine Stunde später war der junge Bianchin munteren Schrittes und sichtlich entspannt aus dem Hotel Alle Palme herausgekommen, im Abstand von wenigen Metern gefolgt von einer Blondine, die so aussah, als würde sie sich stand-

haft den Tipps für eine gesunde Ernährung verweigern. Die beiden gehörten möglicherweise zusammen, aber vielleicht handelte es sich auch nur um eine zeitlich-räumliche Koinzidenz. Jedenfalls hatte Tarfusser sie fotografiert.

Von einer vagen Ahnung angetrieben, war er dem Auto der blonden Dame, einem schönen silbergrauen Audi, gefolgt, das ihn bis zu einer Villa auf dem Land geführt hatte. Ein imposanter Bau, bestehend aus einem einzigen Stockwerk, mit Bögen und Säulen und einer großen verglasten Veranda. Vor dem Ganzen natürlich ein automatisches Tor.

Als das Auto in der Garage verschwunden war, hatte Tarfusser, der die Deckung wahrte, das Messingschild am Torpfeiler aufglänzen sehen: Villa Montini. Montini, Besitzer von Kiesgruben, einer Firma für Bodenabbau und einem neuen Textilunternehmen. Das alles stand in den Notizen, die Comandante Di Nolfo ihm überreicht hatte, und betraf Signor Montini.

Was Signora Montini anbelangte, so stand sie mit dem Sohn von Bianchin senior, dem alteingesessenen Unternehmer in der Textilbranche, in ständigem Gedankenaustausch über die Vertriebstechniken.

Mmmm, hatte Tarfusser gedacht, während er auf der Pontebbana von Conegliano über Ponte della Priula nach Treviso zurückraste.

Er wohnte in der Umgebung des Stadions, vor der Stadtgrenze, dort, wo Treviso in eine Mischung aus besseren Wohnbezirken und Mietkäfigen ausfranst. Das Auto hatte er halb auf dem Gehsteig, halb auf der Straße abgestellt, jederzeit startbereit.

Seine Behausung bestand aus einem Standard-Mini-Apartment. Standard versteht man auch auf Tirolerisch problemlos. Als er von seiner Arbeit für die Detektei Condor zurückkam, schenkte er sich ein nahrhaftes dunkles Bier ein.

Er setzte sich an den Tisch, an dem er nicht nur aß, sondern nebenher auch seine linguistischen Studien trieb.

Mal sehen, vielleicht ließ die Frau des Unternehmers sich vom Sohn des Konkurrenten etwas flüstern. Es bestand jedenfalls keine Gefahr, dass Tarfusser die Henne und das freilaufende Küken im selben Zimmer des Hotels Alle Palme vergaß. Wer wusste schon, auf welch krummen Touren die beiden unterwegs waren.

An einem Eckchen des Tisches hatte Tarfusser für sich gedeckt, Besteck, ein Glas und einen Teller. Das Radio hatte er zur Seite geschoben. Während die Stimme des Moderators etwas erzählte, hatte er aus dem Kühlschrank die verschiedenen Käse geholt, dann von einem halben Dutzend Sorten ordentliche Portionen abgeschnitten und diese auf den Teller gelegt, nach ihrem Reifegrad geordnet, angefangen beim Ricotta bis zum Grana Padano.

Er liebte es, zu den Käsen unterschiedliche Brotsorten zu essen, dunkles Brot zum Ricotta, das weiße Brot aus dem Holzofen zum milden Asiago. Den Grana genoss man ohne alles, weil er einfach ein bisschen anders war als die anderen.

Beim Essen hatte er an Signora Montini gedacht, eine dem Anschein nach alles andere als hässliche Frau. Der junge Bianchin gab ihm noch einige Rätsel auf, ein hübscher, nichtssagender Typ, so einer mit Hosen, die sich über den Schuhen röhrenartig verengen, mit Lederjacke und Haaren, die mithilfe von Haarspray in zerzaustem Zustand fixiert waren.

Eindrücke, hatte Tarfusser sich gesagt und sich gefragt, ob er seine Gedanken nicht doch zu weit schweifen ließ, ob er sich vielleicht die Situation zunutze machen sollte, weit über das Maß hinaus, das Comandante Di Nolfo sich vorgestellt hatte. Seit einigen Monaten wurde ihm tatsächlich immer klarer, dass sein Job allein es ihm nicht erlauben würde, so viel Geld beiseitezulegen, wie er brauchte, um eine richtige psychologische Praxis in Brixen oder eventuell ein kleines Restaurant in Jesolo Pineta zu eröffnen. Es sei denn, er würde jedes Geheimnis der Branche kennenlernen und ein eigenes Detektivbüro eröffnen, vielleicht sogar eines in Treviso. In Treviso alle ehelichen Treuebrüche so kanalisiert, dass sie in seinem Büro landeten, dann höchstens eine Sekretärin oder zwei, natürlich ohne Festanstellung, fünf oder sechs Jahre minuziös untermauerte Beweise, und sein Leben würde sich ändern.

Sicher würde er das nicht ein ganzes Leben lang machen können, ebenso wenig, wie er auch nur ein paar weitere Jahre die strengen Vorhaltungen von Comandante Di Nolfo würde ertragen können, solche von der Art, wie er sie vor ein paar Tagen über sich hatte ergehen lassen müssen:

»Wie weit bist du, Tarfusser?«

»Das ist eine komplizierte Recherche, Comandante.«

»Inwiefern kompliziert? Wie viele Tage wirst du noch brauchen, um diesen Verräter, den kleinen Bianchin, festzunageln?«

»Ich habe ein paar Beweise, aber noch keine entscheidenden …«

»Machst du Spaß? Was soll das heißen: noch nicht entscheidend? Pass auf, Tarfusser, dass ich an deiner Stelle nicht den Petrella einsetze.«

»Aber der ist doch aus Bari …«

»Ja, aber er ist nicht in Bari. Er lebt hier, und wenn er mit der Schichtarbeit im Sicherheitsdienst aufhört, leistet er hervorragende Arbeit als Teilzeitmitarbeiter. Der ist imstande, diesen missratenen Sprössling innerhalb von zwei Tagen zu überführen.«

»Comandante, ich bitte Sie! Ich habe die Lage im Griff.«

»Na, dann mach mal die Hand auf … Da sehe ich nichts, Tarfusser. Noch zwei Tage und ich hetze Petrella auf diesen kleinen Judas.«

So hatte sich Tarfusser in der Hoffnung auf einen baldigen Glückstreffer der Signora Montini an die Fersen geheftet und sie Tag und Nacht nicht aus den Augen gelassen. Immer auf der Spur ihrer amourösen Eskapaden. Und immerzu fotografierend.

18. Dezember

Am frühen Morgen stattete Stucky Rechtsanwalt Scotton einen Besuch ab. Dieser besaß eine großartige Sammlung von Bildern der Ciardis, vor allem von Guglielmo, dem Älteren der beiden Maler. Sie hingen in den Korridoren seiner noblen, nahe San Francesco gelegenen Villa, und die Wände seines Arbeits- und seines Schlafzimmers waren regelrecht mit ihnen tapeziert. Das Ciardi-Sammeln war eine echte Manie geworden. Er war davon besessen. Schon als ganz junger Anwalt hatte er sich von seinem ersten Honorar eine *Veduta sul Sile* gekauft, ein Bild, das jetzt über dem Bett hing, wenn auch auf der Seite, auf der seine Frau schlief. Und mit zunehmendem Ansehen und Einkommen hatte er nach der erfolgreichen Lösung eines Eigentumskonflikts hier oder eines strittigen Erbfalls da jedes Ciardi-Gemälde erworben, dessen er habhaft werden konnte.

Er sammelte Landschaften, die nach und nach verschwanden, aber vom Auge des Malers verewigt worden waren, und füllte sein Haus ansonsten mit musikalischen Chinoiserien, exotischen Spieluhren und orientalischen Fächern, mit Objekten, in denen sich niemals erfüllte Reisewünsche widerspiegelten.

Wenn man ihn in seinem Lancia sah, am Lenkrad sein Chauffeur, dann glaubten alle, dass der Kofferraum von extravaganten Gegenständen überquoll, die er bei den Antiquitätenhändlern der ganzen Provinz ergattert hatte. Und die Antiquitätenhändler hielten natürlich einen solchen Herrn in Ehren, der anspruchsvoll war, aber nie unbesonnen handelte und immer die besten Stücke auswählte.

Stucky meldete sich über die Gegensprechanlage an

und wartete lange auf eine Antwort. Schließlich kam die Haushälterin, öffnete das Eisentor und begleitete den Inspektor zum Eingang, wo ihn der rüstige Neunzigjährige in aufrechter Haltung erwartete.

»Avvocato, wie ich sehe, sind Sie in Topform!«

»Signor Inspektor ... sind Sie etwa gekommen, um mir mitzuteilen, dass Sie mir den Ciardi verkaufen wollen, den Ihr Vater der Galleria Tiepolo als Leihgabe überlassen hat?«

»Der Vertrag endet in fünf Jahren.«

»Bis dahin könnte ich nicht mehr unter den Lebenden weilen.«

»Ich hoffe, das Gegenteil wird der Fall sein! Tatsächlich bin ich gekommen, um Ihnen ein frohes Fest zu wünschen, denn es besteht die Gefahr, dass ich in den nächsten Tagen sehr beschäftigt sein werde. Und außerdem möchte ich, wenn es Ihnen nicht allzu große Umstände bereitet, gern einen Blick auf einige der in Ihrem Besitz befindlichen Meisterwerke werfen ...«

»Sehnsucht nach der guten alten Zeit?«

»So ungefähr.«

Auf die Haushälterin gestützt, stieg der Anwalt die Stufen zum ersten Stock hinauf. Im Korridor gewann man, bei passender Beleuchtung, den Eindruck, dass sich in den Wänden Fenster öffneten, und durch diese Öffnungen erschienen zauberhafte Spiegelungen auf dem Fluss, dem Sile. Häuser und Mühlen, Fährleute, Ufer und Bäume, Binsen und Schilfrohr, alles wie aus einer anderen Welt, durchscheinend, schwebend, still.

»Es muss ein Zauberland gewesen sein«, sagte Stucky.

»Oder vielleicht war der Maler nur besonders empfindsam.«

»Vielleicht ...«

Die beiden Männer sahen sich an. Der hochbetagte

Anwalt in seiner viel zu engen Weste, das Haar wie Fäden nach hinten gekämmt und das rechte Knie gebeugt, als hänge ein unsichtbares Gewicht daran, streckte dem Polizisten die Hand entgegen: »Frohe Weihnachten, Signor Inspektor.«

»Frohe Weihnachten, Avvocato.«

Danach warf Stucky einen Blick in die Wohnungen neben der, in der die Schepis gelebt hatte. Es stellte sich heraus, dass eine Wohnung leer stand; in den beiden anderen traf er ein paar verschlafene Nigerianerinnen an, die nichts wussten und nichts sahen, und einen jungen Serben, der struppig und mitgenommen aussah und behauptete, Jolanda vom Sehen her zu kennen.

»Sie haben sie seit ein paar Tagen nicht mehr gesehen, und es kommt Ihnen nicht in den Sinn, einmal bei der Polizei anzurufen?«

»Ich baue Häuser, keine Brillen«, sagte der Mann. Er erinnerte sich jedoch an ein paar Leute, mit denen sie Umgang pflegte. Frauen, zum Beispiel.

»Was für Frauen?«

»Elegante Frauen.«

»Elegant?«

»Bessere ...«

Stucky ließ sie sich beschreiben, merkte aber gleich, dass es sich nur um sehr vage Informationen handelte. Er kehrte ins Polizeipräsidium zurück.

»War ein kleiner Junge hier und hat etwas für mich abgegeben?«

Agente Conte schaute Stucky nachdenklich an und schüttelte schließlich den Kopf.

Dann nahm der Inspektor noch einmal den Bericht über den Unfall von Signora Veneziani zur Hand. Die Angaben sprachen nicht gegen ein zufälliges Ereignis. Die

Frau war von einem Auto angefahren worden, einen Meter vor einem Fußgängerüberweg; auf der anderen Seite der Straße befand sich die Villa von Freunden. Die Umgebung war eine schöne Wohngegend mit Bauten aus dem frühen 20. Jahrhundert, die in baumreichen Gärten standen. Der Unfallfahrer war die lange Allee hinuntergefahren, vielleicht nicht ganz nüchtern; Signora Veneziani hatte gerade den Gehsteig verlassen, um sich auf die andere Straßenseite zu begeben, zum Parkplatz, der nur fünfzig Meter entfernt lag. Stucky war mehr denn je davon überzeugt, dass es sich um einen normalen Unfall gehandelt hatte.

Die Zentrale leitete einen Anruf an ihn weiter.

»Inspektor Stucky am Apparat.«

»Signor Inspektor, ich habe Ihnen eine Mitteilung im Zusammenhang mit der angefahrenen Frau zu machen.«

»Wer sind Sie?«

»Ich würde lieber persönlich mit Ihnen sprechen.«

»Dann kommen Sie ins Polizeipräsidium.«

»Kennen Sie das Brek?«

»Dieses Selbstbedienungsrestaurant?«

»Ja. Zum Mittagessen. Vorher habe ich noch einige Erledigungen …«

»Wie erkenne ich Sie?«

»Ich erwarte Sie in dem Raum, der wie eine Bibliothek eingerichtet ist.«

»Conte! Wo bleibt der kleine Junge?« Er brüllte es geradezu von der Tür seines Büros auf den Gang hinaus, denn der Anrufer hatte ihn nervös gemacht.

»Keine Ahnung …«

Raschen Schrittes erreichte Stucky die Piazza dei Signori. Keine Spur von Checo Malaga und natürlich auch nicht von Ali.

Er sah Bebo Bastuzzi, der auf der Loggia dei Cavalieri den Zwerg gab und sich selbst spielte, indem er Weihnachtskerzen und, je nach Jahreszeit, Ostereier, Strohhüte und Badeanzüge, einteilige, für bessere Damen, verkaufte. Manche meinten, er wandere ziellos umher und sei einsam, würde abends in irgendeiner historischen Wohnung verschwinden und in den riesigen Salons unter dem Dach mit seinen Pantoffeln über echte venezianische Fußböden schlurfen; andere wiederum stellten sich vor, dass er aus einem Zirkus entlaufen sei, der einmal am Stadtrand, in der Gegend von Fiera, kampiert hatte, aus einer jener kleinen Karawanen, die immer kurz vor der Pleite stehen: zwei Esel, zwei Clowns, ein Jongleur und ein Zwerg. Eines Tages war tatsächlich ein Zirkus in die Stadt gekommen und hatte ausgerechnet auf der Piazzetta San Parisio, zwischen den Häusern, sein Zelt aufgeschlagen. Es war ein besonderer Zirkus, auch wenn es keine besonderen Zirkusse mehr gab, aber dieser hatte tatsächlich keine Tiere, weder Esel noch alte Löwen noch Pferde. Nur eine Handvoll junger Leute, Athleten, Tänzerinnen, Schlangenmenschen und einen Zwerg hatten sie schon, einen Zwerg, der sein eigenes Programm machte. Zwei Zwerge konnten sie sich nicht leisten, und Bebo Bastuzzi hatte seufzend seine alte Handelstätigkeit wieder aufgenommen.

Stucky kannte Malagas Domizil, eine herrschaftliche Wohnung in der Nähe des ehemaligen Cinema Astra, eine von mehreren in seinem Besitz befindlichen Immobilien. Er läutete lange und vergeblich. Dann blickte er nach oben und betrachtete die alten Balken und die Balkone in der Hoffnung, den Blinden auftauchen zu sehen. Enttäuscht und besorgt überließ er sich dann dem Strom der Kunden, die der Piazza dei Signori zustrebten, verkroch sich in der Bar an der Piazza Borsa und wartete untätig auf die Mittagszeit. Der Vormittag eröffnete ihm keine anderen Chancen. Er spürte, dass er viele Informationen zusammengetragen hatte und dass sich in seinem Kopf interessante Verknüpfungen herstellten. Aber irgendetwas – die Wintersonne, der bevorstehende kürzeste Tag des Jahres, der unruhige Schlaf der vorhergehenden Nacht – hatte ihm die Initiative geraubt. Mit einer Zeitung, die er sogar einschließlich der Todesanzeigen durchforstete, vertrödelte er die Stunden, schielte immer wieder auf die Stammgäste und die Damen im Pelz, erlebte den kurzen Auftritt Signor Springolos, das menschliche Sammelsurium, das diese Stadt repräsentierte, die Männer und Frauen, die sie geerbt hatten und weitervererben würden. Aber jeder dachte nur bis zum eigenen Horizont.

Das Brek bot sich als Selbstbedienungsrestaurant für kurze Mittagspausen an, für Bankleute, Angestellte und natürlich auch für Verkäuferinnen. Schneller Service, aber ohne die brutale Nüchternheit der üblichen Fast-Food-Lokale. Nachdem man sich sein Essen zusammengesucht hatte, stieg man in die Räume mit vorgetäuschter Kulisse hinauf, wobei man unter Piraten und dem Meer, exotischen Stränden, Aztekentempeln und Bibliotheken im Stil des 19. Jahrhunderts wählen konnte.

Im Bibliotheksraum saßen mehrere Stammgäste, aber Stucky brauchte nicht lange, bis er seinen Mann ausgemacht hatte. Dieser hatte sich an einem Tisch für zwei auf die Lauer gelegt, den Rücken zur Wand, in sicherer Entfernung von den anderen lärmenden Gästen. Sein kurzes Haar ging ins Blonde, seine Brille hatte runde Gläser, und er kam dem Inspektor etwas füllig vor, zumindest ließ das, was er sah, diesen Eindruck zu, dazu kam noch der Anflug eines mehrere Tage alten Barts. Er tat, als würde er auf einen Teller Kartoffeln starren und ein Glas Bier streicheln, war aber wachsam und erkannte auch seinerseits Stucky sofort.

Der Inspektor ging auf ihn zu: »Signor …«

»Dr. Tarfusser. Dr. Kuto Tarfusser, Psychologe.«

»*Complimenti!* Anhänger von C. G. Jung?«

»Das könnte ich nicht behaupten, ich habe mich noch nicht festgelegt. Ich arbeite auch für die Detektei Condor.«

»Die Mannschaft des alten Di Nolfo!«

»Sie kennen ihn?«

»Er war einer von uns, bis vor fünf Jahren. Ich habe seine Stelle geerbt.«

»Zufälle gibt es …!«

»Und ob …!«, sagte Stucky, stellte das Tablett mit Salat und Lachs ab und setzte sich.

»Also ein Detektiv-Psychologe … oder umgekehrt?«

»Die Tätigkeit, die ich anstrebe, ist die eines Psychologen. Aber mein Einkommen verdanke ich vorläufig der Zusammenarbeit mit der Detektei Condor. Ich habe eine kleine Praxis in Santa Bona.«

»Ein bisschen weit draußen …«

»Vorläufig.«

»Südtiroler?«

»Tiroler.«

»Und was weiß ein Tiroler über das, was hier passiert, hier in Treviso?«

»Ich möchte vor allem, dass Sie mir Diskretion zusichern. Meine Ermittlungstätigkeit steht auf dem Spiel.«

»Sie werden alle Garantien erhalten, die das Gesetz vorsieht, und dazu noch mein persönliches Ehrenwort. Und jetzt schießen Sie los.«

»Ich verfolge einen Fall betrieblicher Untreue, bei dem

sich herausgestellt hat, dass es sich um einen Fall ehelicher Untreue handelt. Das Verfahren sieht Observierungen vor …«

»Ich kenne das Verfahren.«

»Um es kurz zu machen: Ich habe gesehen, wer neulich abends diese Frau angefahren hat.«

Damit hatte Stucky nicht gerechnet, und er sah, wie Tarfusser lächelte, der ihm die Überraschung vom Gesicht abgelesen hatte.

»Interessant …«, murmelte er.

»Es war ein Unfall. Wahrscheinlich eine Unachtsamkeit des Fahrers. Ich habe Fotos. Der Unfallfahrer hat erst angehalten und ist dann geflüchtet …«

»Und es handelt sich um die Person, die Sie im Rahmen Ihrer Ermittlungen verfolgen.«

»Genau. Der junge Bianchin, auf der Rückkehr von einem Galoppritt mit Signora …«

»Der Name tut nichts zur Sache! Sie befürchten, dass ich die Quelle preisgebe. Ist das Ihre Sorge?«

»Genau.«

»Darin sehe ich kein Problem. Wir werden unsere Ermittlungen mit der gebotenen Umsicht durchführen.«

»Gut.«

Tarfusser hob das Glas mit dem Bier an und behielt den Inspektor fest im Blick.

»Aber Sie wollten mir nicht nur das mitteilen. Oder irre ich mich?«

»Nein.«

»Es gibt noch etwas Wichtigeres …«

»Ihnen ist sofort klar gewesen, dass dieser Unfall nichts mit dem Killer der Verkäuferinnen zu tun hat …«

»Ja.«

»Es sind auch zwei verschiedene Angelegenheiten. Richtig. Jedenfalls habe ich einen Verdacht, um wen es sich bei dem Täter handeln könnte, der zuerst die Verkäuferinnen attackiert und dann eine von ihnen umgebracht hat. Ich habe einen Patienten mit einem besonderen Profil. Ich bin mir ziemlich sicher, dass er kein Auswärtiger ist. Alles andere als das …«

»Nun mal der Reihe nach. Sie behaupten, Sie hätten jemanden, der sich bei Ihnen auf die Couch legt und der nach dem, was er Ihnen erzählt, in diese Sache verwickelt sein könnte?«

»Genau.«

»Sind Sie sicher?«

»Sie können weitere Ermittlungen anstellen. Ich gebe Ihnen den Namen.«

»Und das Berufsethos?«

»Im Namen der Gerechtigkeit …«

Stucky blieb allein am Tisch sitzen, in einer Hand das Blatt mit dem Namen. Ihn befiel ein Unbehagen. Er rief Landrulli an.

»Er geht jetzt hinaus. Folge ihm, aber vorsichtig. Er könnte in Sachen Beschattung ein Profi sein …« Er beschrieb ihm den Mann.

»Signor Inspektor! Was für ein Dusel …«

»Landrulli! Wage es nicht!«

Sollte er diesem Tarfusser glauben? Stucky stand auf und zog eines der Bücher aus den ihn umgebenden Regalen. Es waren Attrappen. Nicht einmal die mindeste Anstrengung, sich ein Wägelchen voll alter Bände zu besorgen, die in den Kellergeschossen der alten Villen oder auf den Versteigerungen gebrauchter Bücher in so großem Überfluss vorhanden waren. So viele Mogelpackungen!

Im Büro besorgte sich der Inspektor ein paar Informationen über Tarfusser und musste lachen, als er seinen Lebenslauf durchging, ein Vergnügen, das ein wenig geschmälert wurde, als er sah, dass einer seiner Onkel mütterlicherseits ein Tiroler Irredentist gewesen war, in jenen Jahren, als die Hochspannungsmasten umfielen, und das nicht, weil sie vom Schnee überlastet waren. Es war das Werk des sogenannten Befreiungsausschusses Südtirol gewesen. Das, was er über den Mann, dessen Namen Tarfusser ihm genannt hatte, herausfand, war nicht besonders ergiebig. Es schien ihm ein X-Beliebiger zu sein, einer jener jungen Männer, die ohne große Gedanken durch dieses Land zogen. Konnte einer von diesem Schlag eine Frau wie Jolanda Schepis umgebracht haben? Allein schon der Gedanke hatte etwas fast Kränkendes an sich. Zunächst jedoch wollte Stucky wissen, wo Ali abgeblieben war.

Checo Malaga saß nicht auf den Stufen, sondern stand an einen der Pfeiler gelehnt und streckte weder die Hand aus noch war der Hut zu sehen. Er schien das Dunkel zu betrachten, das ihn umgab.

»Signor Farina, Ali ist heute Morgen nicht gekommen.«

»Bei mir hat er sich auch noch nicht gemeldet. Ich habe ihm die Fotos gestern Abend gegeben ...«, sagte der Mann mit besorgt klingender Stimme. »Manchmal kommt er zu spät, aber in der Regel hält er die Zeiten ein, die wir vereinbaren.«

»Wissen Sie, wo er wohnt?«

»So in etwa. Jedenfalls in einer der Mietskasernen an der Strada Ovest.«

Gleich hinter der langen Verkehrsader, die von Handelsbetrieben aller Art gesäumt war, standen, nur von dieser Fassade verdeckt, in zweiter Reihe Häuserblöcke, in denen viele der in der Stadt präsenten Zuwanderer untergekommen waren. Das ethnische Hinterteil der fröhlichen Marca Trevigiana.

»Könnte ich ihn finden? Wissen Sie seinen Nachnamen?«

»Alle wissen, wer der kleine Ali ist ...«

Stucky kannte sie, diese Mietskasernen. Man hatte viel unternommen, um ihr Aussehen zu verbessern, hatte sie mit Blumenbeeten umgeben, die im Sommer blühten, und in die Ecken der Gebäude Bougainvilleen und Kletterrosen gepflanzt, die im Winter nur ein bisschen zurückgestutzt wurden. Die Abstellflächen für die Fahrzeuge waren in gutem Zustand und mit robusten Fahrradständern aus Schmiedeeisen ausgestattet, eine Hommage an das örtliche Handwerk, ebenso wie die Bänke, zwei rechts und zwei links von jedem Hauseingang, massive, grün angestrichene Holzbänke mit gefälligen Rundungen. Und als wäre das nicht genug, durften alle hier vertretenen Kontinente nach Herzenslust, nur an eine grundsätzliche Übereinkunft mit dem Architekten gebunden, Fahnen und sonstige Dekorationen ihrer Herkunftsländer zur Schau stellen.

Stucky erkundigte sich bei ein paar verschleierten Matronen, die mit anderen Afrikanerinnen und Afrikanern um den Eingang herum saßen, nach Ali.

»Oberster Stock, Familie Ali«, sagte eine.

»Ali nicht da. Familie auch nicht. Nein ...«

»Ali fort.«

»Wann?«

»Früh.«

»Familie arbeiten. Auch Ali arbeiten.«

»Sind Sie sicher?«

»Alle arbeiten.«

Wenig überzeugt warf Stucky einen Blick in die Eingangshalle und stellte sich vor, jemand würde als Ausrede vorbringen, der Lift sei defekt. Dann würde es sicher keinen Spaß machen, sich zu Fuß in den sechsten Stock begeben zu müssen.

Er spürte, dass ihn ein Gefühl der Leere und jene Stimmung befiel, die die Abenddämmerung mit sich zu bringen pflegt, und er erinnerte sich daran, dass die Anlage mit den Eigentumswohnungen, wo die Schepis wohnte, eigentlich nur wenige Hundert Meter Luftlinie entfernt lag.

»Landrulli, bist du's?«

»Ich bin dem Typen auf den Fersen. Er wohnt in der Nähe des städtischen Schlachthofs. Außerhalb …«

»Diese Gegend kenne ich. Mach deine Arbeit, und wir sehen uns morgen früh im Büro. Zu einem Brainstorming, ich und du …«

»Signor Inspektor, ich erinnere Sie daran, dass morgen Sonntag ist. Und dann dieses Brain… was weiß ich, das habe ich noch nie gemacht. Nicht einmal allein.«

»Landrulli, das ist so ein blödsinniger Ausdruck, der bedeutet, dass man seine Meinungen austauscht. Lass dich bloß nicht verunsichern!«

19. Dezember

Schon wieder Weihnachten. Eigentlich war schon seit Wochen Weihnachten, es war ein Prozess, kein Datum. Die Geschäfte rüsteten sich für den Endspurt.

Wann war er selbst das letzte Mal weihnachtlich gestimmt gewesen?

Stucky fragte sich, ob er sie überhaupt je empfunden hatte, diese Weihnachtsstimmung, ob ihn sein Gedächtnis nicht trog.

Ob Signor Springolo jemals einen Sinn für die Weihnachtsstimmung gehabt hatte? Das Duo Barabissi? Giovanin *el tetàro*? Landrulli?

Und Signorina Schepis?

Er betrachtete die Brioche, die man ihm auf das Tellerchen gelegt hatte.

Zwei oder drei große Firmen, die Tiefkühlkost herstellten, teilten sich das kolossale Segment des Guten-Morgen-Marktes, indem sie den Kunden winzige Teigmischungskugeln, bleich wie der Tod, andrehten, die von diesen in den Mikrowellengeräten zum Leben erweckt werden sollten. Alle identisch aussehend, alle gleich schmeckend. Es blieben nur noch wenige Bäckereien übrig, und auch die standen bereits auf der Roten Liste der bedrohten Arten. Just im vergangenen Jahr hatte ein Bäcker, einer dieser letzten Aufrechten, seinen Besitz verkauft, und das Rezept seines mit Marmelade gefüllten Croissants war auf der Suche nach mehr Menschlichkeit Richtung Brasilien geflogen.

Werden wir als reiche Menschen sterben? Er fand den Gedanken beklemmend.

Um Punkt neun Uhr wurde er auf seinem Weg ins Polizeipräsidium Zeuge der feierlichen Öffnung der Geschäfte, die wie Winterblumen aufblühten. Die in Mäntel gehüllten Verkäuferinnen rissen die Türen weit auf, löschten die Schaufensterbeleuchtung und schalteten die Lampen im Inneren der Läden ein. Stucky begrüßte sie, zumindest die, die er sah, und die eine oder andere erwiderte seinen Gruß auch, nachdem sie ihn erkannt hatte, oder einfach nur aus Höflichkeit. Einige klopften den Fußabtreter vor dem Eingang aus, andere standen aristokratisch und mit verschränkten Armen an der Kasse und sprachen ein Mantra oder irgendeinen Nietzsche-Refrain vor sich hin. Aus den Augenwinkeln sah er, dass das Kleidergeschäft der armen Schepis trotz des schweren Unfalls von Signora Veneziani geöffnet war und gerade einen Kundenansturm erlebte wie seit Jahren nicht mehr. Sicher, hier wurden Kleider der Nobelklasse verkauft, keine bunten Nullachtfünfzehn-T-Shirts. Neugierde, krankhafte Neugierde, menschliche Neugierde. Stucky musste lächeln.

Er begrüßte Signorina Ricci, die, vollkommen wiederhergestellt, auf dem Weg zur Arbeit war.

Die Schepis war in gewisser Weise in weihnachtlicher Stimmung gewesen. Vielleicht lieferten gerade ihre Geschenke, die verpackungsbereit dagelegen hatten, einen Beweis für ihre Zugewandtheit und Zuneigung. Es war nicht schwer, jedes Geschenk einer ihrer Freundschaften zuzuordnen. Nur die goldenen Manschettenknöpfe blieben schrecklich allein.

Landrulli hatte ein Papptablett mit Blätterteiggebäck, das ihm von zu Hause geschickt worden war, ins Büro mitgebracht und drückte es wie den letzten Schutzwall gegen die Schwierigkeiten des Lebens an sich. Er träumte wohl von Struffoli, diesen klebrigsüßen neapolitanischen Weihnachtskügelchen. Er hoffte immer noch, über die Festtage nach Hause fahren zu können, fürchtete aber, dass die Arbeit ihn nicht loslassen würde.

Er versuchte, Zeit zu gewinnen, indem er das Viertel

beschrieb, in dem Tarfusser wohnte, und ein paar Details zur Verkehrsausschilderung, zu den Bürgersteigen lieferte. Dann musste er zugeben, dass der Mann in der Gegend überhaupt nicht bekannt war, anonym wie ein Straßenkehrer.

Er hatte ihn am Abend gesehen, wie er sich zu seiner kleinen Praxis in Santa Bona begab, wo ein Messingschild mit der Aufschrift *Psychologe* hing und wo er sich mit einem Klienten, einem jungen, kräftigen Kerl, abgab, und beobachtet, wie er nach Hause zurückkehrte, wo er bald zu Bett ging.

»Ist das ist alles?«

»Ich habe das Autokennzeichen des Klienten …«

»Ich weiß schon, wer das ist.«

»Aber wie …?«

»Der Observierte selbst hat es angedeutet. Und ich habe eine erste Überprüfung des Mannes vorgenommen …«

»Kommt er infrage?«

»Ich weiß nicht. Er ist eine Person, die vom Umkreis der Schepis sehr weit entfernt ist. Wenn ich ehrlich sein soll, sehe ich keine Verbindungen.«

»Aber der Mann, den ich observiere, warum sollte er Ihnen dann diesen Tipp gegeben haben?«

»Eben.«

»Warum sagen Sie das jetzt, Signor Inspektor?«

»Das werde ich dir erklären.«

Tarfusser hatte nicht damit gerechnet, dass Inspektor Stucky ihn vor der Haustür erwarten würde. Er war bei der Detektei gewesen, Comandante Di Nolfo hatte ihm seine Anweisungen gegeben, und er war, ein bisschen geknickt, zum Mittagessen nach Hause gegangen.

»Ein Kotelett«, sagte er zu Stucky, »und ich habe auch eins für Sie.«

Stucky musste schmunzeln; denn mit seinem unvorhergesehenen Besuch hatte er bewirkt, dass der Akzent des jungen Tirolers voll durchbrach.

»Dankend angenommen«, antwortete der Inspektor und klopfte seinen Mantel ab, auf den ein Schwall Kaltluft Straßenstaub geweht hatte.

Er folgte ihm durch das Treppenhaus – alt und finster, abgegriffener Handlauf, vergilbte Wände, Indizien für Streitereien unter den Eigentümern über Instandhaltungsmaßnahmen, über die man sich niemals hatte einigen können. »Wir sind hier alle nur Mieter auf Abruf«, sagte der Mann fast so, als redete er mit sich selbst.

»Und Sie, wo werden Sie hinziehen?«

»Ich möchte zurück nach Brixen. Ja, ich glaube, ich gehe zurück nach Brixen …«

Mit einer gewissen Anstrengung ließ er das Schloss aufspringen, während er sich auf einer abgetretenen Fußmatte reflexhaft die Schuhe abputzte.

»Ich weiß, warum Sie mich sprechen möchten«, sagte Tarfusser.

»Es muss etwas geklärt werden …«

»Sie möchten herausfinden, was mich dazu gebracht hat, mit so großer Leichtigkeit gegen mein Berufsethos zu verstoßen.«

»So ungefähr.«

»Nehmen Sie Platz«, sagte er und zeigte auf ein Sofa, während er sich zur Kochnische begab.

»Bürgersinn, glaube ich.«

»Das ehrt Sie …«

»Während ich das Essen zubereite, hören Sie sich mal diese Kassette an. Es ist eine Sitzung, die ich aufgenommen habe. Ja ja, ich weiß, das Berufsethos! Aber hören Sie erst einmal zu, Signor Inspektor.«

Er machte sich an einem Tonbandgerät zu schaffen.

»Nicht dass das Zeitalter der Mülldeponien vorbei wäre, es ist vielmehr das Modell des Familienbetriebs, das sich in einer Krise befindet. Wenn du außer der Deponie keine beweglichen und unbeweglichen Güter besitzt, bist du geliefert. Sie erledigen dich. Da sage ich also zur Mamma und zur Nonna in der Hoffnung, dass sie es an Antonietta, diese Verräterin, weitergeben: Man gibt auf, bevor man schließt. Man verkauft, bevor der offizielle Umsatz die Käufer abschreckt, weil der schwarz erzielte Gewinn bekanntlich einem auch nicht weiterhilft, wenn man erst dann dichtmacht, wenn einem das Wasser schon bis zum Hals steht. ›Also keine Lastwagen und keine Möwen mehr?‹, flüstert die Mamma. Ich biete den Betrieb für achthunderttausend Euro an, ihr werdet sehen, dass einer aus Ferrara oder ein anderer aus Mailand anbeißt. Der Nonna kaufen wir einen schönen neuen Radioapparat, Radio Bella Monella *überweisen wir eine kleine Spende und dem Altenheim in Castelfranco Veneto zahlen wir bis zum Ende ihrer Tage das Kostgeld. Dir, Mamma, kaufe ich eine kleine Wohnung in Duna Verde, zu dir passt das Landleben mit der Apfel- und Birnenernte, und du kannst dir deinen Lebensunterhalt auf würdige Art und Weise selbst verdienen. Der Antonietta schenke ich eine Vespa, was auch schon zu viel ist, denn sie braucht eine echte Degradierung. Was noch fehlt, ist die Belohnung für die unternehmerische Aufgabe, die ich mit Hingabe erfüllt habe, und diese Belohnung will ich ganz für mich allein: Ich will jeden Abend bei Toulà essen, ich will morgens meinen Espresso auf der Piazza in Castelfranco trinken und am Nachmittag auf der Piazza Borsa in Treviso, ich will mich von einem Schneider einkleiden lassen, der Maßanfertigungen macht, und ich will mir den Kopf entgiften.*

Sie haben inzwischen schon begriffen, warum ich zu Ihnen gekommen bin, Dottore?«

»Absolut …«

»Und wissen Sie, was ich gern machen würde?«

»Was denn, Signor Pierini?«

»In einer wilden Nacht mit Ihnen durch die ganze Marca Trevigiana ziehen: Restaurants, Diskotheken, Privés, Bahnhöfe abklappern, trinken und meinen Psychologen betrunken machen und ihn dann, an einer normalen Straße, auf die Couch legen und mir anhören, was er mir über sein Leben zu sagen hat.«

»Ich weiß nicht, ob wir das können. Das Berufsethos …«

»Oho! Und dieses Ethos-Zeug, das erlaubt Ihnen, zugleich Psychologe und Privatdetektiv zu sein?«

»Woher wissen Sie denn das?«

»Glauben Sie wirklich, dass ich mich, bevor ich zum Psychologen gehe, nicht erkundige? Glauben Sie, dass ich mich nicht gefragt habe, warum Sie ein so niedriges Honorar pro Sitzungsstunde verlangen?«

»Ein Gläschen können wir uns wohl genehmigen …«

»Ich hab's ja gewusst!«

»Ich weiß es zu schätzen, dass Sie mir die Aufzeichnungen Ihrer Sitzungen vorspielen«, sagte Stucky.

»Ich dürfte das nicht …«, seufzte Tarfusser.

»Dieser Pierini kommt Ihnen also nicht ganz geheuer vor«, fuhr der Inspektor fort, seinen Gesprächspartner nicht aus den Augen lassend. »Erzählen Sie mir, wie er Sie in diese wilde Nacht hineingezogen hat. Denn das hat er geschafft, oder?«

Tarfusser wirkte plötzlich noch jünger, so wie der Student, der versuchte, sich bei den Prüfungen dadurch Mut zu machen, dass er weite Jacken anzog, die er sich ausgeliehen hatte, und überlange Krawatten umband.

»Seit drei Monaten treibt er mich in den Wahnsinn. Alles hat in Venedig angefangen, auf der Mostra del Cinema. Er hat mich in dieses Chaos eingeführt, damit ich die Schauspieler und Schauspielerinnen kennenlernte. Sie hätten ihn sehen sollen! Den Männern von der Security sagte er immer, er wäre Max, der Freund von Tom Cruise und von Woody Allen; wenn er eine berühmte Schauspielerin sah oder einen Regisseur, brüllte er nach Leibeskräften. Er hat sich von den Bodyguards Schläge eingehandelt. Diese Prügel waren für ihn wie Liebkosungen. ›Für die Kunst‹, sagte er, ›lasse ich mich in Stücke reißen!‹ Und dann, bei dieser Zechtour, Mitte Oktober, da sagte er, es sei das erste Mal, dass er sich nicht allein besaufe, sondern in Gesellschaft von Genießern, zusammen mit Hunderten, und diese Erfahrung hat ihn vollkommen verändert. Es war, glaube ich, der ›Dionysische Rausch‹. So könnte ich mir das erklären. Die Tore seiner Wahrnehmungsfähigkeit wurden weit aufgestoßen. Er hat sich, so sagt er, als Teil der großen Welt gefühlt, als wäre er selbst die Welt. Er konnte nicht mehr leben wie zuvor, er musste seine Freiheit auskosten. Eines Tages kam er überpünktlich zu einer Sitzung, um die ihm zugeteilte Zeit bis zur letzten Minute auszukosten, und am nächsten Tag rief er mich um elf Uhr, halb zwölf in der Nacht an und sagte, er warte vor dem Haus auf mich und los, mit seinem Flitzer brachte er mich in alle Pubs auf den Hügeln und in die Weinlokale, in die Topless-Bars und in die Privés quer durch die ganze Provinz, sodass ich die ganze Geografie der Marca Trevigiana und auch die von Verona kennengelernt habe. Er stritt mit allen herum, küsste die Prostituierten auf der Straße und schämte sich für nichts ...«

»Aber ...«

»... dann, um drei, halb vier brachte er mich in ein Lokal, wo man isst, viel und schwer, und hat sich überfressen, und gegen fünf, halb sechs hat er mich hundert Meter von zu Hause entfernt abgesetzt. Weil er vor dem Tor meines Hauses mit dem Auto nicht wenden konnte …«

»Und am Tag danach … Sitzung.«

»Natürlich. Aber das Schlimmste ist, dass ich meine Arbeit bei der Condor nicht gut mache. Comandante Di Nolfo hat mich auf dem Kieker und möchte mich auf Teilzeit herunterstufen …«

»Aber, entschuldigen Sie bitte, dieser ganze Überschwang macht aus Signor Pierini noch keinen Mörder.«

»Auch nicht der Umstand, dass er das Opfer kannte?«

»Das hat er Ihnen gesagt?«

»Am Tag nach dem Mord. Ich habe sie gekannt, hat er gesagt und dabei vor sich hin gelacht …«

»Er hat gelacht?«

»Gelächelt, glückselig.«

»Signorina Schepis wurde ermordet, und er hat gelacht?«

»So, wie es aussah, ja.«

20. Dezember

Es war acht Uhr früh, und Stucky warf einen verzweifelten Blick auf die Straße, den vor ihm liegenden Abschnitt Richtung Ponte della Priula. Immer das gleiche grauenhafte Schauspiel! Es wandelte einen die Lust an, über die Dächer der türkischen und bulgarischen Fernlaster, über die Kofferräume der Kleidervertreter und Liebhaber der Einkaufszentren hinwegzuspringen und zu fliehen, über die seitlich gelegenen Felder, durch das Wenige, was an grünen Lebensadern übrig ist, und sich dabei vorzustellen, diese würden einen zu den untergegangenen Wäldern dieser immer noch erhabenen Landschaft führen.

Diese Qual würde auch der Abend nicht lindern: Soeben nach Hause zurückgekehrte Reisende zogen dann schon wieder in die Bingosäle oder in die Diskotheken und kreuzten den Weg der aus den Einkaufszentren vertriebenen Nachzügler.

Stucky bog nach rechts ab und folgte der Beschilderung, die auf eine Nebenstraße verwies, und nach ein paar Kilometern sah er eine Umfriedung aus Betonsteinen, eine Mauer, die die Umgebung von dem trennte, was dahinter versteckt lag. Vom Tor aus konnte er die große Unterwelt der Mülldeponie betrachten, die bereits mit schwarzen Folien bedeckten und von Gasen aufgequollenen Bereiche und vorn den bepflanzten Abschnitt, auf dem allerhand Maschinen und Lastwagen herumfuhren. Offene Gedärme, brodelnde, unförmige Materie, dicht darüberfliegende Möwen, Kanonen, deren Schüsse sie verscheuchen sollten, und Kamine zur Ableitung der Gärungsgase.

Die Behausung der Pierinis lag hinter diesem stinkenden Loch und war, dank eines mysteriösen Glücksgriffs des Planers, dem Wind ausgesetzt. Stucky klingelte.

Was folgte, war ein endloses Vakuum, in dem er nur das Brummen der schweren Geräte und das Ausstoßen des ölhaltigen Rauchs der Lastwagen zu erdulden hatte.

»Ja?«

»Signor Pierini?«

»Nein … der schläft.«

»Ich bin Inspektor Stucky. Ich möchte ihn sprechen.«

»Jetzt? Er hat sich erst vor zwei Stunden hingelegt …«

»Wer sind Sie?«

»Seine Schwester.«

»Es ist dringend.«

»Ich mache Ihnen auf. Dann wecken wir ihn gemeinsam …«

Auf der Schwelle erschien ein Mädchen, das trotz ihres rundlichen, pausbäckigen Gesichts bleich war. Das Haar hing ihr herunter, wie von irgendetwas Schwerem nach unten gezogen. Sie fixierte den Inspektor mit unergründlicher Melancholie.

»Muss er …?«, fragte sie und spielte mit ihren Fingernägeln.

»Wer?«

»Mein Bruder. Nehmen Sie ihn mit?«

»Nein, nein. Ich bin hier, um ein paar Gedanken mit ihm auszutauschen.«

»Da geraten Sie an den Richtigen. Max ist eine wahre Ideen-Deponie!« Sie lachte auf und hielt sich sogleich den Mund zu.

»Sind Sie mit der Vespa zufrieden?«, versuchte er, einen etwas persönlicheren Ton anzuschlagen.

»Vespa? Das wissen Sie auch schon? Die Vespa … er hat sie mir nicht gekauft. Er hat gesagt, ich hätte eine Mini Minor verdient, und sucht noch danach, Importware und zudem aus zweiter Hand …«

Sie winkte den Inspektor herein und führte ihn in ein

sehr großes Zimmer mit zwei nebeneinandergestellten dunklen Ledersofas, die zur Hälfte mit bestickten Kissen und einem schlafenden dicken Plüschelefanten zugedeckt waren. Vor den Sofas stand silbergrau und funkelnagelneu ein riesiger Flachbildfernseher. Ein langes Holzregal nahm eine ganze Wand ein und war mit Pokalen und Trophäen gefüllt.

»Sportler?«, fragte der Inspektor.

»Mein Bruder kauft sie«, sagte das Mädchen. »Er sammelt die Trophäen der örtlichen Sportvereine.

Nehmen Sie Platz. Möchten Sie, dass ich den Fernseher einschalte? Es wird ein bisschen dauern, bis Max die Augen aufmacht. Er ist so gegen fünf Uhr nach Hause gekommen …«

»Ich schaue mir so lange die Pokale an. Machen Sie sich keine Umstände und tun Sie Ihr Bestes.«

Das Mädchen schlüpfte durch eine Tür, und Stucky nutzte die Gelegenheit, einen Blick durch die andere Tür zu werfen, in ein Zimmer, das, nach der Einrichtung zu urteilen, ein Büro sein musste. Die Tür, durch die die Frau entschwunden war, führte auf einen Gang. Er sah, dass sie mit Nachdruck an die letzte Tür klopfte, und hörte sie rufen, dass die Polizei da sei.

Es dauerte einige Minuten, bis der junge Pierini fluchend herauskam, in einen Bademantel gehüllt, der von oben bis unten mit geflügelten Drachen gemustert war.

Er ging mit schweren Schritten durch den Flur und versuchte, sich das angeklatschte Haar zu ordnen und die geschwollenen Augen weit aufzureißen, um das Gesicht des Besuchers prüfend betrachten zu können.

»*Buongiorno*, Signor Pierini. Ich hoffe, Sie nicht gestört zu haben.«

»Was, verdammt …«

»Immer mit der Ruhe. Wachen Sie erst mal auf …«

»Aber was zum …« Der Mann ließ sich geräuschvoll auf dem Sofa nieder.

Stucky beobachtete die Bewegungen dieses kräftigen Mannsbilds, die geschwollenen Lider, die kaum einen Streifen der hellen Iris erahnen ließen. Pierini schnippte mit den Fingern, die so dick waren wie gut gedüngte Karotten.

»Antonietta! Mach uns einen Espresso …!«

»Wie wär's mit einem ›Bitte sehr‹ …?«

»›Bitte sehr‹, so ein Blödsinn! Du Feministin! Los, der Herr hat's eilig …«

»Überhaupt nicht«, sagte Stucky und machte es sich bequem.

Sie musterten sich gegenseitig.

»Sie sind Polizist …«

»Erraten!«

»Und Sie sind hier wegen dieser Sache mit dem Toulà, stimmt's? Ich hab mich den Kellnern gegenüber gehenlassen, ich weiß. Es ist so, dass diese Lokale, für die besseren Leute, mich … aus dem Konzept bringen.«

»Nein. Es ist nicht wegen Ihrer Ausfälle bei Toulà. Es ist wegen Signorina Schepis, der Verkäuferin …«

»Die Schwarze, die ermordet wurde?«

»Haben Sie sie gekannt?«

»Sagen wir mal, dass ich es versucht habe. Ich mag die schwarzen Frauen, was soll ich machen? Wenn ich sie nachts bei der Kälte auf der Straße sehe, überkommt mich ein Gefühl, ich kann es nicht beschreiben. Mir kommen die Tränen, ich möchte sie alle heiraten. Wenn ich dürfte, würde ich sie heiraten, von der Ersten bis zur Letzten, sobald ich kann, gehe ich nach Kenia und heirate eine Schwarze. Das sage ich allen. Das ist kein Geheimnis.«

»Was heißt das, dass Sie es versucht haben?«

»Oh! Jetzt verstehe ich: Sie glauben, dass ich irgendetwas mit ihrem Tod zu tun habe! Sind Sie noch bei Trost? Haben Sie sich über mich informiert? Haben Sie eine Vorstellung davon, aus welchem Holz ich geschnitzt bin? Ich bin für das Leben! Antonietta! Der Espresso! Für das Leben, das sage ich Ihnen!«

Er schlenkerte mit den Beinen und stemmte dann die Füße so in den Boden, als bereite er sich auf einen Sprung vor.

»Bleiben Sie ganz ruhig. Erzählen Sie mir, wie die Dinge liegen. Ich höre Ihnen zu.«

»Antonietta! Ihr Feministinnen seid nicht einmal imstande, einen Espresso zu machen ... Ich hab's versucht, ja. Ich habe sie im Geschäft gesehen, durch die Schaufensterscheiben. Aber den Laden betreten habe ich nie. Zu sehr was für feine Leute. Ich habe gewartet, bis sie mit der Arbeit fertig war, und habe mich dann beim Ausgang vorgestellt. Sie war wirklich schön. Bildschön. Eine vornehme Erscheinung. Vielleicht zu vornehm. Ich heirate dich, habe ich zu ihr gesagt. Ich habe noch sechshunderttausend Euro, und die investiere ich allein in dich ...«

»Und Signorina Schepis, was hat sie Ihnen darauf geantwortet?«

»Sie war nicht verärgert, nein. Sie war freundlich. Aber ... Die Sache hat sie nicht interessiert.«

»Das Angebot wurde nicht gewürdigt?«

»Wer weiß das schon? Am Ende hat sie mir jedenfalls gesagt: ›Ich mag keine Männer ...‹«

»Genau so hat sie das gesagt? Ich mag keine Männer?«

»Wortwörtlich so. Aber ich habe es ihr nicht gleich geglaubt. Zwei Tage zuvor hatte ich sie bei Schichtende mit einem Typen gesehen, einem, der sie ein paar Sekunden an den Händen gehalten hat. Du lügst!, habe ich gedacht. Du magst nur keine Männer vom Kaliber eines Pierini, also echte Kerle. Der andere sah aus wie ein Fotomodell, mit einem Schal, so eng geknotet wie eine Schlinge, so einer von den Typen, die stets bereit sind, so zu tun, als würden sie sich erhängen, nur damit die Frauen alles daransetzen, sie zu retten: diese Waldspargel, diese Biskuittörtchen, diese Honigsauger!«

»Aber wie sah er denn genau aus?«

»Nur immer mit der Ruhe! Dieser Typ war mir schon vorher aufgefallen, in diversen Lokalen …«

»Was für Lokalen?«

»Ach ja, jetzt soll ich Ihnen die guten Adressen verraten, damit auch Sie dorthingehen können! Damit ich dort außer den Honigsaugern auch noch Polizisten antreffe! Jedenfalls, als ich die Schwarze mit diesem Mann gesehen habe, habe ich gedacht: Du lügst, und jetzt will ich die Wahrheit wissen. Drei Abende nacheinander bin ich ihr nach Feierabend gefolgt. Sie ging in ein Haus und später in ein anderes. Und dorthin kamen Frauen. Damit war klar, dass sie nicht gelogen hatte …«

»Antimama! Und wie war er nun, dieser Mann?«

»Antimama, Antimama … Einer vom Typ Bohnenstange, ein Intellektueller, mit vierzig noch ein Jüngelchen …«

»Groß gewachsen, um die vierzig … geknoteter Schal«, murmelte Stucky.

»Ein nutzloser Mensch. Hören Sie. Und vielleicht auch noch schlecht. Denn die Schlechtigkeit kommt vom Mangel. Wenn es wenig Sauerstoff gibt, brennt die Kohle und wird zu Gift, aber wenn es genug Sauerstoff gibt, passiert gar nichts. Wenn es genügend Liebe gibt, wird man niemals schlecht. Schauen Sie mich an: Ich bin geliebt worden, von meiner Großmutter …«

Stucky sprang abrupt auf.

»Wohin gehen Sie?«

»Ich danke Ihnen, Signor Pierini.«

»Antonietta! Nicht einmal einen Espresso! Kein Wunder, dass nie jemand uns besuchen kommt …«

Stucky, der im zäh fließenden Verkehr Richtung Treviso vorankroch, sagte sich, dass die Nebel sich allmählich lichteten. Er hielt an einer Bar an, für einen Espresso. Es war eine der vielen an der Straße gelegenen Bars für die Transitreisenden, vor allem für die Fernfahrer. Ein zwangsläufig heruntergekommenes Lokal. Er suchte sich einen Tisch, möglichst weit von der Theke entfernt, und rief Landrulli an.

»In einer halben Stunde hier!«, und er erklärte ihm, wo er gerade Rast machte. Die Wartezeit verbrachte er damit, einen Mann zu beobachten, der auf den Tasten eines Videospiels herumhackte. In den Bewegungen des Spielers lag etwas Resigniertes, Niedergedrücktes.

»Gewinnt man denn nie?«, fragte er ihn.

»Nie«, antwortete der Mann, über die Tasten gebeugt.

»Und warum spielen Sie dann überhaupt?«

»Warum kümmern Sie sich nicht um Ihre eigenen Angelegenheiten?«

»Ich bin von der Polizei.« Das rutschte ihm heraus.

»Man braucht keine Ausbildung, um sich um die eigenen Angelegenheiten zu kümmern.«

»Sie sind kein Italiener, stimmt's?«

»Man nennt mich Adriatico … von der anderen Küste des Meeres, natürlich.«

»Verstehe. Und halten Sie diese Küste hier für gastfreundlich?«

Der Mann beugte sich noch tiefer über die Tasten.

Als Landrulli auftauchte, bedeutete Stucky ihm, dass er sich einen Espresso holen und sich zu ihm setzen solle.

»Hör zu, was ich mir zusammengereimt habe: Signorina Schepis versucht, sich von der Familie abzunabeln, und findet in Treviso Arbeit. Der Vater lässt sie nicht los und behält sie im Auge, mithilfe einer alten Bekannten, Signora Pitzalis. Jolanda versucht sich einzugewöhnen, die Stadt ist schwierig, sie verliebt sich. Es muss eine komplizierte Liebe gewesen sein, denn um sie in Freiheit auszuleben, sucht sich Jolanda eine andere Wohnung, ein Versteck. Sie beschließt, den Sprung zu wagen: Sie will ihrem Vater diese Liebesgeschichte offenbaren. Sie lädt ihn ins Hotel Cipriani ein. Sie will eine prächtige Kulisse und stellt sich vor, den alten Schepis auf diese Weise positiv stimmen zu können. Er nimmt die Einladung zunächst auch an, dann aber fährt er, vielleicht aufgrund einer Vorahnung, doch nicht hin. Und lässt sie untröstlich zurück. Es gelingt ihr nicht, Weihnachten so zu feiern, wie sie möchte, nämlich indem sie sich offen zu ihrer Liebe bekennt.«

»Liebe? Liebe für wen?«

»Immer mit der Ruhe, Landrulli! Bleib bitte ganz ruhig …

Am Abend vor dem Mord backt sie also eine Torte und nimmt sie am Tag der Tat mit ins Geschäft; wir wissen ja, dass im Staubsaugerbeutel der Putzfrau Schokoladenkrümelchen gefunden wurden. Mit wem feiert sie? Mit der Veneziani oder mit dem Mörder?«

»Falls der Mörder den Wein mitgebracht hat … oder ist das eine Analogie?«

»Möglicherweise … Und außerdem warum feiern? Gab es einen Grund zu feiern?«

»Vielleicht wollten sie einfach den Kuchen essen und nichts weiter.«

»Oder es war ein Ritual …«

»Ein Ritual?«

»Ein kleines Fest, um ein Problem aus dem Weg zu räumen.«

»Aber warum konnten sie nicht einfach nur einen Kuchen essen und sonst nichts? Wie kommen Sie nur darauf, in diese Richtung zu denken?«

»Hab Vertrauen, Landrulli! Hast du schon die Ausdrucke mit den Telefonverbindungen ausgewertet?«

»Als Erstes habe ich nach den Anrufen gesucht, die am Todestag stattfanden. Nichts Besonderes. Kein Telefonat kurz vor Ladenschluss. Dagegen an den beiden Tagen, an denen sie sich im Hotel Cipriani aufhielt, am 4. und 5. Dezember, hat sie viele Male bei ihrer Familie in Triest angerufen. Den Rest habe ich auch durchgekämmt. Ein paar Dutzend Anrufe richten sich an ein Dutzend Frauen oder kommen von diesen bei ihr an; hier habe ich die Liste mit den Namen ... Dann hat sie einen Anruf von einem Zentrum für medizinische Analysen erhalten, zwei Tage vor ihrem Tod, am Donnerstag, dem 9. Dezember. Ich habe das schon überprüft; sie hatte feststellen lassen wollen, ob sie Mutter werden könne ...«

»Negativer Befund.«

»Negativ. Das wussten Sie?«

»Reine Gefühlssache.«

»Haben Sie sich ein Bild gemacht?«

Stucky schwieg und betrachtete hinter Landrullis Rücken den Mann, der sich Adriatico nennen ließ. Er sah, dass er auf die Bildpaare starrte, die auf dem Bildschirm zu sehen waren, Kirschen, Ananas, Orangen.

Wäre Martini da gewesen, der ihm stets die Stange hielt, dann hätte er ihm all das anvertraut, wovon er überzeugt war.

Aber bei Landrulli wagte er es nicht; es herrschte noch nicht genügend Vertrautheit zwischen ihnen. Er war kein schlechter Kerl, auf seine Weise engagierte er sich durchaus. Aber Stucky kannte seine Art zu denken nicht gut genug, sie waren nicht auf der gleichen Wellenlänge. Er und Martini hatten sich einen Balkon gebaut, von dem aus sie die Welt unter sich betrachtet hatten. Es hatte damals auch seine Zeit gebraucht, Missverständnisse und Distanzierungen gegeben. Doch letzten Endes kapituliert jede Individualität einmal vor der Notwendigkeit zur Zusammenarbeit. Vor gewissen Ähnlichkeiten. Und dann werden viele Unterschiede zu bloßen Nuancen.

»Landrulli, da gäbe es noch eine heikle Aufgabe.«

Agente Landrulli öffnete die Arme wie zu einem breiten Lächeln.

»Es hat sich herausgestellt, dass Signor Springolo mit der Veneziani verwandt ist; sie sind über die Seite der Mutter Vetter und Cousine ersten Grades. Bei der Tatsache, dass sie das Geschäft gemeinsam besitzen, handelt es sich also um eine Familienangelegenheit. Ich gehe davon aus, dass Signor Springolo und seine Cousine sehr vertraut miteinander sind. Geh du jetzt zu ihm und lass ihn nicht los, bis du die Namen aller Männer hast, mit denen die Veneziani etwas hatte …«

»Und wenn er sie nicht kennt?«

»Er kennt sie, keine Sorge.«

»Und wenn er sie nicht verraten will?«

»Gegenüber einem *teron*, der ihm nur die Zeit stiehlt, wird er die Waffen strecken.«

»Und Sie?«

»Ich bin dein direkter Vorgesetzter. Ich gammele derweil in der Stadt herum.«

»Also …«

»Wiederhol den Zungenbrecher!«

»*I gà i gà* … Ich schaff es nicht!«

»*I gà igà i gai*. Kinderleicht. Morgen früh im Polizeipräsidium.«

Als Stucky aus der Bar hinaustrat, sah er, wie Landrulli sich in das Lkw-Chaos einfädelte, ein vierrädriges Wägelchen zwischen gigantischen Beförderern von Papier- und Blechladungen.

Hatte er sich eine Erklärung verdient? Nein, noch nicht. Der Inspektor musste erst noch mit Checo Malaga reden. Ja, er musste bei ihm zu Hause vorbeischauen. Malaga ging am frühen Nachmittag, wenn der Strom der Passanten versiegte, nie aus dem Haus, und Stucky hörte, nachdem er die Klingel betätigt hatte, die Stimme des Blinden leicht atemlos fragen, wer denn da sei.

»Signor Malaga …«

»Signor Inspektor?«

»Ich möchte Sie sprechen.«

»In einer halben Stunde gehe ich zur Piazza hinunter.«

»Nein, jetzt gleich, Signor Malaga! Und verstecken Sie den Ali nicht, den muss ich ausfragen.«

»Alles klar. Kommen Sie herauf.«

Es war ein vornehmes Haus mit Marmortreppen und schmiedeeisernem Tor. Checo Malaga teilte sich die Hauskosten mit einem Notar und einem Zahnarzt, einer Kanzlei und einer Praxis, wie im Stadtzentrum üblich. Er wohnte im obersten Stock; es gab keinen Lift, und die Treppenstufen waren für einen Blinden zu glatt poliert. Aber er war nicht der Typ, der stolperte. Stucky war aufrichtig überrascht, als er die strenge Frau sah, die ihn in das Zimmer führte. Malaga hatte also eine Hausdame, eine Zuwendung von seiner Familie, ebenso wie die Wohnung und die Einrichtung aus kostbarem Holz, die makellosen Balken, die Perserteppiche und die Porzellangegenstände. Signor Malaga saß auf einem Sofa, neben ihm der kleine Ali.

Das Ganze wirkte nicht wie eine Umgebung für Blinde; die Möblierung musste noch aus der Zeit vor dem Unfall stammen, und Malaga hatte wohl gewollt, dass alles an seinem Platz blieb.

»Ciao, Ali«, sagte Stucky.

»Du darfst dem Signore ruhig antworten«, sagte Malaga und stieß den Jungen an.

»*Buongiorno,* Signore.«

»Weißt du, dass ich nach dir gesucht habe?«

Ali, der glaubte, dass der Inspektor es nicht sehen konnte, zwickte den Blinden ins Bein.

»Ich habe dich gesucht, aber du warst hier, ganz bequem, im Haus von Signor Malaga. Ein schönes Haus, wirklich. Jedenfalls habe ich dich gesucht wegen der Fotos … Signor Malaga hatte dir doch Bescheid gesagt, oder?«

Ali nickte.

»Aber jemand hat sie haben wollen. Habe ich recht?«

»Ja, Signore.«

»Es war der Journalist vom *Gazzettino*«, mischte sich Malaga ein.

»Dann haben Sie sich vom Journalisten interviewen lassen, und während Sie plauderten, ist Ihnen herausgerutscht, dass Inspektor Stucky, der Typ aus dem Polizeipräsidium, der seine Nase in alles steckt, die Fotos haben wollte, die Sie Ali haben knipsen lassen …«

»Ja, ungefähr so …«

»Der Journalist wird gedacht haben, dass die Fotos irgendwelche wichtigen Hinweise enthalten könnten, und hat zu Ihnen gesagt: Wenn ich mir davon eine Kopie mache, könnte es einen Knüller geben …«

»Sie haben uns abgehört!«

»Er wird Sie gebeten haben: ›Schick mir Ali, ich mach mir eine Kopie von den Fotos, und dann geben wir sie dem Inspektor so, als wäre nichts gewesen.‹ Oh, oh! Diese Journalisten …«

»Aber dieser Mann ist böse!«, unterbrach ihn Ali.

»Er hat sich die Fotos aushändigen lassen und sie noch nicht zurückgegeben.«

»So ist es.«

»Und Sie haben es nicht nur nicht für nötig gehalten, mich zu informieren, Sie haben auch noch Ali versteckt ...«

»Diese Geschichte wird ...«

»Jawohl, Signor Malaga, diese Geschichte wird ein Ende haben! Aber nicht dank göttlicher Intervention. Auch wenn Weihnachten vor der Tür steht.«

21. Dezember

Stucky war sehr früh zu Bett gegangen. Er fühlte sich völlig ausgelaugt und hatte Mühe gehabt, überhaupt in seinen Pyjama zu schlüpfen; die Beine waren ihm plötzlich schwer und dann weich geworden, und er war wie ein Betrunkener herumgetorkelt. Er spürte den Januar näher rücken, den schlimmsten Monat des Jahres. Sein Biorhythmus oder irgendeine besondere Konstellation der Gestirne lenkte ihn auf eine Spur übler Laune und Verdrießlichkeit, ein paar Knochen knirschten, dazu die Schlaflosigkeit, die ihm die Nacht raubte und ihn mit Bildern überfrachtete, die er nicht loswerden konnte. Vielleicht war es das Gefühl, am Ziel zu sein, und er wusste genau, wie sehr er diesen Augenblick verabscheute, diese grässliche Engstelle, in der sich die ganze Angelegenheit auf die traurige Erkenntnis reduzierte, dass ein Leben aufgrund irgendeiner menschlichen Schwäche ausgelöscht worden war.

Am folgenden Tag war er noch früher unterwegs als die Müllabfuhr. Der Morgen war trocken und nicht wirklich kalt. Stucky befand sich bereits auf der Piazza Borsa und ging, unruhig wie eine Schneeflocke, im Licht der Straßenlaternen auf und ab, als er die Gespenster der Straßenreinigung auftauchen sah, die an den hinteren Trittbrettern klebten und alle ihren phosphoreszierenden BENVENUTO-Pass trugen. Ein Sprung auf den Boden, und schon flog der Sack in den mahlenden Rachen. Und fort waren sie, wie frierende Glühwürmchen.

Der Inspektor setzte sich auf ein Mäuerchen und folgte mit den Blicken den rot schimmernden Rücklichtern der Lkws auf ihrem Weg durch die Altstadtgassen.

Ihm gefielen die Fußgängerstädte, ein lebendiger Strom

von Schuhen und Mänteln. Wenn er sich wirklich frei eine Beschäftigung hätte aussuchen können, hätte er, wenn es denn so etwas gäbe, den Beruf des Menschenbeobachters gewählt. Sich Gesichter, Kleider, Gangarten eingeprägt. Ja, er hätte am Tag und am Abend, niemals in der Nacht, jeden beobachtet, ohne Vorurteile, jeden, ohne Rücksicht auf Alter oder Hautfarbe. Er hätte sich jedes Detail gemerkt und am Ende seiner Schicht, dieser imaginären Schicht, Bericht erstattet, damit die Gesichtszüge, die Mienen, die Schritte, die Gesten jedes Einzelnen archiviert würden.

Er hielt sich für einen Mann des Staates, nicht vom Staat bezahlt, aber mit sicherem Gehalt, woran man ihn, nicht immer nur in freundlichem Ton, in den Bars gern erinnerte: Sie, Signor Inspektor, ja, Sie haben ein sicheres Einkommen!

Nein, er glaubte, zu einem jener Beobachtungsposten zu gehören, von denen aus das Chaos der Welt zu einer gewissen Ordnung genötigt wird, wie ein polarisierender Filter, der chaotisch tanzende Photonen in eine vorher festgelegte Oszillation zwingt. Stucky begriff den Staat als einen solchen Filter, in dem die Sorgen der Familie, das Autokennzeichen, die Zahnarztrechnung, die literarischen Vorlieben jedes Einzelnen, die alle ihre Berechtigung hatten, zurücktreten mussten, um Geboten höherer Ordnung Platz zu machen: nicht töten, nicht stehlen, nicht bei Rot über die Ampel gehen, den Kindern keine Drogen geben. Der Staat war der Garant und der Kontrolleur, der für die Aufrechterhaltung dieser Grundprinzipien sorgte. Ein Mann des Staates zu sein bedeutete, an diesem Dienst für die Allgemeinheit mitzuwirken. Ein Mann des Staates zu sein bedeutete nicht, sich dadurch von anderen zu unterscheiden, dass man eine Uniform trug, einen Ausweis besaß, ein Privileg genoss; es bedeutete, sich einzubringen, als starke Schraube im Inneren eines tragenden Gerüsts zu dienen.

Beinahe hätte er seinen Universitätsabschluss im Fach Industriechemie gemacht, aber bevor er sich den letzten Prüfungen unterzog, hatte irgendeine Firma bei ihm zu Hause angerufen, bei dem künftigen Dottore, und er hatte gezögert, instinktiv hatte er sich nicht angesprochen gefühlt. Und dann kam die Stellenausschreibung bei der Polizei, beim Staat, erst auf einem Plakat, aber dann die Arbeit, mit ihren Höhen und Tiefen, mit dem Leben, das sich unter alles mengt, was passiert, sei es gewollt oder ganz unverhofft.

Ihn fröstelte. Bringen wir diese Sache zu Ende, sagte er sich.

»Signor Inspektor ... Sie um diese Uhrzeit?«, begrüßte ihn der wachhabende Agente.

»Ich habe aus Versehen das Licht im Büro brennen lassen.«

Der Polizist grinste: »In nicht einmal einer Stunde wird es hell.«

»Oho. Eine schöne Verschwendung ...!«

»Ist es wegen der Geschichte mit den Verkäuferinnen?«

Stucky schüttelte den Kopf, ohne zuzuhören.

Auf dem Schreibtisch hatte er den Ordner *Verkäuferinnen* liegen lassen ...

Während er ihn jetzt zur Seite schob, murmelte er vor sich hin: »Unglaublich«.

Dann nahm er ein weißes Blatt Papier und begann, Namen zu schreiben und Verbindungslinien zu zeichnen.

Landrulli traf ihn an, wie er das vor ihm liegende Blatt studierte, als wäre es eine aeronautische Karte, die ihn zu sicheren Landeplätzen führen würde.

»Du bist zu früh dran.«

»Sie auch ...«

»Kooperativ, nicht wahr, dieser Signor Springolo?« Die Frage war ironisch gemeint, aber das schien Landrulli entgangen zu sein. Er zog ein elektronisches Notizbuch hervor.

»Donnerwetter!«

»Ein Geschenk ...«

»Klär mich auf!«

»Signora Veneziani ist natürlich niemals verheiratet gewesen ...«

»Natürlich nicht.«

»Und sie ist sehr wohlhabend. Sie besitzt mehrere Liegenschaften, einige davon gemeinsam mit Signor Springolo ...«

»Siehst du: sichere Investitionen. Eine Miteigentümerin ohne Erben ...«

»Notgedrungen! Keine Beziehungen zu Männern und ...«

»Landrulli, komm zur Sache und berichte mir über die Neigungen der Signora!«

»Sie ...! Nun gut ... sie hat es mit Frauen ... Aber wenn Sie das schon gewusst haben ...«

»Landrulli ... mir gefällt das nicht, dieses ›Sie-hat-es-mit‹. Das gefällt mir überhaupt nicht.«

»Signor Inspektor: Die Signora hat sich ein paar Freiheiten mit der farbigen Verkäuferin herausgenommen. Sie wird es versucht haben, ist abgeblitzt und hat dann auf diese Weise reagiert. Ich glaube nicht, dass man sie mit Rücksicht behandeln muss ...«

»Landrulli, der Radicchio raubt dir den Verstand! Erscheint es dir plausibel, dass eine Frau wie Signora Veneziani eine mögliche Flamme umbringt und sie dann ins Schaufenster ihres eigenen Ladens legt?«

»Sie hat uns mit einer offensichtlich absurden Geste auf die falsche Fährte locken wollen!«

»Blödsinn! Versuch mir zu antworten: Warum hat Signorina Schepis Untersuchungen zu ihrer Fortpflanzungsfähigkeit durchführen lassen?«

»Sie wollte Mamma werden. Signor Inspektor. Eine Mamma ... aber wer sollte der Vater sein?«

»Genau. Wer?«

»Ich weiß es nicht, Signor Inspektor ...«

»Ich schon.«

»Was soll ich jetzt machen, Signor Inspektor?«

»Dich ausruhen, Landrulli, ruh dich aus ... Und lass mir alle Notizen über Signora Veneziani da.«

Stucky verbarrikadierte sich fast den ganzen Vormittag in seinem Büro. Er rief im Krankenhaus an, Abteilung Augenheilkunde, zehn Minuten direkter Dialog mit dem berühmten Professor Rame, einer Koryphäe auf seinem Gebiet. Dann genehmigte er sich ein Telefongespräch mit dem Vorsitzenden des Klubs der Fliegenfischer.

»Signor Bonatto, dieses Mal schreibe ich mich für Ihren Kurs ein. Beginnen Sie nicht im Januar?«

»Richtig, Signor Inspektor. Aber das hatten Sie auch schon im letzten Jahr angekündigt ...«

»Dieses Jahr habe ich das Gefühl, dass ich unter den Glücklichen sein werde, die im Stadtgebiet fischen dürfen ...«

»Sie könnten es auf jeden Fall schon mal lernen. Es gibt viele Stellen, wo man die Fliegenfischerei üben kann.«

»Nein, vielen Dank. Mich interessiert nur das Fischen innerhalb der Stadtgrenzen.«

»Ich erwarte Sie.«

»Sie können sich auf mich verlassen.«

Dann rief er beim *Gazzettino* an, um in Erfahrung zu bringen, wo er Alessi während der Mittagspause antreffen könne. Man antwortete ihm, dass er mit einer Reportage in der Gegend von Conegliano beschäftigt sei, und nannte ihm eine Nummer, unter der er ihn erreichen konnte.

»Signor Alessi, hier spricht Inspektor Stucky.«

»Signor Inspektor! Was für eine Überraschung! Sie werden doch keinen Journalisten brauchen? Normalerweise ist doch genau das Gegenteil der Fall …«

»Ich müsste die Fotos überprüfen, die Sie sich angeeignet haben«, erwiderte der Inspektor schroff.

Er spürte, wie am anderen Ende der Leitung eine schlagartige Vereisung eintrat.

»Die Fotografien …«, murmelte der Journalist.

»Die, die der kleine Ali für Signor Malaga geknipst hat. Sie wissen das doch ganz genau!«

»Ich habe sie nicht bei mir.«

»Dann erwarte ich Sie zum Mittagessen, sagen wir um dreizehn Uhr, dann nutzen wir die Gelegenheit zu einem kleinen Schwatz.«

»Wo?«

»In der Osteria Da Secondo.«

»Ich werde mein Möglichstes tun.«

Unter der Loggia dei Cavalieri hatte der Zwerg Bebo fast sämtliche Weihnachtskerzen und Mistelsträuße verkauft. Auf dem Holztisch waren nur noch, ordentlich aufgereiht, dicke rote Stumpenkerzen übrig geblieben, die mit Gold- und Silberflitter dekoriert waren. Der Korb, der die Misteln enthielt, war beinahe leer.

»Die Geschäfte laufen gut«, sprach ihn Stucky an.

Bebo, der, die kurzen Beine ausgestreckt, da saß, schüttelte den Kopf: »Ich habe bloß weniger Ware eingekauft. Alle haben protestiert: die Inhaftierten im Bezirksgefängnis und die Mönche. Sie sollen sie beiseitelegen für das nächste Jahr, sie werden ja nicht schlecht. Dieses Jahr ist es nun mal so, es wird gespart.«

»Du hast dir dein Geld verdient …«

»Ehrlich verdient, Signor Inspektor.«

Als er an der Loggia dei Cavalieri vorbeiging, sah er Secondo den Wirt, der gerade eine Mitteilung an das Fenster seines Lokals kleben wollte.

Mit traurigen Gesten versuchte er, ein Stück Klebestreifen von einer Rolle abzureißen, aber es blieb an seinen zittrigen Fingern haften.

»Der Maler!«, rief Stucky aus, während er dessen Konterfei studierte.

»Tot …«, schluchzte Secondo, während der Inspektor das Blatt festhielt, das sich wie ein lebendiges Wesen einfach nicht aufhängen lassen wollte.

»Wann?«

»Heute früh. Er ist von uns gegangen! Ein Künstler weniger …«

»Es tut mir leid …«

»*Che omo! Un nobilomo!* Jetzt werden sich seine Bilder verkaufen, soviel steht fest. Die Hinterbliebenen haben sich schon darauf eingerichtet …«

Die Todesnachricht endete mit einem Dreizeiler, den sich der Maler rechtzeitig ausgedacht und dem Wirt für den Druck dagelassen hatte:

Ich hätte bei euch
bleiben wollen, aber ich konnte
nicht länger verweilen.

Stucky dachte an Martini.

»Nur Mut!«, sagte er zum Wirt, nachdem sie gemeinsam den Anschlag fixiert hatten.

»Der Mut ist da. Es sind die Künstler, an denen es immer mehr mangelt. Möchten Sie auch im Polizeipräsidium einen Aushang machen?«

»Nein, danke …«

Der Journalist war überaus pünktlich. Stucky hatte sich gerade erst hingesetzt.

»Ich wollte eigentlich nicht kommen …«, sagte der Mann, während er Platz nahm.

»Das wäre ein Fehler gewesen, Signor Alessi«, antwortete Stucky und ließ seinen Blick lange auf dem Mantel des Mannes und dem sorgfältig geknoteten schwarzen Schal ruhen.

»Und warum? Ich habe nur die Quelle einer Information ein wenig zurückgehalten mit dem einzigen Ziel, für uns daraus einen Bericht zu zimmern, ihn zu einem Knüller zu machen. Der Junge hat mir nicht gesagt, dass Sie die Fotos dringend brauchen. Auch nicht Signor Malaga …«

»Sie könnten die Ermittlungen behindert haben.«

»Wir Journalisten behindern oftmals Ermittlungen. Es ist so etwas wie ein Recht, das wir uns nehmen. Außerdem hat die Polizei keinen Respekt vor dem Bedürfnis der Leute, angemessen informiert zu werden.«

»Sie könnten die Ermittlungen behindert haben, aber das ist der weniger interessante Aspekt der Sache. Tatsächlich aber sind Sie es, der Signorina Schepis umgebracht hat.«

Er ließ die Worte über die ganze Entfernung klingen, die sie voneinander trennte, über den kleinen rosafarbenen Weihnachtsstern hinaus, der in der Mitte des Tisches stand, über die Flasche Wasser hinweg, die er bereits bestellt hatte, und über die Gläser und den Teller hinweg, bis hinüber zu dem Journalisten, der regungslos sitzen blieb.

»Jetzt erzähle ich Ihnen eine Geschichte …«

»Mich interessiert keine Geschichte! Sie fantasieren!«

»Oh, là, là, Sie denken sich wohl: Inspektor Stucky hat keine Beweise, sonst hätte er mich nicht zum Mittagessen eingeladen. Sie haben recht: Die Beweise haben Sie. Könnten Sie mir Signor Malagas Fotografien aushändigen?«

»Sie sind total auf dem Holzweg! Auf diesen Fotografien gibt es nichts. Auch ich habe geglaubt, ich könnte dort nützliche Hinweise finden. Stattdessen hat dieser kleine Junge einen Bildausschnitt unter Tausenden getroffen. Zumal der blinde Alte ihn gar nicht hat kontrollieren können! Der Kleine spielte den Geistreichen: Er fotografierte die Füße, einen Mantel, eine Hand. Leute, die zufällig vorbeigingen. Ja, es sind auch Frauen darunter, aber von dem Opfer keine Spur ...«

»Sie haben wieder recht. Und wissen Sie, warum? Weil Signor Malaga nicht ganz blind ist. Sicher, viel sieht er nicht. Ich hatte die Idee, das einmal zu überprüfen. Er hat nur einen Sehfehler im rechten Auge. Er sieht die Welt wie durch ein kleines Schlüsselloch. Aber durch ein Schlüsselloch sieht man etwas. Zum Beispiel die Fotos, die Ali aufgenommen hat. Nach und nach hat er sie sich alle angeschaut, nämlich jedes Mal dann, wenn Abzüge gemacht wurden. Diejenigen, die er mir hatte geben wollen und die bei Ihnen gelandet sind, sind jene Bilder, die keine wichtigen Details enthalten. Die anderen befinden sich noch im Besitz von Signor Malaga. Und Sie selbst bestätigen mir jetzt, dass auf diesen Fotos nichts zu sehen ist, und liefern mir damit den Beweis, dass Signor Malaga sie mir wirklich nicht hatte geben können, weil er Signorina Schepis beschützen wollte. Er wollte nicht, dass man sie mit Schmutz bewirft.«

»Das hat alles nichts mit mir zu tun, Signor Inspektor ...«

»Im Gegenteil! Unter den Fotografien, die Signor Malaga bei sich behalten hat, sind bestimmt auch einige Aufnahmen, die Signora Veneziani und Signorina Schepis zeigen. Vielleicht ein Detail, nichts wirklich Kompromittierendes. Nur kleine Hinweise auf eine Liebesgeschichte, die Signor Malaga vielleicht geahnt hat, die Sie aber ganz genau kannten …«

»Wie kommen Sie denn darauf?«

»Sie und Signorina Schepis, Sie beide haben sich vor allem im Geschäft getroffen, nach Ladenschluss. Sie kamen durch die Hintertür und klopften. Vielleicht hatten Sie einen Code vereinbart, oder vielleicht ging es noch einfacher, denn wer sonst hätte es um diese Uhrzeit schon sein können? Ich weiß nicht, seit wann Sie sich getroffen haben. Aber womöglich dauerte es nicht lange, denn nicht Sie waren es, an den die liebevollen Gefühle gerichtet waren, die die arme Jolanda vielmehr für Signora Veneziani empfand. Tatsächlich war es Signora Veneziani gewesen, die Sie mit Jolanda bekannt machte. Im Übrigen waren Sie ein guter Kunde, wie die Zahlungen beweisen, die auf dem laufenden Konto des Geschäfts eingingen. Und ich neige zu der Annahme, dass es zwischen Ihnen beiden eine andere, komplexere Beziehung gab.

Ich glaube, dass Sie sie anfänglich falsch verstanden haben, weil diese Frau Ihnen Jolanda praktisch zugeführt hatte. Sie war kein kleines Geschenk, kein Zeitvertreib. Und auch für Sie ist sie mehr gewesen. Jolanda muss sie beeindruckt haben, anders als das mit den Gespielinnen für ein paar Nächte der Fall war. Ich kann Sie verstehen, wissen Sie? Auch ich spüre den Zauber dieser Frau, wie ein Magnetfeld, das sich um sie herum bildete und das auch nach ihrem Tod weiterwirkt. Sie haben geglaubt, Sie könnten sie für sich behalten, und waren enttäuscht, als

Jolanda Ihnen mitteilte, dass die Sache ein Ende haben müsse. Zutiefst enttäuscht …«

Der Journalist wandte den Blick ab und schielte nach unten, fast so, als wolle er einem plötzlich auftretenden Geruch, einer stinkenden Wolke ausweichen.

»Sie haben nichts in der Hand, Signor Inspektor. Das ist der Punkt … Und jetzt werden Sie entschuldigen«, sagte er und stand auf, »wenn ich nicht mit Ihnen zu Mittag esse. Normalerweise bin ich nicht so unhöflich, das können Sie mir glauben. Natürlich werde ich mich an einen Anwalt wenden …«

»Nur ein ›Honigsauger‹ wie Sie konnte ihr einen Satz von Rimbaud hinterlassen.«

Stucky beobachtete jede seiner Bewegungen genau, während er sich erhob, seinen Mantel nahm und den Raum verließ.

Er beauftragte Landrulli, sich ihm an die Fersen zu heften. Er selbst würde jetzt mit Kommissar Leonardi und dem Polizeipräsidenten über die Angelegenheit reden müssen.

Er bekam Lust, noch einmal über den Ponte della Malvasia zu gehen, um das Haus zu betrachten, das er niemals würde kaufen können. Am Balkon hing eine feine Kette kleiner gelber Lämpchen. Die betagte Eigentümerin hatte endlich vor Weihnachten kapituliert. Vorsichtig äugte Stucky in Richtung Teppichladen, aber heute war es selbst für *daij* Cyrus zu spät.

Rasch bog er in das Gässchen ein und ging bis zur Piazza dei Signori, blieb vor dem Geschäft von Signora Veneziani stehen und blickte in das Schaufenster, das ganz in Weiß erstrahlte, alle Röcke und Mäntel, Stiefel und Schals unschuldig wie die Wolken. Man hätte meinen können, an diesem Ort wäre nie etwas passiert.

22. Dezember

Stucky saß am Tischchen einer Bar. Widerwillig zog er sein vibrierendes Handy aus der Manteltasche. »Landrulli? Bitte nur gute Nachrichten …!«

»Ich habe wirklich eine gute Nachricht! Der Veneziani geht es besser, es sieht so aus, als könne man mit ihr reden.«

Der Polizist, der zur strengen Bewachung der Frau im Krankenhaus abgestellt worden war, begrüßte den Inspektor mit einem unterdrückten Gähnen, und der Arzt versuchte, ihn zu stoppen, indem er ihm von dem doppelten Bruch ihrer Beine berichtete, vom Schädeltrauma, das ihnen immer noch Sorgen bereitete, von dem ärztlichen Feingefühl, das ein solcher Fall erforderte. »Zehn Minuten höchstens«, sagte der Arzt und rückte den Kragen seines blauen Kittels zurecht.

»Wer mich angefahren hat?«, fragte die Frau mit schwacher Stimme, als sie Stucky sah.

»Jemand, den Sie kennen? Jemand wie zum Beispiel Alessi?«

»Alessi …« Die Stimme schien von Weitem zu kommen, aus anderen, hinter vielen Türen gelegenen Räumen, während ihre Schönheit sich unter dem Desinfektionsmittel, das ihre Stirn verfärbte, versteckt hielt.

»Sicher ist er fast schon vorbei?«, seufzte sie.

»Was?«, fragte Stucky, der so nahe an das Bett herantrat, dass er fast ihre Hand streifte.

»Der Kaufrausch. Danach ruht man sich aus, ein bisschen …«

»Sind Sie müde?«

»Es war eine schreckliche Zeit.«

Stucky blickte der Frau direkt in die immer noch wunderschönen Augen.

»Wenn Jolanda sich nicht diese verrückte Idee in den Kopf gesetzt hätte, unbedingt ein Kind zu bekommen, wäre nie etwas passiert …«

Signora Veneziani schwieg.

»Die Geschichte wurde zu kompliziert. Und auch zu extravagant für diese Stadt, für ihre Arbeit, ihre Position. Das dürfte Ihnen nicht gefallen haben …«

Er sah eine Träne.

»… Signorina Schepis muss Ihnen gesagt haben, dass sie schwanger werden wollte und dass sie ihrem Vater alles erzählen wollte.«

»Ich habe versucht, ihr zu erklären, dass sie dabei war, einen Fehler zu begehen. Auch nur daran zu denken, ein Kind zu bekommen, war indiskutabel. Und das hier! Und noch dazu bei dieser Tätigkeit …«

»Fahren Sie fort.«

Die Frau schüttelte den Kopf.

»Dann sage ich es Ihnen: Jolanda war enttäuscht. Sie hat gesagt, dass sie bereit sei, für eine künstliche Befruchtung ins Ausland zu reisen, oder dass sie, wenn die Sache sich als kompliziert erweisen würde, auch hier vor Ort einen hilfreichen Mann fände. Dann haben Sie ihr selbst Alessi vorgeschlagen. Ist das richtig?«

»Ich hatte gehofft, dass sie ablehnen würde, ich hatte gehofft, dass sie sich entrüsten und den Gedanken ganz fallen lassen würde …«

»Aber das hat Jolanda nicht gemacht. Der Journalist hat das Ganze sehr ernst genommen, wissen Sie das? Sie haben es versucht. Jolanda war vielleicht nicht mit Begeisterung bei der Sache, aber sie haben es versucht. Für Jolanda war dieser Mann nichts als ein Mittel zum Zweck, sie hat ihn niemals angerufen, wir haben keinen einzigen Anruf unter seiner Nummer ausfindig gemacht. Sie trafen sich regelmäßig im Geschäft, nach Ladenschluss. Doch Jolanda wurde nicht schwanger, sie ließ Tests durchführen und fand heraus, dass sie niemals Kinder haben konnte. Vielleicht hatte es mit ihrer Kindheit zu tun, mit einem angeborenen Defekt oder mit einer Laune des Schicksals. Tatsache ist, dass sie keine Kinder hätte bekommen können. Ein paar Abende vor ihrer Ermordung muss sie dem Journalisten mitgeteilt haben, dass sie ihre Versuche abbrechen müssten. Es hat keinen Sinn, wird sie ihm verbittert gesagt haben. Dann hat sie eine Torte gebacken und sie ins Geschäft mitgenommen, und ihr beide habt das Ende ihres unerfüllbaren Kinderwunsches gefeiert. Der Mann hat unterdessen über diese Zurückweisung nachgegrübelt, und es ist das passiert, was passiert ist. Haben Sie tatsächlich gefeiert, Signora Veneziani?«

»Alessi …«

»Sie wussten es.«

»Er hat mir gedroht. Er hätte alles in den Schmutz gezogen … Dazu wäre er imstande gewesen.«

Die Frau legte sich die zitternden Hände über die Augen, als wollte sie ein Bild ausblenden; ihre Lippen hatten sich weiß verfärbt.

»Es gibt manchmal eine Liebe, die zu groß ist. Man ist nicht dafür gewappnet … und wir verdienen sie auch nicht. Warum stellt sie sich trotzdem ein? Wer schickt sie? Wer schickt sie …?«

Der Inspektor benachrichtigte den Staatsanwalt. Mit zwei Polizeistreifen begab er sich zum Haus des Journalisten, einem schönen, an der Eisenbahnlinie gelegenen Gebäude. Der vorspringende Eingang war beleuchtet, ein Ziegelbau aus den frühen Jahren des 20. Jahrhunderts; eine lange Glyzinie rankte sich die Säulen hinauf bis zum Balkon des oberen Stockwerks. Seitlich verlor sich ein breiter Rasenstreifen im Dunkel zwischen den Bäumen und weiter unten, das wusste der Inspektor, im Wasser eines Flussarms.

Er ließ die Männer am Tor zurück, das aufschnappte, nachdem er sich über die Gegensprechanlage angemeldet hatte.

Eine alte, in einen Schal gehüllte Frau erschien an der Tür. Sie hielt schlaff eine Gitarre in der Hand.

»Stefano ist ausgegangen. Er hat zu mir gesagt: ›Wenn jemand kommt, spiel ihm ein Lied.‹« Und sie schlug ein paar Töne an.

»Antimama«, seufzte Stucky.

»Wissen Sie, wo er hingegangen ist?«

»Er ist davongelaufen, vor zwanzig Minuten ... er hat mich umarmt. Das macht er sonst nie ...«, fuhr die Frau fort. Dann setzte sie plötzlich eine strenge Miene auf und fragte brüsk: »Was wollen Sie von meinem Sohn?«

»Wir haben einen Haftbefehl ...«, murmelte Stucky leise.

»Er hat nichts getan.«

»Sind Sie sicher, dass Sie nicht wissen, wo er hingegangen ist?«

»Das Auto steht noch in der Garage«, flüsterte die Frau.

»Hol eine Taschenlampe!«, rief Stucky einem der Polizisten zu und wandte sich in Richtung Wasser um. »Los! Los!«, feuerte er den Polizisten an, der keuchend mit einer großen Taschenlampe angerannt kam.

Es gab einen schmalen Pfad, der durch den Garten zum Fluss hin führte und sich schon bald zwischen den kahlen Bäumen, vielleicht Weiden oder Robinien, hindurchschlängelte.

Wie er es sich gedacht hatte, gab es am Ufer eine kleine Anlegestelle, einen alten hölzernen Landungssteg, dessen

Pfähle und Planken unter dem Gewicht des Inspektors wankten.

Hier irgendwo musste ein Boot sein. Bei vielen am Fluss gelegenen Häusern gibt es ein Boot, das die Bewohner benutzen, um in ihrer Freizeit zwischen den windungsreichen Ufern umherzugondeln.

Der Inspektor ließ den Lichtstrahl der Lampe über die schwarz dahingleitende Strömung wandern.

Es herrschte beinahe absolute Stille; nur das Glucksen des Wassers, das gegen die Stämme der Erlen schwappte, war zu hören.

»Wir müssen ein Boot auftreiben«, sagte er zu den Männern hinter ihm, »und jemand muss bis zur Eisenbahnbrücke laufen.« In der Ferne hatte er die dumpfen Geräusche eines Zuges gehört.

»Nehmen wir das des Nachbarhauses …«, sagte einer.

»Ich warte hier auf euch.«

Stucky reichte die Taschenlampe an seine Leute weiter.

Ob er stromabwärts gefahren ist?, fragte sich Stucky. Ein halber Kilometer, möglicherweise noch weniger, und Alessi wäre bei der Anlegestelle angelangt, von der aus die Straße Richtung Flughafen zu erreichen war. Er schüttelte den Kopf. Wenn er hätte flüchten wollen, hätte er das Auto nehmen können. Nein, er ist gegen die Strömung gefahren, hin zur Eisenbahnbrücke, zu dem Punkt also, wo der Fluss sich eine wirbelreiche Schleife geschaffen hat.

»Signor Inspektor!«

»Hierher! Ich bin hier …«

Stucky hievte sich in das Boot und ließ sich die Taschenlampe geben, während die beiden Polizisten so rasch ruderten, wie sie nur konnten. Sie kamen in Schlangenlinien voran, aber der Lichtstrahl reichte nicht aus, um den Wasserlauf voll auszuleuchten. Immerhin gab es in diesem Abschnitt des Flusses keine Schlupfwinkel, in denen man ein Boot hätte verstecken können. Die Ufer waren ordentlich gepflegt, und nur ein dünner Vorhang aus trockenem Röhricht trennte das Wasser vom Land.

Undeutlich erkannte man die Umrisse der Eisenbahnbrücke und auf ihr die leuchtenden Punkte der Lampen, mit denen die Polizisten dort oben operierten.

Stucky glaubte, sie zu hören: Das Boot musste irgendwo in der Nähe sein.

Er war nicht geflohen, der Journalist. Jedenfalls nicht auf die übliche Weise, dachte er.

Sie sahen das Boot, dessen Bug zwischen den Ästen eines unter Wasser getauchten Baumes stecken geblieben war. Nachdem seine Leute ihr Boot daran festgemacht hatten, ging Stucky an Bord.

An einer kurzen Metallstange im Heck hingen, wie weiße schlaffe Fahnen, Büstenhalter und Slip der Schepis.

Kniend beugte der Inspektor sich über die Seitenwand und richtete mehrmals das Licht auf das Wasser, das eine trübe, geheimnisvolle Farbe annahm.

Er erinnerte sich an eine Erzählung aus seiner Kindheit, an eine Verwandte väterlicherseits, die versucht hatte, sich im Sile zu ertränken. Zu einer Zeit, da das Wasser noch durchsichtig war, stand sie mit dem Fahrrad neben einer alten Brücke und beobachtete das sanfte Wogen der Unterwassergräser, die grünen Haarschopfe tiefer, schlammiger Wesen. Nachdem ein junger Mann, der ihr nachgestürzt war, um sie herauszufischen, sie keuchend ans Ufer geborgen hatte, behauptete sie, einen Ruf vernommen zu haben. Sie sagte, dass die Gräser sprachen und alles von ihr wussten; sie habe sich ihnen weiter annähern wollen, damit sie ihr alles verrieten, wovon sie selbst keine Ahnung hatte.

Antimama. Stucky gab sich einen Ruck.

»Die Taucher! Holt die Taucher her!«

24. Dezember

Sie hatten ihn am Nachmittag des 23. Dezember gefunden, Hunderte Meter flussabwärts, wo er hängen geblieben war.

Den ganzen Tag über hatte Stucky sich durch die umständliche Abfolge der Prozeduren hindurchgekämpft: Protokolle, Telefonate mit den Vorgesetzten und dem Staatsanwalt. Das Polizeipräsidium hatte noch kein offizielles Kommuniqué herausgegeben, und die Presse hatte sich noch nicht zum Ausgang der Angelegenheit mit den Verkäuferinnen in Stellung bringen können. Natürlich hatte sich die Nachricht vom Tod des Journalisten wie ein Lauffeuer durch die Redaktionen verbreitet und war auch in die Stadt durchgesickert.

Die Zeitungen vom 23. Dezember hatten eine Wende in den Ermittlungen angekündigt: Es sei eine weitreichende Operation im Gange, um eine Leiche in einem Arm des Sile zu finden. Die Geschichte mit dem verschwundenen Journalisten hatten sie klugerweise in eine kleine Pressenotiz im Lokalnachrichtenteil verbannt.

Aber am Morgen des 24. Dezember titelten die Lokalzeitungen schon auf der ersten Seite: *Leichnam des Verkäuferinnenmörders gefunden,* obwohl dieser nur eine Einzige umgebracht hatte. Verallgemeinerungen trieben die Auflage steil in die Höhe. Außerdem vermittelte die Schlagzeile den Eindruck, dass just am Vorabend von Weihnachten ein großer Erfolg zu verbuchen war.

Der Sekretär des Bischofs hatte Stucky gleich nach der Morgenmesse angerufen.

»Meinen Glückwunsch, Signor Inspektor.«

»Danke, Monsignore …«

»Ich werde Ihr Wirken in der Mitternachtsmesse erwähnen.«

»Das ist zu viel der Ehre, Monsignore.«

»Sie haben einen Mantel der Entspannung über unsere Gemeinde gebreitet. Sie werden sehen, der Herr wird es Ihnen vergelten.«

»Landrulli«, sagte Stucky, als der Polizeipräsident sie beide allein gelassen hatte, »ich möchte dir trotzdem die Sache mit dem Glücksgriff erklären, bevor die Kollegen mit dir darüber reden und das zu irgendwelchen Missverständnissen führt.

Hier also die Geschichte vom Mord an dem Ehepaar Barbisan!

Ich bin über einen Flohmarkt geschlendert und habe mehr auf die Leute geachtet als auf die angebotenen Waren. Ein Blick auf einen alten Schaukelstuhl, einen Bilderrahmen, eine goldene, mit Rubinen besetzte Brosche, ein Buch über Baumschnitt, Briefmarken. Ich hatte einige wunderschöne Gläser hochgehoben, um sie im Gegenlicht zu betrachten, und dabei, am Nachbarstand, einen seltsamen, erregt wirkenden Mann bemerkt. Er betastete gerade ein Silberbesteck englischer Herkunft; er befühlte es mit leidenschaftlicher Verzückung, fast so, als handele es sich um Gegenstände, die ihm lieb und teuer waren, so, als habe er ganz unerwartet einen verlorenen Schatz wiedergefunden.

Folgst du mir noch, Landrulli?«

»Wie der erste Waggon hinter der Lokomotive, Signor Inspektor!«

»Der Mann hatte sich bei der Verkäuferin nach einigen Details erkundigt; in ihren Pelz eingemummelt, wirkte sie zerstreut, blickte nur von ihrer Illustrierten auf und sah ihn über den Rand ihrer Lesebrille an, ohne ihm besondere Beachtung zu schenken. Dann hatte er ein Fischmesser gepackt, eines mit bearbeitetem Griff und breiter Klinge, die nur leichte, hartnäckige Oxydationsflecken aufwies. Er hatte es vor sich hin gehalten, vor- und rückwärts bewegt, bestimmt nicht mit der Absicht, damit die Gräten aus einer Goldbrasse zu entfernen. Die Frau hatte einen Preis genannt, und der Mann hatte ohne zu feilschen bezahlt und war mit seiner Neuerwerbung fort, bevor die Trödlerin den Gegenstand fachgemäß hatte verpacken können.

Neugierig geworden, war ich ihm gefolgt. Ich habe ihn in einer Bar sitzen sehen, wo er seine Erwerbung begutachtete. Dann war er in einen alten schwarzen Volvo gestiegen. Das Nummernschild habe ich mir notiert.

Als eine Woche später die Leichen der Eheleute Barbisan gefunden wurden, die durch Stiche einer breiten Klinge abgeschlachtet worden waren, habe ich mir gesagt: Jede Wette, dass ... Ich habe geschwind einige Details überprüft. Eine Erbschaftssache, ein verwirrter Neffe, der in einer Villa in Montello wie auf einer Insel lebte, und Onkel und Tante, die diese Immobilie verkaufen und ihn unter Kuratel stellen wollten.

›Warum dieses Messer?‹, habe ich ihn später gefragt.

›Mein Onkel liebte Fisch, besonders die Flussforellen‹, hat der Mörder im Brustton der Überzeugung geantwortet.

Ist das deiner Meinung nach Dusel? Oder Intuition, Beobachtung, rasches Erkennen von Zusammenhängen? Also bitte ...«

»Signor Inspektor, die Hauptsache ist, man tut sich nicht weh.«

Eine Antwort à la Martini, dachte Stucky und lächelte.

Dann, nachdem er das Polizeipräsidium verlassen hatte, machte er einen Bogen um die Piazza dei Signori und die Dreckspritzer aus dem Schafstall voller fetter Schafe und dem Maultier und wich der Loggia dei Cavalieri aus, die nur von altem Plunder umgeben war. Einer plötzlichen Eingebung folgend, lief er zur Casa del Baccalà, die er just in dem Augenblick erreichte, als sie geschlossen werden sollte. »Einen Panettone!«, flehte Stucky. »Er gehört doch zu euren Wunderwerken.«

»Einen Zweipfünder oder einen Vierpfünder?«

»Einen Vierpfünder.« Er überschlug die Zahl der Personen, mit denen er den Weihnachtskuchen am nächsten Tag teilen würde.

»Er ist federleicht«, murmelte er, als er das Päckchen in Empfang nahm.

»Unsere Panettoni sind tatsächlich so luftig, dass sie weniger zu wiegen scheinen.«

Der Inspektor beschloss, den späten Abend in der Osteria Da Secondo abzuwarten, mit einem Glas Wein in der Hand, das, nach Bedarf, geleert und wieder aufgefüllt wurde. Von Secondo ging er dann zwischen den mittlerweile verstummten Häusern die Via Trevisi hinunter. Die Geschäfte hatten der Reihe nach geschlossen. Ein erschöpftes Schlaraffenland. Die Kunden hatten sich bereits verkrümelt, und bald würden die Verkäuferinnen die Päckchen und die bunten Bänder vergessen haben. Weihnachten hatte sich fast schon verflüchtigt. Er stand vor dem Haus seiner Träume. Vom Ponte della Malvasia aus betrachtet, wuchsen die Umrisse des Gebäudes in den Himmel hinein, und überall diese Festbeleuchtung, diese winzigen Lichtpunkte, verteilt über den Fischmarkt, über die Brücken, über die alte Platane, an der Uferpromenade, der Universität. Wer könnte sich der künstlichen Wirkung dieser Stille entziehen …?

25. Dezember

Stucky hatte in dem Restaurant an der Piazzetta San Parisio einen Tisch für ein Weihnachtsmahl bestellt. Eingeladen hatte er das Duo Barabissi, den Zwerg Bebo, Giovanin *el tetàro,* die alte Tonia, Checo Malaga und Ali.

Er hatte auch den Verkäuferinnen einen Hinweis gegeben, obschon er sich von keiner eine Antwort erwartet hatte.

Natürlich hatte er die Einladung auch an Landrulli gerichtet, der sie sich verdient hatte, und an *daij* Cyrus, für den er einen frisch aus dem Iran eingetroffenen Sack Pistazien erstanden hatte.

Martini, nein, der wäre nicht einmal gekommen, wenn er noch leben würde.

Der Inspektor hatte seit halb zwölf Uhr auf einer Bank am Fischmarkt gewartet, dem Rauschen des Wassers gelauscht und den bleiernen Himmel betrachtet. Ein paar Eisnadeln taumelten herab, bemüht, sich in Schnee zu verwandeln. Wie die Blätter des Eisbaums führten sie Pirouetten aus, um sich dann auf dem Boden und im Wasser aufzulösen.

Stucky würde die Geschenke verteilen, die Signorina Schepis vorbereitet hatte: Die Lotterielose gingen an die alte Tonia, der mit goldfarbenem Pulver gefüllte Messbecher an den Zwerg Bebo, die Gewürze an das Duo Barabissi, die Digitalkamera an Checo Malaga und der weiße BH an Giovanin *el tetàro.*

Jolanda hätte keine Einwände erhoben.

Ein Wesen, wie er sie jetzt nannte, das sich um Frauen kümmerte, die ähnlich waren wie es selbst, um über den Umweg ihrer Körper das eigene Herz zu heilen.

Dann begann es mit großen Flocken zu schneien. Am Ufer des Canal Cagnan glaubte er, Landrulli zu erkennen.

Antimama, es war Weihnachten! Daran führte kein Weg vorbei …

Roberto Ampuero

»Poet – und politischer Kopf: Der Chilene Roberto Ampuero vermählt Kriminalromane mit Zeitgeschichte.«
Spiegel online

Roberto Ampuero
Tod in der Atacama

Die Atacama ist eine der unerbittlichsten Wüsten der Welt. Dorthin verschlägt es den Privatdetektiv Cayetano Brulé bei seinen Ermittlungen. Ein deutscher Entwicklungshelfer ist ermordet worden. Der Kreis der Verdächtigen weitet sich aus und Brulé gerät in ein undurchschaubares Geflecht aus Politik, Wirtschaft und Entwicklungshilfe.